KB192694

사람은 무엇으로 사는가

톨스토이 단편선

사람은 무엇으로 사는가

레프 톨스토이 | 이순영 옮김

문예출판사

Чем люди живы

Лев Николаевич Толстой

차례

사람은 무엇으로 사는가

"우리가 이미 죽음에서 생명으로 옮겨갔다는 것을 우리는 압니다. 이것을 아는 것은 우리가 형제자매를 사랑하기 때문입니다. 사랑하지 않는 사람은 죽음에 머물러 있습니다."

— 〈요한1서〉3장 14절

"누구든지 세상 재물을 가지고 있으면서, 자기 형제자매의 궁핍함을 보고도, 마음 문을 닫고 도와주지 않으면, 어떻게 하느님의 사랑이 그 사람 속에 머물겠습니까? 자녀 된 이 여러분, 우리는 말이나 혀로 사랑하지 말고, 행동과 진실함으로 사랑합시다."

— 〈요한1서〉3장 17~18절

"사랑하는 여러분, 서로 사랑합시다. 사랑은 하느님에게서 난 것입니다. 사랑하는 사람은 다 하느님에게서 났고, 하느님을 압니다. 사랑하지 않는 사람은 하느님을 알지 못합니다. 하느님은 사랑이 시기 때문입니다."

— 〈요한1서〉4장 7~8절

"지금까지 하느님을 본 사람은 없습니다. 그러나 우리가 서로 사랑하면, 하느님이 우리 가운데 계시고, 또 하느님의 사랑이 우리 가운데서 완성된 것입니다."

— 〈요한1서〉4장 12절

"우리는 하느님이 우리에게 베푸시는 사랑을 알았고, 또 믿었습니다. 하느님은 사랑이십니다. 사랑 안에 있는 사람은 하느님 안에 있고 하느님도 그 사람 안에 계십니다."

— 〈요한1서〉4장 16절

"누가 하느님을 사랑한다고 하면서, 자기 형제자매를 미워하면, 그는 거짓말쟁이입니다. 보이는 자기 형제자매를 사랑하지 않는 사람이 보이지 않는 하느님을 사랑할 수 없습니다."

— 〈요한1서〉4장 20절

1

어떤 구두장이가 아내와 아이들을 데리고 한 농부의 집에 세 들어 살았다. 그는 집도 땅도 없이 구두 수선하는 일을 해서 하루하루 먹고살았다. 품삯은 얼마 되지 않는데 빵 값은 비싸다 보니 버는 돈이 몽땅 먹는 데 들어갔다. 구두장이 부부는 외투 한 벌을 나누어 입으면서 겨울을 났지만 그마저도 다 낡아 더는 입을 수 없게 되었다. 그래서 구두장이는 새 외투를 만들 양가죽을 사려고 2년째 벼르고 있었다.

가을 즈음이 되니 어느 정도 돈이 모였다. 아내의 장롱에 넣어둔 돈이 3루블쯤 되었고 마을 농부들에게 받아야 할 돈도 5루블 20코페이카 정도 있었다.

어느 날 아침 구두장이는 외투를 마련하러 마을에 갈 채비를 했다. 아침 식사를 마친 다음 그는 자신의 셔츠 위에 아내의 무명 솜옷을 입고 그 위에 긴 모직 외투를 걸쳤다. 그리고 3루블짜리 지폐를 주머니에 넣고 나뭇가지를 꺾어 만든 지팡이를 들고 집을 나서면서 생각했다.

'농부들에게 5루블을 받고 거기에 지금 있는 3루블을 합해서 외투 만들 양가죽을 사야지.'

마을에 도착한 구두장이는 첫 번째 농부의 집을 찾아갔다. 하지만 농부는 집에 없었고, 그의 아내가 일주일 안에 남편 편에 돈을 보내겠다고 약속했다. 결국 구두장이는 돈을 받지 못하고 다음 농부 집으로 갔다. 그런데 이 농부는 맹세코 돈이 한 푼도 없다면서 장화 수선비로 20코페이카만 줬다.

어쩔 수 없이 구두장이는 외상으로 양가죽을 사려 했지만 가죽 장수는 그렇게는 안 된다고 잘라 말했다.

"돈을 가져와요. 그러고 나서 얼마든지 마음에 드는 걸로 골라요. 외상값 받기가 얼마나 어려운지 우리 둘 다 잘 알잖아요."

이렇게 해서 구두장이가 손에 넣은 거라고는 수선비 20코페이카와 어느 농부가 가죽을 덧대달라며 맡긴 낡은 털 장화가 전부였다.

마음이 상한 구두장이는 20코페이카를 모두 털어 술을 마셔버리고는 양가죽은 사지도 못한 채 집으로 갔다. 아침에는 날이 쌀쌀한 것 같더니 술이 한 잔 들어가니까 양가죽 외투가 없어도 후끈후끈했다. 구두장이는 한 손으로는 지팡이로 꽁꽁 언 땅을 툭툭 치고 다른 한 손으로는 털 장화를 흔들면서 터벅터벅 걸어갔다. 그러면서 혼잣말을 했다.

"흥, 외투가 없어도 따뜻하기만 한걸. 얼마 마시지도 않았는데 온몸이 후끈후끈해지네. 외투 따위는 필요도 없겠어. 걱정 같은 건 다 잊고 가는 거야. 나는 그런 사람이잖아! 뭐가 문제야? 그깟 외투 없이도 얼마든지 살 수 있어. 그런 건 내 평생 필요 없어. 그런데 마누라가 마음에 걸린단 말이야. 꽤나 실망할 텐데. 정말 분한 건, 죽어라 일을 하고도 이렇게 무시를 당한다는 거야. 어이, 이것 봐! 당장 돈을 가져오지 않으면 모자를 벗겨버리고 말 테다. 그렇게 하고말고. 아니, 어떻게 그럴 수가 있지? 겨우 20코페이카를 주다니! 그 돈으로 대체 뭘 하라는 거야? 술 한 잔 마시니까 끝이잖아! 쪼들린다고 했겠다! 그래, 그렇다 치고, 그럼 나는 어떻고? 너희는 집도 있고 소도 있고 다 있잖아. 나는 이 몸뚱이가 전부란 말이야! 너희는 직접 농사를 지어서 먹고살지만 난 하나에서 열까지 다 돈 주고 사야 한다고. 아무리 아끼려고 해도 빵을 사는 데만 일주일에 3루블이 든단 말이지. 집에 가면 빵이 다 떨어졌을 테니 또 1루블 반을 내놔야 돼. 그러니 잔말 말고 돈을 갚으란 말이야!"

그렇게 걷다 보니 어느새 길모퉁이 교회 근처에 이르렀다. 교회 뒤쪽에 뭔가 허연 물체가 보였다. 구두장이는 유심히 살펴봤지만 이미 날이 어둑어둑해지고 있어서 제대로 보이질 않았다.

'여기 저런 돌은 없었는데. 소인가? 그건 아닌 것 같고. 머리만 보면 사람 같은데, 너무 허옇단 말이야. 그것도 그렇고 사람이 이런 데 왜 있겠어?'

구두장이는 좀 더 가까이 가보았다. 그제야 물체가 똑똑히 보였다. 뜻밖에도 그건 분명 사람이었다. 살았는지 죽었는지는 모르겠는데, 아무튼 벌거벗은 채로 교회 벽에 기대 꼼짝도 하지 않았다. 구두장이는 덜컥 겁이 났다.

'누가 이 사람을 죽이고는 옷을 다 벗기고 여기에 버린 게 틀림없어. 더 가까이 갔다가는 무슨 봉변을 당할지 몰라.'

그래서 그냥 가던 길을 갔다. 교회 모퉁이를 돌자 남자의 모습은 보이지 않았다. 구두장이는 교회를 다 지나고 나서 남자 쪽을 돌아보았다. 남자가 벽에서 떨어지며 몸을 조금 움직거렸다. 구두장이를 보는 것도 같았다. 그러자 구두장이는 더 겁이 났다.

'가까이 가볼까, 아니, 그냥 가버릴까? 혹시 갔다가 험한 꼴이라도 당하면 어쩌지? 저놈이 어떤 놈인지 알 게 뭐야. 좋은 일을 하고 이런 데 있을 리는 없으니 말이야. 가까이 갔다가는 놈이 달려들어서 날 목 졸라 죽일 수도 있어. 그럼 꼼짝없이 당하는 거지. 설령 목 졸라 죽이지 않는다 해도 괜히 얽혔다가는 골치 아파질 수도 있어. 저렇게 벌거벗은 사람에게 뭘 어떻게 하겠어? 옷을 몽땅 벗어줄 수는 없는 노릇이잖아. 에라, 모르겠다. 그냥 가자!'

구두장이는 걸음을 재촉했다. 하지만 교회를 벗어날 때쯤 되자 자꾸만 양심의 가책이 느껴졌다.

구두장이는 가던 길을 멈추고 서서 혼잣말을 했다.

"세몬, 지금 뭘 하자는 거야? 사람이 곤경에 처해 죽어가는데 겁을 먹고 슬그머니 도망치려 하다니. 네가 엄청난 부자라도 된다는 거야? 돈이라도 뺏길까 봐 겁나는 거야? 이봐 세몬, 이건 옳지 못한 행동이야!"

세몬은 발걸음을 돌려 사내에게 갔다.

2

세몬이 다가가 살펴보니 사내는 건장해 보이는 젊은 사람이고 얻어맞은 흔적은 보이지 않았다. 다만 몸이 꽁꽁 얼었고 겁에 질린 것 같았다. 사내는 벽에 기대앉은 채 세몬 쪽은 쳐다보지도 않았다. 눈을 뜰 힘조차 없어 보였다. 세몬이 더 가까이 가자 갑자기 사내가 정신이 든 듯 고개를 들더니 눈을 뜨고 세몬을 쳐다보았다. 그 눈빛을 보는 순간 세몬은 사내가 마음에 들었다. 세몬은 털 장화를 땅에 던져놓고 허리띠를 풀어 그 위에 놓은 다음 외투를 벗었다.

"얘기는 나중에 하고, 자, 우선 이걸 입어요!"

세몬이 사내를 부축해 일으켰다. 사내는 체격이 호리호리하고 몸이나 손발은 상처 하나 없이 깨끗했으며 얼굴 생김새도 귀여웠다. 세몬이 사내의 어깨에 외투를 걸쳐줬지만 사내는 소매에 팔을 넣지 못했다. 세몬은 두 팔을 소매에 끼워주고는 외투 자락을 당겨 앞을 여민 다음 허리띠를 단단히 맸다.

낡은 모자도 벗어서 씌워주려 하다 머리가 서늘해지자 슬그머니 생각이 바뀌었다.

'나는 머리털이 하나도 없지만 이 젊은이는 긴 고수머리잖아.'

세몬은 모자를 다시 썼다.

'신발을 신겨주는 게 낫겠어.'

세몬은 사내를 앉히고 털 장화를 신겼다.

"옳지, 됐어. 자, 움직이면서 몸을 좀 녹여보게. 무슨 일이든 우리가 걱정하지 않아도 다 해결될 거야. 그나저나 걸을 수 있겠나?"

사내가 일어나서 친근한 눈길로 세몬을 바라봤지만 말은 한마디도 하지 않았다.

"왜 아무 말도 하지 않는 건가? 이런 데서 겨울을 날 건가? 집에 가야지. 기운이 없으면 여기 내 지팡이가 있으니 이걸 짚게. 자, 한번 걸어보라고!"

사내가 걸음을 옮겼다. 세몬에게 뒤처지지 않고 곤잘 따라왔다.

그렇게 걸어가다 세몬이 물었다.

"그런데 자네는 어디에서 왔나?"

"저는 이 고장 사람이 아닙니다."

"그거야 나도 알지. 여기 사람들은 내가 다 알거든. 그러니까, 여기, 이 교회까지 어떻게 오게 됐냐는 말일세."

"그건 말씀드릴 수 없습니다."

"누가 몹쓸 짓이라도 한 건가?"

"결코 그런 일은 없었습니다. 저는 하느님께 벌을 받은 겁니다."

"하긴 모든 게 하느님의 뜻이지. 그건 그렇고 어디든 들어가야 할 텐데. 이제 어디로 갈 건가?"

"제겐 어디든 다 마찬가지입니다."

이 말을 듣고 세몬은 깜짝 놀랐다. 사내는 나쁜 사람처럼 보이지도 않았고 말투도 공손했지만 자기 얘기는 통 하지 않으려 했다.

'말 못 할 일도 얼마든지 있지.'

세몬은 이렇게 생각하며 사내에게 물었다.

"우리 집에 같이 가는 게 어떻겠나? 잠깐이라도 몸을 녹일 수 있을 걸세."

세몬이 집을 향해 걸어가자 사내도 그 옆에서 나란히 걸었다. 바람이 휭 일더니 세몬의 옷 속으로 파고들었다. 술기운이 가시면서 추위가 느껴졌다. 세몬은 코를 훌쩍거리며 아내의 옷 앞섶을 여미면서 생각했다.

'이게 다 무슨 일이야. 외투를 장만하러 갔다가 입었던 외투마저 뺏기고 거기에다 벌거숭이 사내까지 데려오다니. 마트료나가 한바탕 난리를 칠 텐데!'

아내 생각을 하자 마음이 울적해졌다. 하지만 옆에 서 있는 사내를 보면서 교회 벽에 기대 자신을 바라보던 그의 눈길을 떠올리니 금세 기분이 좋아졌다.

3

세몬의 아내는 일찌감치 집안일을 끝내놓았다. 장작을 패고 물을 길어오고 아이들에게 저녁을 먹이고 자신도 저녁을 먹었다. 그리고 생각했다.

'빵을 언제 구워야 하나? 오늘 할까 아니면 내일 할까?'

아직 큰 덩어리 하나가 남아 있었다.

'세몬이 밖에서 점심을 먹고 오면 저녁은 많이 먹지 않을 테니 남은 빵으로 내일까지 충분할 거야.'

마트료나는 빵을 이리저리 돌려보았다.

'오늘은 빵을 굽지 말아야겠다. 밀가루도 얼마 안 남았잖아. 이걸로 금요일까지 버텨야 해.'

마트료나는 빵을 한쪽으로 치워놓고 식탁에 앉아 남편의 셔츠를 기웠다. 바느질을 하면서 남편이 어떤 양가죽을 사올까 생각했다.

'양가죽 장수에게 속아 넘어가면 안 되는데. 사람이 워낙 어수룩해서 누구 하나 속이지는 못해도 자기는 어린아이한테도 속아 넘어가니 정말 걱정이야. 8루블이면 적은 돈이 아닌데 말이야. 그 정도면 좋은 외투를 장만할 수 있을 거야. 무두질된 가죽은 아니라 해도 어쨌든 외투는 장만할 수 있어. 작년 겨울에는 모피 외투가 없어서 얼마나 고생을 했어! 강이든 어디든 당최 갈 수가 있어야 말이지. 오늘만 해도 그래, 그 사람이 입을 만 한 건 다 입고 나가는 통에 나는 몸에 걸칠 것 하나 없잖아. 그나저나 왜 이렇게 늦는 거야? 올 때가 지났는데. 또 어디서 술을 진탕 마시고 있는 건 아닐까?'

바로 그때 현관 계단이 삐걱거리며 누가 들어오는 소리가 들렸다. 마트료나가 얼른 바늘을 옷감에 찔러 넣고 현관으로 가보니 남편이 모자도 없이 털 장화를 신은 어떤 남자와 함께 집 안으로 들어섰다.

마트료나는 남편이 술을 마셨다는 걸 단박에 알았다.

'그러면 그렇지, 또 마시고 왔구나.'

남편은 외투도 없이 셔츠만 입은 채 텅 빈 손으로 말없이 서 있었다. 마트료나는 화가 머리끝까지 치밀었다. '이 얼굴도 모르는 부랑자하고 퍼마시느라 돈을 몽땅 날리고는 그것도 모자라 집에까지 끌고 온 거야.'

마트료나가 두 사람을 집 안으로 들이고 나서 보니 그 처음 보는 젊은이가 빼빼 마른 몸에 걸친 옷은 바로 남편이 입고 나간 외투였다. 외투 안에는 셔츠도 입지 않았고 모자도 쓰지 않았다. 집 안으로 들어온 젊은이는 꼼짝도 않고 서서 바닥만 내려다보았다. 마트료나가 생각했다.

'뭔가 나쁜 일을 저지른 게 분명해. 그래서 겁을 먹은 거야.'

마트료나는 얼굴을 찡그리며 난로 쪽으로 가서 두 사람의 행동을 지켜보았다.

세몬이 아무 일도 없다는 듯 모자를 벗고 의자에 앉으며 말했다.

"여보, 어서 저녁 차려야지!"

마트료나는 무슨 말인가를 웅얼거리며 난로 옆에서 꼼짝도 하지 않았다. 두 사람을 번갈아 보면서 고개만 절레절레 흔들었다. 세몬은 아내가 화가 나서 그런다는 걸 알았지만 모른 척하고 사내의 손을 잡고 말했다.

"자, 앉게나. 저녁 먹어야지."

사내가 의자에 앉았다.

"아직 저녁 준비가 안 된 거요?"

마트료나가 화를 버럭 내며 대꾸했다.

"저녁을 하긴 했지만 당신 먹으라고 한 건 아니에요. 이제 보니 술만 마신 게 아니라 양심도 같이 마셨나보군요. 외투를 마련하러 간 사람이 입고 있던 외투까지 빼앗기고 거기다 웬 부랑자까지 데리고 오다니. 당신네 같은 주정뱅이들한테 줄 저녁은 없어요."

"마트료나, 잘 알지도 못하면서 함부로 말하지 말아요. 먼저 이 사람이 누군지 물어나 보고……."

"말해봐요, 돈은 어디에 쓴 거예요?"

세몬이 주머니를 뒤적거리더니 돈을 꺼내 식탁에 놓았다.

"여기 있소. 트리포노프에게서는 돈을 못 받았어. 내일은 꼭 주겠다는군."

이 말에 마트료나는 더 화가 치밀었다. 외투는 사지도 못하고 하나밖에 없는 외투는 웬 벌거숭이에게 입혀서 집으로 데려오다니.

마트료나는 돈을 집어 안 보이는 곳에 두면서 말했다.

"저녁은 없어요. 주정뱅이하고 벌거숭이한테까지 줄 저녁은 없다고요."

"어허, 마트료나, 말 좀 조심해요. 일단 내 말 먼저 들어보고……."

"주정뱅이한테 더 들을 말 없어요. 그래서 당신 같은 술주정뱅이하고는 결혼하는 게 아니었는데. 엄마가 내게 주신 옷감도 당신은 술값으로 날렸죠. 이제 외투 마련할 돈까지 술값으로 날렸군요."

세몬은 술값으로 쓴 돈은 20코페이카뿐이라고 설명하고 싶었다. 그리고 사내를 어디서 만났는지도 설명하고 싶었다. 하지만 마트료나는 도무지 말할 틈을 주지 않았다. 쉴 새 없이 말을 쏟아내면서 10년 전 일까지 죄다 들추어냈다.

그러더니 급기야 세몬에게 달려들어 옷소매를 움켜잡았다.

"내 옷 내놔요. 딱 하나 남은 옷을 뺏어 입다니. 어서 이리 내요. 이 곰보딱지 못난 인간아! 어디서 흠씬 두들겨 맞기라도 했으면!"

세몬이 옷을 벗으면서 남은 한쪽 팔을 미처 다 빼기도 전에 마트료나가 옷을 홱 잡아당겼다. 그 바람에 솔기가 뜯어졌다. 마트료나는 옷을 잡아채 머리에 뒤집어쓰고 문 쪽으로 갔다. 그대로 밖으로 나가려다가 걸음을 멈췄다. 화를 잠시 누르고 일단 저 사내가 누구인지 알아봐야겠다는 생각이 들었다.

4

마트료나가 그 자리에 서서 남편에게 말했다.

"좋은 사람이라면 벌거숭이로 있었을 리가 없잖아요. 이 사람은 셔츠 한 장 안 걸치고 있었어요. 당신이 나쁜 짓을 한 게 아니라면 이 사람을 어디에서 데려왔는지 말 못 할 이유가 없잖아요."

"그 얘기를 하려던 참이었소. 교회를 지나는데 이 사람이 벌거벗은 몸으로 꽝꽝 얼어붙은 채 있더군. 이런 날씨에 그렇게 벌거벗고 있다니! 하느님이 나를 이 사람에게 보내신 게 틀림없어. 그러지 않았다면 이 사람은 죽고 말았을 거요. 그러니 내가 달리 어떻게 할 수 있었겠소? 살다 보면 누구든 그런 일을 당할 수 있는 것 아니겠소. 그래서 외투를 입혀 집으로 데려왔지. 여보, 그렇게 화만 내지 말고 진정해요. 그건 죄를 짓는 일이야. 사람은 누구나 언젠가는 죽는다는 걸 생각해야지."

마트료나는 또 한바탕 욕지거리를 퍼부으려다가 낯선 젊은이를 보고는 입을 다물었다. 사내는 의자 끄트머리에 앉아 꼼짝도 하지 않았다. 두 손은 무릎 위에 올려놓고 고개를 푹 숙이고 두 눈은 꼭 감고 고통스러운 듯 얼굴을 찡그렸다. 마트료나가 잠자코 있자 세몬이 말했다.

"마트료나, 당신 마음엔 하느님이 없단 말이오?"

이 말을 듣고 다시 한번 사내를 보는 순간, 마트료나는 마음이 스르르 풀렸다. 그래서 발길을 돌려 난로 쪽으로 가서 저녁을 차렸다. 식탁에 컵을 놓고 크바스*를 따랐다. 마지막 남은 빵도 내놓고 나이프와 스푼까지 놓고 말했다.

"어서 먹어요."

---

* 귀리와 엿기름으로 만든 음료

세몬이 사내를 식탁으로 데려왔다.

"앉게나, 젊은이."

세몬은 빵을 잘게 자른 다음 사내와 함께 저녁을 먹었다. 마트료나는 식탁 한쪽 구석에서 턱을 괴고 앉아 낯선 사내를 바라보았다.

차츰 그 사내가 가여워지면서 잘해주고 싶다는 생각이 들었다. 그 순간 사내가 얼굴을 환하게 빛내면서 찡그렸던 눈썹을 펴고 눈을 들어 마트료나를 보며 미소를 지었다.

두 사람이 식사를 끝내자 마트료나는 식탁을 치우고 나서 사내에게 이것저것 물었다.

"그런데 대체 어디에서 왔어요?"

"저는 이 고장 사람이 아닙니다."

"어떻게 길에 쓰러져 있었던 거예요?"

"그건 얘기할 수 없습니다."

"강도라도 만난 건가요?"

"하느님의 벌을 받은 겁니다."

"그래서 벌거벗은 채 쓰러져 있었다는 거예요?"

"네, 벌거벗은 채 얼어 죽어가고 있었죠. 그런데 세몬이 절 발견하고는 불쌍히 여겨 입고 있던 외투를 벗어주고 집으로 데려온 겁니다. 그리고 아주머니는 제게 먹을 것과 마실 것을 주면서 인정을 베풀어주었고요. 두 분께 하느님의 은총이 내릴 겁니다!"

마트료나는 조금 전 기워놓은 세몬의 셔츠를 창가에서 가져다 사내에게 주고는 바지도 한 벌 내밀었다.

"셔츠도 안 입고 있던데. 이걸 입어요. 그리고 침대든 난로 옆이든 편한 곳에 누워서 눈 좀 붙여요."

사내는 외투를 벗고 셔츠와 바지를 입은 다음 침대에 누웠다. 마트료나는 등잔불을 끄고 외투를 집어 누워 있는 남편 옆으로 갔다.

마트료나는 외투를 덮고 누웠지만 잠이 오지 않았다. 낯선 사내의 모습이 머릿속에서 떠나지 않았다.

사내가 남은 빵을 다 먹어서 내일 먹을 빵이 없는 데다 셔츠와 바지까지 내준 걸 생각하면 걱정이 되기도 했지만, 사내의 웃는 얼굴을 떠올리면 마음이 푸근해졌다.

한참을 뜬눈으로 누워 있던 마트료나는 남편도 잠을 못 이루는지 외투 자락을 끌어당기는 소리를 듣고는 말했다.

"여보!"

"왜?"

"빵을 다 먹어버린 데다 남은 반죽도 없으니 내일은 어떻게 해야 할지 모르겠어요. 이웃에 사는 말라냐에게 가서 좀 얻어올까요?"

"어떻게 되겠지. 산 입에 거미줄이야 치겠소?"

마트료나는 한참 동안 잠자코 있다가 다시 입을 열었다.

"좋은 사람 같은데 왜 자기가 누구인지 말을 안 할까요?"

"그럴 만한 사정이 있겠지."

"여보!"

"왜?"

"우리는 이렇게 남을 도와주는데 어째서 우리를 도와주는 사람은 아무도 없을까요?"

세몬은 뭐라고 해줄 말이 없었다.

"그만 잠이나 자요."

그냥 이렇게만 말하고 돌아누워 잠이 들었다.

5

이튿날 아침 세몬이 눈을 떠보니 아이들은 아직 자고 있었고 아내는 이웃집에 빵을 얻으러 가고 없었다. 어제 온 사내는 낡은 셔츠와 바지를 입고 혼자 의자에 앉아 천장을 멍하니 보고 있었다. 얼굴은 전날보다 밝아보였다.

세몬이 말을 건넸다.

"어이, 젊은이, 배 속에는 빵을 집어넣어야 하고 몸에는 옷을 걸쳐야 하니 뭐든 일을 해서 먹고살아야 하지 않겠나? 자네는 무슨 일을 할 줄 아나?"

"저는 아무것도 할 줄 모릅니다."

세몬은 깜짝 놀랐지만 내색하지 않고 대답했다.

"마음만 있으면 뭐든 배울 수 있다네."

"모두 일을 하니까, 저도 일을 해야겠지요."

"이름이 뭔가?"

"미하일입니다."

"그래, 미하일. 자신에 대해 얘기하고 싶지 않으면 안 해도 상관없네. 하지만 밥벌이는 해야지. 내가 가르쳐주는 대로 일을 하면 우리집에서 지내게 해주겠네."

"정말 감사합니다! 열심히 배우겠습니다. 뭐든 가르쳐주세요."

세몬은 실을 들어 손가락에 감고 매듭을 만들었다.

"어렵지 않아. 잘 보게!"

미하일은 세몬의 손동작을 유심히 들여다보더니 자신도 실을 손가락에 감아 세몬과 똑같이 매듭을 만들었다.

다음에는 실을 삶는 방법을 가르쳐줬는데 미하일은 그것도 금세 따라했다. 굵고 뻣뻣한 실을 바늘에 꿰어 깁는 법도 금세 배웠다.

미하일은 뭐든 빨리 배웠고, 사흘째가 되자 평생 구두 수선을 하며 살아온 사람처럼 능숙하게 일했다. 쉴 새 없이 일하면서도 음식은 조금밖에 먹지 않았다. 일을 안 할 때는 말없이 앉아 천장만 바라보았다. 좀처럼 밖에 나가지도 않았고, 쓸데없는 말은 하지 않았으며, 농담을 하거나 웃는 법도 없었다.

미하일이 웃는 모습을 본 것은 세몬의 집에 처음 온 날 마트료나가 저녁을 차려줬을 때 딱 한 번뿐이었다.

6

하루하루가 지나 일주일이 되고 어느덧 1년이라는 세월이 흘렀다. 미하일은 여전히 세몬의 집에 살면서 일을 했다. 세몬 구둣방의 직공만큼 튼튼하고 맵시 있게 구두를 만드는 사람이 없다는 소문이 퍼져 이웃 마을에서도 주문이 밀려들었다. 그 덕에 세몬의 수입은 점점 늘어갔다.

어느 겨울날, 세몬과 미하일이 함께 앉아 일을 하는데 말 세 필이 끄는 마차가 요란하게 방울 소리를 내며 구둣방 앞에 와서 섰다. 창밖을 내다보니 젊은 마부가 마부석에서 풀쩍 뛰어내렸다. 그가 마차 문을 열자 모피 외투를 걸친 신사가 내려 세몬의 집으로 걸어왔다. 마트료나가 얼른 뛰어나가 문을 활짝 열었다. 신사는 허리를 구부리고 집 안으로 들어오더니 허리를 쭉 폈는데, 머리가 천장에 거의 닿을 정도였고 몸집도 방 안을 꽉 채울 만큼 컸다.

세몬이 일어서서 인사를 하고는 놀란 표정으로 신사를 쳐다보았다. 지금껏 이렇게 몸집이 큰 사람은 본 적이 없었다. 세몬은 마른 체격이었고 미하일도 호리호리했으며 마트료나 역시 마른 잎사귀처럼 여위었는데, 이 신사는 꼭 다른 나라에서 온 사람처럼 얼굴이 불그레하고 윤기가 흘렀으며 목은 황소처럼 굵고 온몸이 무쇠로 만들어진 것 같았다.

신사가 숨을 크게 한 번 내쉬더니 외투를 벗고 의자에 앉으며 물었다.

"이 구둣방 주인이 누구인가?"

세몬이 앞으로 나서며 대답했다.

"제가 주인입니다, 나리."

그러자 신사가 자신이 데려온 하인에게 소리쳤다.

"폐지카, 그 물건을 가져와!"

하인이 꾸러미 하나를 들고 뛰어 들어왔다. 신사가 꾸러미를 받아 탁자에 놓았다.

"어서 풀어라."

하인이 꾸러미를 풀었다.

신사가 손가락으로 가죽을 찌르며 세몬에게 말했다.

"이 가죽을 잘 보게나."

"예, 나리."

"이게 어떤 가죽인지 알겠나?"

세몬이 가죽을 만져보더니 말했다.

"좋은 가죽이군요."

"그야 당연하지! 멍청한 사람 같으니라고. 자네는 평생 이런 건 구경도 못 해봤을 걸세. 독일산이지. 20루블이나 주고 산거라네."

세몬은 잔뜩 겁에 질렸다.

"저 같은 사람이 이런 가죽을 어디에서 구경하겠습니까?"

"그럴 테지. 그건 그렇고, 이 가죽으로 내 발에 꼭 맞는 장화를 만들 수 있겠나?"

"그럼요, 나리."

그러자 신사가 큰 소리로 말했다.

"만들 수 있단 말이지? 그렇다면, 자네가 누구의 장화를 만드는지, 어떤 가죽으로 만드는지 꼭 명심하게. 1년을 신어도 뜯어지지 않고 모양도 절대 변하지 않는 장화를 만들어야 하네. 그런 장화를 만들 수 있다면 이 가죽을 재단하고, 그럴 자신이 없다면 처음부터 손도 대지 말게. 미리 말해두는데, 1년 안에 장화가 뜯어지거나 모양이 변하면 자네를 감옥에 넣어버릴 걸세. 대신 1년이 지나도 모양이 변하지 않고 뜯어지지도 않으면 10루블을 더 주겠네."

세몬은 겁을 먹고 아무 대답도 하지 못했다. 그는 미하일을 힐끔 쳐다보며 팔꿈치로 쿡 찌르면서 작은 소리로 물었다.

"어떻게 하지? 맡아야 하나?"

미하일이 일을 맡으라는 듯 고개를 끄덕였다.

세몬은 미하일이 시키는 대로 1년이 지나도 뜯어지거나 모양이 변하지 않을 장화를 만들기로 했다.

신사가 하인을 부르더니 왼쪽 장화를 벗기라고 하고는 발을 내밀었다.

"치수를 재거라!"

세몬은 종이를 10베르쉬오크* 정도 길이로 잘라 붙여 매끈하게 펴

---

* 1베르쉬오크는 약 4.5센티미터

고는 무릎을 꿇고 앉았다. 그리고 신사의 양말을 더럽히지 않도록 손을 앞치마에 꼼꼼히 닦고서 치수를 쟀다. 먼저 발바닥과 발등의 높이를 잰 다음 종아리를 재려고 하는데 종이 자의 양 끝이 닿지 않았다. 신사의 종아리가 통나무만큼이나 굵었기 때문이다.

"이봐, 종아리가 끼지 않도록 하란 말이야."

세몬은 종이를 더 이어 붙여 치수를 쟀다. 신사는 양말 속의 발가락을 꼼지락거리며 집 안을 둘러보다가 미하일이 눈에 띄자 물었다.

"저자는 누구인가?"

"저희 가게 직공입니다. 이 사람이 나리의 장화를 만들 겁니다."

신사가 미하일에게 말했다.

"꼭 기억해두게. 1년을 신어도 끄떡없게 만들어야 하네."

세몬도 미하일을 돌아보았다. 그런데 미하일은 신사는 쳐다보지도 않고 마치 누가 있기라도 한 듯 신사의 뒤쪽 구석만 빤히 바라보았다. 그렇게 한참을 있더니 갑자기 얼굴을 환히 밝히며 빙긋 미소를 지었다. 신사가 윽박지르듯 말했다.

"바보처럼 왜 히죽거리는 거냐? 기한 내에 만들 생각이나 할 것이지."

"틀림없이 기한 내에 만들겠습니다."

미하일이 대답했다.

"반드시 그렇게 해라."

신사는 장화를 다시 신고 외투를 여며 입고는 문 쪽으로 갔다. 그런데 허리 굽히는 걸 깜빡 잊는 바람에 문틀에 머리를 부딪치고 말았다. 신사는 욕설을 내뱉고는 이마를 문지르면서 마차를 타고 떠났다.

신사가 가고 나서 세몬이 말했다.

"꼭 돌덩이 같네! 몽둥이로 내리쳐도 끄떡없겠어. 머리를 그렇게 세게 부딪쳤는데 아무렇지도 않은가봐."

마트료나도 한마디 했다.

"그렇게 잘 먹고 잘사는데 튼튼한 게 당연하지요. 저승사자도 저런 사람은 못 잡아갈걸요."

7

세몬이 미하일에게 말했다.

"일을 맡긴 했지만 까딱 잘못하면 큰 낭패를 볼 수 있어. 가죽은 비싼 데다 나리가 성질이 불같으니 말이야. 절대 실수하면 안 돼. 그래서 말인데, 자네가 나보다 눈썰미가 정확하고 손도 빠르니 이 치수대로 재단을 하게나. 그러면 내가 가죽을 꿰매겠네."

미하일은 세몬이 시키는 대로 작업대에 가죽을 펴고 반으로 접은 뒤 칼로 재단하기 시작했다.

마트료나가 미하일 옆으로 와서 재단하는 모습을 보다가 깜짝 놀랐다. 그동안 장화 만드는 걸 많이 봐왔기 때문에 방법을 훤히 안다고 생각했는데, 미하일은 장화 모양과 다르게 가죽을 둥글게 잘랐던 것이다.

마트료나는 한마디 하려다 그만두었다.

'나리의 장화를 만드는 거니까 내가 모르는 뭔가가 있겠지. 아무려면 미하일이 나보다 더 잘 알 테니 아무 소리 하지 말자.'

가죽 재단을 끝낸 미하일이 가죽을 깁기 시작했는데, 장화를 만들 때는 실을 두 가닥으로 겹쳐 기워야 하는데 슬리퍼를 만들 때처럼 한 가닥으로 기웠다.

마트료나는 그것도 이상했지만 역시 아무 말 하지 않았다. 미하일은 점심때가 되도록 쉬지도 않고 열심히 가죽을 꿰맸다. 세몬이 자리에서 일어나 미하일 쪽을 보았다. 그런데 신사의 가죽으로 슬리퍼를 만들어놓은 것이 아닌가!

세몬은 앞이 캄캄해져 탄식을 내뱉었다.

'아, 어쩌지. 지난 1년 동안 단 한 번도 실수한 적 없던 미하일이 이런 끔찍한 실수를 하다니. 나리는 굽이 있는 장화를 주문했는데 납작한 슬리퍼를 만드느라 가죽을 다 버려놓았어. 나리에게는 뭐라고 변명을 해야 하지? 이런 가죽은 구할 수도 없는데.'

세몬이 미하일에게 물었다.

"자네, 도대체 무슨 짓을 한 건가? 자네 때문에 난 이제 죽은 목숨이야! 나리가 주문한 것은 장화인데 도대체 뭘 만들어놓은 건가?"

세몬이 뭐라고 더 다그치려는데 문고리가 덜컹거리는 소리가 들렸다. 누군가 문을 두드렸다. 세몬과 미하일이 창문으로 내다보니 어떤 사람이 타고 온 말을 붙들어 매고 있었다. 문을 열자 좀 전에 신사를 따라왔던 하인이 들어왔다.

"안녕하세요!"

"어서 오세요. 그런데 무슨 일로 온 건가요?"

"아까 주문한 장화 때문에 마님 심부름을 왔습니다."

"장화 때문에요?"

"네, 그래요! 이제 장화가 필요 없게 됐습니다. 나리가 돌아가셨거든요."

"뭐라고요!"

"이곳에서 나와 집으로 가는 도중에 마차 안에서 돌아가셨습니다. 집에 도착해 나리를 내려드리려고 마차 문을 열었더니 짐짝처럼 의자에서 굴러떨어지셨어요. 이미 숨을 거두셨죠. 온몸이 뻣뻣하게 굳어서 간신히 마차에서 끌어내렸어요. 그래서 마님이 제게 '장화를 주문하면서 가죽을 맡긴 그 구둣방에 가서 이제 장화는 필요 없게 됐으니 죽은 사람에게 신길 슬리퍼를 빨리 만들어달라고 해라. 슬리퍼를 다 만들 때까지 기다렸다가 가지고 와야 한다'고 분부를 내리셨습니다. 그래서 제가 이렇게 온 겁니다."

그러자 미하일이 남은 가죽을 집어 들어 둘둘 말았다. 그리고 만들어놓은 슬리퍼를 집어 탁탁 털고 나서 앞치마로 닦더니 가죽 뭉치와 함께 하인에게 건넸다. 하인이 그걸 받아 들고 말했다.

"그럼 안녕히 계세요! 전 이만 갑니다."

8

세월이 흘렀고, 미하일이 세몬 집에 온 지도 어느덧 6년이 되었다. 미하일은 여전히 변함이 없었다. 어딜 가는 법도 없고 쓸데없는 말은 한마디도 하지 않았다. 그 세월 동안 웃은 거라곤 마트료나가 저녁을 차려줬을 때와 신사가 찾아왔을 때 딱 두 번뿐이었다. 세몬은 미하일이 더할 나위 없이 마음에 들었다. 이제는 어디에서 왔는지 묻지도 않았고, 그저 미하일이 떠나버릴까 봐 그것만 걱정했다.

온 가족이 집에 모여 있던 어느 날이었다. 마트료나는 난로에 냄비를 올려놓았다. 아이들은 의자 사이를 뛰어다니며 창밖을 내다보았다. 세몬은 창가에서 구두를 꿰매고 있었고, 미하일은 다른 쪽 창가에서 구두 뒤축을 붙이고 있었다.

그때 아이 하나가 의자를 넘어 미하일에게 뛰어오더니 그의 어깨에 매달려서 창밖을 가리켰다.

"아저씨, 저기 좀 봐요! 어떤 아주머니가 여자아이들을 데리고 우리 집 쪽으로 와요. 그런데 여자아이 하나는 절름발이예요."

아이 말을 듣고 미하일이 하던 일을 멈추고 창문으로 고개를 돌려 거리를 내다보았다.

세몬은 깜짝 놀랐다. 이제까지 한 번도 밖을 내다본 적 없던 미하일이 지금은 창문에 얼굴을 대고 뭔가를 뚫어져라 보고 있었기 때문이다. 세몬도 밖을 내다보았다. 말쑥하게 차려입은 부인이 모피 외투를 입고 털목도리를 두른 여자아이 둘의 손을 잡고 정말 그의 집 쪽으로 오고 있었다. 여자아이들은 구분이 안 될 정도로 닮았는데, 다만 한 아이가 왼쪽 다리를 절었다.

부인은 현관 계단을 올라와 문을 더듬더니 문고리를 당겼다. 그리고 문이 열리자 아이들을 앞세우고 들어왔다.

"안녕하세요?"

"어서 오세요. 어떻게 오셨나요?"

부인이 의자에 앉았다. 두 여자아이는 낯선 사람들이 불편한지 부인 무릎에 꼭 달라붙어 떨어지지 않았다.

"이 아이들이 봄에 신을 가죽 구두를 맞추고 싶어요."

"그러시군요. 이렇게 어린아이들의 구두는 만들어본 적이 없지만 뭐 문제없습니다. 장식을 붙이거나 천을 대어 접는 것도 할 수 있고요. 여기 있는 미하일이 워낙 솜씨가 좋거든요."

세몬이 미하일을 돌아보니 마하일은 일손을 놓은 채 앉아 여자아이들에게서 눈을 떼지 못하고 있었다.

세몬은 그런 미하일의 모습이 놀랍기만 했다. 세몬이 보기에도 아이들이 정말 예쁘긴 했다. 눈동자가 까맣고 발그레한 두 뺨은 포동포동했으며 모피 외투와 목도리도 고급스러웠다. 그렇지만 미하일이 마치 예전부터 알던 사람처럼 아이들을 쳐다보는 건 아무래도 좀 이상했다.

세몬은 의아해하면서도 부인과 가격을 흥정했다. 값을 정하고 나서는 치수 잴 준비를 했다. 부인이 절름발이 아이를 무릎에 앉히고 말했다.

"이 아이 발에 맞춰 두 사람 치수를 재주세요. 불편한 발을 재서 한 짝을 만들고 성한 발 치수로 세 짝을 만들어주세요. 둘이 쌍둥이라 발 치수도 똑같답니다."

세몬은 치수를 재고 나서 절름발이 아이를 가리키며 물었다.

"이 아이는 어쩌다 이렇게 됐나요? 정말 예쁜 아이인데 말이에요. 태어날 때부터 이랬나요?"

"아니에요. 제 엄마에게 다리를 짓눌렸어요."

그때 마트료나가 끼어들었다. 이 부인은 누구인지, 아이들 엄마는 누구인지 궁금해서 그냥 있을 수가 없었다.

"그럼 부인은 이 아이들 엄마가 아닌가요?"

"그래요, 난 아이들 엄마도 친척도 아니에요. 피 한 방울 안 섞인 남이지만 제 딸로 삼아 키우고 있어요."

"친자식이 아닌데도 아이들을 정말 예뻐하시네요!"

"어떻게 예뻐하지 않을 수 있겠어요? 두 아이 모두 내 젖을 먹여 키웠는걸요. 나도 아이가 하나 있었지만 하느님이 데려가셨죠. 그 아이는 그렇게 가엾다는 생각이 들지 않는데 이 아이들은 정말 가여워요."

"그럼 아이들 엄마는 대체 누구인가요?"

9

부인이 그간의 얘기를 들려주었다.

"6년 전, 이 아이들은 며칠 사이에 부모를 차례로 잃었어요. 아버지는 화요일에, 엄마는 금요일에 세상을 떠났거든요. 아버지는 아이들이 태어나기 사흘 전에 세상을 떠났고 엄마는 아이들이 태어나던 날 눈을 감았죠. 그 당시 나는 남편과 농사를 지으며 살았고 아이들 부모와는 가까운 이웃 간이었어요. 아이들 아버지는 나무꾼이었는데 늘 혼자 숲에서 일을 했어요. 그러던 어느 날 나무를 베다가 나무 한 그루가 쓰러지면서 그 밑에 깔리고 말았죠. 몸을 가로질러 나무가 떨어지는 바람에 몸이 짓이겨지고 내장이 쏟아져 나왔어요. 겨우 집으로 옮겼지만 아이들 아버지는 이내 숨을 거두고 말았어요. 그리고 며칠 뒤에 이 아이들이 태어난 거예요. 아이들 엄마는 가난한 데다 곁에서 돌봐줄 사람도 하나 없었어요. 혼자서 아기를 낳고 혼자서 죽어간 거죠.

다음 날 아침 들러봤더니 가엾게도 아이들 엄마 몸은 이미 차갑게 식어 있더군요. 그런데 숨을 거두면서 아이 위로 쓰러지는 바람에 아이의 한쪽 다리가 눌려 못 쓰게 됐답니다. 마을 사람들이 와서 시신을 씻기고 옷을 입히고 관을 만들어 장례를 치러줬어요. 다들 좋은 사람들이었죠. 그런데 남은 아이들을 누가 돌봐야 할지가 문제였어요. 거기에 있는 여자들 가운데 젖먹이를 키우는 사람은 나뿐이었어요. 그때 내겐 태어난 지 8주 된 사내아이가 있었거든요. 그래서 내가 당분간 아이들을 맡기로 했어요. 마을 사람들이 모여 아이들을 어떻게 해야 할지 한참 고민하다 내게 말하더군요. '마리아, 당분간만 아이들을 맡아줘요. 우리가 곧 다른 방법을 찾아볼게요.' 그래서 아이들을 키우게 됐는데, 처음에는 성한 아이에게만 젖을 물리고 다리가 불편한 아이에게는 젖을 주지 않았어요. 얼마 못 살 거라고 생각했거든요. 그런데 아무 죄도 없는 아이에게 못할 짓이라는 생각이 들었어요. 아이가 너무 가엾더군요. 그래서 이 아이에게도 젖을 먹이기 시작했죠. 그러니까 내 아이와 이 쌍둥이 아이들, 모두 세 아이에게 젖을 먹인 거예요! 젊고 건강한 데다 먹기도 잘 먹었거든요. 그리고 하느님이 젖을 충분히 주셔서 어떤 때는 넘쳐흐르기도 했어요. 언제나 두 아이에게 동시에 젖을 먹이다가 한 아이가 실컷 먹고 젖에서 입을 떼면 기다리고 있던 다음 아이에게 또 젖을 물렸죠. 그런데 하느님 뜻이었는지 이 두 아이는 잘 자랐지만 내 아이는 두 살이 되던 해에 그만 세상을 떠나고 말았답니다. 살림살이는 넉넉했지만 아이는 다시 생기지 않았어요. 지금은 어느 상인의 방앗간에서 일해요. 벌이가 좋아 사는 건 편한데 아이는 없어요. 그러니 이 아이들마저 없다면 사는 게 얼마나 적적하겠어요! 이 아이들을 사랑할 수밖에 없지요! 이 아이들은 내 삶의 낙이랍니다!"

부인은 절름발이 아이를 한 손으로 꼭 끌어안으며 다른 한 손으로 뺨에 흐르는 눈물을 닦았다.

마트료나가 한숨을 내쉬며 말했다.

"'부모 없이는 살 수 있어도 하느님 없이는 살 수 없다' 하더니 정말 그 말이 맞나보군요."

잠시 이런저런 얘기를 나누고 나서 부인은 그만 가려고 자리에서 일어섰다. 세몬과 마트료나는 부인을 배웅하며 미하일 쪽을 돌아보았다. 미하일은 두 손을 무릎 위에 얹고 앉아 천장을 바라보며 미소를 짓고 있었다.

10

세몬이 미하일에게 다가가 어떻게 된 일인지 물었다.

미하일은 의자에서 일어나 일감을 내려놓고는 앞치마를 벗었다. 그리고 세몬 부부에게 허리를 굽혀 인사를 하고 말했다.

"저를 용서해주세요. 이제 하느님께서 저를 용서해주셨으니 부디 두 분께서도 용서해주십시오."

그때 미하일의 몸에서 빛이 퍼져 나왔다. 세몬도 자리에서 일어나 미하일에게 머리를 숙이며 말했다.

"자네가 보통 사람이 아니고 그래서 자네를 붙잡아둬서도 뭘 캐물어서도 안 된다는 걸 알겠네. 그래도 한 가지만 대답해주게나. 내가 자네를 처음 발견해 집에 데려왔을 때 자네는 몹시 침울한 얼굴을 하고 있었네. 그러다 아내가 식사를 차려주자 미소를 지으면서 표정이 밝아지더군. 신사가 장화를 주문하러 왔을 때도 얼굴이 환해지면서 미소를 지었지. 그리고 조금 전 그 부인이 아이들을 데리고 왔을 때, 자네는 세 번째로 환하게 웃으며 온몸에서 빛이 났네. 왜 자네 몸에서 빛이 나는지, 왜 세 번을 웃었는지 말해주게."

미하일이 대답했다.

"제게서 빛이 나는 건 이제 하느님께서 저의 죄를 용서해주셨기 때문입니다. 그리고 세 번 웃은 건 하느님이 저를 이 땅에 보내면서 깨달으라고 하신 세 가지 진리를 깨달았기 때문입니다. 첫 번째 진리는 아주머니가 저를 가엾게 여겨 친절을 베풀어주셨을 때 깨달았고 그래서 처음으로 웃은 것이지요. 두 번째는 그 부자 나리가 장화를 주문하러 왔을 때 깨달았고 그래서 두 번째로 웃었습니다. 그리고 조금 전 어린아이들을 봤을 때, 마지막 세 번째 진리를 깨달았습니다. 그래서 세 번째로 미소를 지은 겁니다."

세몬이 또 물었다.

"그런데 자네는 무슨 이유로 하느님께 벌을 받은 건가? 그리고 세 가지 진리라는 것은 무엇인가? 내게도 알려주게."

"제가 벌을 받은 것은 하느님의 말씀을 거역했기 때문입니다. 저는 하늘나라 천사였지만 하느님 말씀에 순종하지 않았습니다. 하느님은 제게 한 여인의 영혼을 거두어오라고 명하셨습니다. 그래서 이 땅으로 내려와보니 여인 하나가 막 쌍둥이 딸을 낳고 병든 몸으로 누워 있었습니다. 아기들이 제 엄마 옆에서 꼼지락거렸지만 여인은 아이들에게 젖을 줄 힘조차 남아 있지 않았습니다. 저를 본 여인은 하느님이 자신을 데려가기 위해 보낸 천사라는 걸 알고 슬피 흐느끼며 애원했습니다. '천사님! 남편은 바로 며칠 전에 나무에 깔려 죽었습니다. 제게는 부모 형제도 없고 친척도 없어요. 우리 아이들을 돌봐줄 사람이 아무도 없어요. 그러니 제발 절 데려가지 말아주세요! 아이들을 제 손으로 먹이고 키울 수 있게 해주세요. 아이들은 부모 없이 살아갈 수가 없어요.' 전 그 여인의 말을 들어주었습니다. 한 아이에게 여인의 젖을 물려주고 또 한 아이는 여인의 품에 안겨준 다음 하늘나라로 돌아갔죠. 그리고 하느님 앞으로 가서 말했습니다. '그 어머니의 영혼을 거두어올 수가 없었습니다. 여인은 며칠 전 남편이 나무에 깔려 죽고 이제 막 쌍둥이가 태어났다며 제발 영혼을 거두어가지 말아달라고 애원했습니다. 아이들을 제 손으로 먹이고 키울 수 있게 해주세요. 아이들은 부모 없이 살아갈 수가 없어요라고 말했습니다. 그래서 여인의 영혼을 거두어올 수가 없었습니다.' 그러자 하느님께서 말씀하셨습니다. '어서 가서 그 여인의 영혼을 거두어와라. 그러면 세 가지 진리를 깨닫게 될 것이다. 사람의 마음에는 무엇이 있는가? 사람에게 허락되지 않은 것은 무엇인가? 사람은 무엇으로 사는가? 이 세 가지 진리를 깨달은 뒤에야 하늘나라로 돌아올 수 있다.' 그래서 저는 다시 세상으로 내려와 그 여인의 영혼을 거두었습니다.

아이들은 제 어머니 품에서 떨어져야 했죠. 그런데 여인의 시신이 구르면서 한 아이를 짓누르는 바람에 아이의 한쪽 다리가 못쓰게 되고 말았습니다. 그리고 제가 여인의 영혼을 하느님 앞에 바치려고 마을을 떠나 하늘로 올라가는데 갑자기 바람이 휘몰아치면서 제 양쪽 날개가 부러졌습니다. 그래서 여인의 영혼만 하느님 앞으로 가고 저는 땅에 떨어져 길가에 쓰러져 있었던 겁니다."

11

세몬과 마트료나는 자신들이 먹이고 입히고 함께 지내온 사람이 누구였는지 그제야 알고 놀라움과 기쁨의 눈물을 흘렸다.

천사가 말했다.

"저는 벌거벗은 채 홀로 들판에 버려졌습니다. 그렇게 인간이 되고 나서야 인간의 고통과 추위와 배고픔을 알게 되었죠. 배가 몹시 고팠고 몸은 꽁꽁 얼어붙었지만 어떻게 해야 할지 알지 못했습니다. 그때 근처에 하느님의 교회가 있는 걸 보고는 몸을 좀 피하고 싶어 그곳으로 갔지요. 하지만 문이 잠겨서 들어갈 수가 없었습니다. 그래서 바람이라도 피하려고 교회 뒤쪽에 앉아 있었던 겁니다. 날이 어두워졌고 배고픔과 추위는 견디기 힘들 만큼 심해졌습니다. 바로 그때 사람 발자국 소리가 들렸습니다. 어떤 남자가 손에 장화를 들고서 혼잣말을 중얼거리며 걸어오더군요. 인간이 된 뒤 처음으로 언젠가 죽을 운명인 사람의 얼굴을 보았습니다. 그 얼굴이 너무나 무서워서 고개를 돌려버렸습니다. 남자가 중얼거리는 말을 들어보니 추운 겨울에 뭘 입고 살아야 할지, 어떻게 처자식을 먹여 살려야 할지 걱정하더군요. 그래서 생각했죠. '내가 추위와 배고픔으로 죽어가지만, 자신과 아내가 입을 외투와 가족이 먹을 빵 걱정만 하는 사람이 날 도와줄 리는 없어.' 그는 저를 보더니 얼굴을 찡그리면서 아까보다 더 무서운 표정을 지으며 제 옆을 지나쳤습니다. 실낱같은 희망마저 사라진 느낌이었습니다. 그런데 그 순간 남자가 되돌아오는 겁니다. 고개를 들어 그의 얼굴을 봤는데, 좀 전의 그 사람이 아닌 것 같았습니다. 아까까지만 해도 죽음의 그림자가 어려 있던 얼굴에 생기가 도는 겁니다. 전 그 사람에게서 하느님 모습을 보았습니다. 남자는 제게 다가와 옷을 입혀주고 자기 집으로 데려갔습니다. 집에 도착하자 한 여인이 우리에게 불만을 쏟아놓기 시작했습니다. 여자는 남자보다 더 무시무시한 표정을 짓더군요. 그 입에서 죽음의 기운이 퍼져나왔습니다. 죽음의 기운이 내뿜는 독기 때문에 숨도 제대로 쉴 수가 없었습니다. 여자는 저를 추운 밖으로 내쫓으려고 했습니다. 하지만 만일 그렇게 한다면 여자는 죽고 말 거라는 걸 저는 알았습니다. 그때 남편이 여자에게 하느님 얘기를 꺼냈습니다. 갑자기 여자의 태도가 달라지더군요. 여자가 제게 저녁을 차려주면서 절 바라보았습니다. 그때 그녀 얼굴에 더는 죽음의 그림자가 보이지 않았고 생기가 넘쳤습니다. 저는 그 얼굴에서도 하느님 모습을 보았습니다.

그 순간, '사람의 마음에 무엇이 있는지 알게 되리라'고 하신 하느님의 첫 번째 말씀이 떠올랐습니다. 그리고 사람의 마음에는 사랑이 있다는 걸 깨달았죠! 하느님이 약속하신 것을 제게 보여주셨다고 생각하니 참으로 기뻤습니다. 그래서 처음으로 웃은 것입니다. 하지만 아직 전부를 알지는 못했습니다. 사람에게 허락되지 않은 것이 무엇인지, 사람은 무엇으로 사는지는 여전히 알 수 없었죠.

이 집에 와서 지낸 지 1년이 흘렀습니다. 한 남자가 오더니 1년을 신어도 모양이 변하거나 뜯어지지 않는 장화를 주문하더군요. 그런데 전 그 사람 어깨 뒤에 제 친구인 죽음의 천사가 있는 걸 보았습니다. 그 천사는 저 말고는 아무도 보지 못했습니다. 하지만 전 천사를 알아보았고, 그날 밤 해가 지기 전에 천사가 신사의 영혼을 데려가리라는 걸 알았습니다. 그래서 혼자 생각했죠. '이 사람은 날이 저물기 전에 죽을 거라는 것도 모르고 1년을 준비하는구나.' 그때 '사람에게 허락되지 않은 것이 무엇인지 알게 되리라'는 하느님의 두 번째 말씀이 기억났습니다.

사람의 마음에 무엇이 있는지는 이미 알아냈습니다. 그리고 이제 사람에게 허락되지 않는 것이 무엇인지도 깨달았습니다. 사람은 자신에게 무엇이 필요한지 아는 능력을 얻지 못했던 겁니다. 그때 두 번째로 미소를 지었지요. 친구인 천사를 본 것도 기뻤고 하느님이 제게 두 번째 진리를 깨닫게 하신 것도 기뻤습니다.

그러나 아직 한 가지가 남아 있었습니다. 사람은 무엇으로 사는가에 대한 답은 얻지 못했던 겁니다. 그래서 하느님이 마지막 진리를 알게 해주실 때를 기다렸습니다. 그렇게 6년이 흘렀고, 오늘 어느 부인이 쌍둥이 여자아이들을 데리고 이곳에 왔습니다. 전 그 아이들을 한눈에 알아보았고, 아이들이 지금까지 어떻게 살았는지도 알게 되었습니다. 부인의 이야기를 듣고 생각했습니다. '그 어머니가 아이들을 위해 살려달라고 애원했을 때, 난 부모 없이 아이들은 살아갈 수 없다고 생각하고 그 말을 들어주었지. 하지만 피 한 방울 안 섞인 남이 자기 젖을 물려 아이들을 이렇게 키웠구나.' 부인이 자신이 낳지도 않은 아이들을 가엾이 여기며 눈물을 흘렸을 때, 저는 그 부인에게서 살아계신 하느님을 보았고 사람은 무엇으로 사는지 깨달았습니다. 그리고 하느님이 세 번째 진리를 깨닫게 하시고 절 용서하셨다는 걸 알고서 세 번째로 웃었던 겁니다."

12

천사에게서 옷이 벗겨지면서 빛이 온몸을 감싸 제대로 쳐다볼 수가 없었다. 천사의 목소리는 점점 커져서 그의 입에서 나오는 것이 아니라 하늘에서 들려오는 것 같았다. 천사가 말했다.

"사람은 누구나 자신을 위한 염려가 아니라 사랑으로 사는 것임을 깨달았습니다. 그 어머니에게는 아이들이 살아가려면 무엇이 필요한지 알 수 있는 능력이 없었고, 그 부자 역시 자신에게 무엇이 필요한지 알 수 있는 능력이 없었습니다. 날이 저물었을 때 자신에게 무엇이 필요할지, 산 자가 신을 장화가 필요할지 죽은 자가 신을 슬리퍼가 필요할지 알 수 있는 사람은 아무도 없습니다. 제가 사람이 되어 살아갈 수 있었던 것은 제 힘으로 스스로를 보살필 수 있어서가 아니라 지나가던 사람과 그의 아내가 사랑과 온정을 베풀어주었기 때문입니다. 부모를 잃은 그 아이들이 살 수 있었던 것은 스스로를 보살필 수 있어서가 아니라 이웃집에 사는 한 여인이 따뜻한 마음으로 아이들을 가엾이 여기고 사랑했기 때문이었습니다. 이렇듯 사람은 누구나 자신에 대한 걱정과 보살핌으로 사는 것이 아니라 사람의 마음에 있는 사랑으로 사는 것입니다.

하느님이 인간에게 생명을 주시고 그들이 잘 살아가기를 바란다는 건 알고 있었습니다. 하지만 이제 또 한 가지를 깨달았습니다. 하느님은 사람들이 떨어져 사는 것을 원하지 않기 때문에 각자가 자신에게 무엇이 필요한지 아는 능력을 주지 않으셨습니다. 하느님은 사람들이 함께 살아가기를 원하기 때문에 자신뿐만 아니라 다른 모든 이에게 필요한 게 무엇인지 알게 하셨습니다. 사람들이 자신을 염려

하고 돌봄으로 살 수 있는 것 같지만 사실은 오직 사랑으로만 살 수 있다는 것을 이제 깨달았습니다. 사랑으로 사는 사람은 하느님 안에 사는 것이며, 하느님은 그 사람 안에 살고 계십니다. 하느님은 곧 사랑이기 때문입니다."

그리고 천사는 하느님을 찬양하는 노래를 불렀다. 그 소리에 세몬의 집이 흔들리고 천장이 갈라지더니 땅에서 불기둥이 하늘로 치솟았다. 세몬 부부와 아이들은 바닥에 엎드렸다. 천사의 등에서 날개가 돋아났고, 천사는 하늘로 올라갔다.

세몬이 정신을 차렸을 때, 집은 예전 그대로였고 거기에 가족 말고는 아무도 없었다.

사랑이 있는 곳에 신도 있다

어느 마을에 마르틴 아브제이치라는 구두장이가 살았다. 마르틴은 창문이 하나밖에 없는 지하의 좁은 방에서 살았는데, 창문이 길쪽으로 나서 방에 앉아서도 지나가는 사람들이 보였다. 지하 창문이라 오가는 사람들 발밖에는 보이지 않았지만, 마르틴은 신발만 보고도 그 사람이 누구인지 다 알았다. 마을에 오래 살아서 아는 사람이 많았고 근방에서 그의 손을 한두 번 거치지 않은 신발이 거의 없었기 때문이다. 밑창을 간 것도 있고, 해진 곳에 천을 덧댄 것도 있고, 뜯어진 곳을 꿰맨 것도 있고, 아예 가죽을 새로 간 것도 있었다. 그래서 창문을 내다보고 있노라면 그가 수선한 신발이 종종 보였다. 마르틴은 솜씨가 뛰어난 데다 좋은 재료를 쓰고 수선비도 많이 받지 않는데 약속을 꼭 지켰기 때문에 일감이 늘 넘쳐났다. 약속한 날짜에 해줄 수 있는 일감만 받았다. 제시간에 끝내지 못할 일이면 미리 솔직히 말했다. 그런 소문이 널리 퍼져서 일감이 끊이지 않았다. 마르틴은 본래 선한 사람이었지만, 나이가 들면서 자신의 영혼에 대해 더 많이 생각하고 하느님께 더 가까이 다가갔다. 예전에 마르틴이 남의 밑에서 일을 하던 시절, 세 살 된 아들 카피토슈카를 남기고 아내가 세상을 떠났다. 그 위로 아이들이 있었지만 모두 태어난 지 얼마 되지 않아 죽었다. 처음에 마르틴은 어린 아들을 시골 누이 집에 맡기려 했지만 혼자 지낼 아이 생각을 하니 마음이 아팠다.

'어린아이가 낯선 집에서 지내려면 많이 힘들 거야. 그냥 내가 데리고 있자.'

마르틴은 주인을 떠나 어린 아들과 함께 셋방살이를 했다. 하지만 하느님은 그에게 자식이라는 축복을 허락하지 않으셨다. 아이가 자라서 이제 아버지 일을 돕고 힘이 되어줄 만 해지자 그만 병이 들었다. 그리고 일주일 동안 온몸이 불덩이처럼 펄펄 끓다가 결국 세상을 떠나고 말았다. 아들을 묻은 마르틴은 깊은 절망에 빠져 하느님을 원망했다. 그는 슬픔에 잠겨 자기도 데려가 달라고 기도를 하고 또 했으며, 왜 다 늙은 자신은 살려두고 하나밖에 없는 사랑하는 아들을 데려갔느냐며 하느님께 원망을 퍼부었다. 아들을 잃고 나서는 교회에도 나가지 않았다. 그러던 어느 날, 마르틴과 같은 고향 노인이 트로이차 수도원에서 오는 길에 마르틴을 찾아왔다. 노인은 8년째 성지순례를 하는 중이었다. 마르틴은 노인에게 자신이 겪은 슬픔을 모두 털어놓았다.

"이제 더 살고 싶은 마음이 없어요. 그저 하느님께 빨리 데려가 달라고 조르고만 있지요. 이 세상에 아무런 낙이 없어요."

노인이 대답했다.

"마르틴, 그런 말은 함부로 하는 게 아니라네. 우리 인간은 하느님이 하시는 일을 판단할 수 없어. 세상 일은 우리 생각이 아닌 하느님 섭리로 결정되는 것이지. 자네 아들은 떠나고 자네는 남아야 한다고 하느님이 결정하셨다면, 그것이 가장 좋기 때문이야. 자네가 절망하는 건 자기 행복을 위해 살고 싶어 하기 때문이네."

"그럼 무엇을 위해 살아야 한단 말입니까?"

마르틴이 물었다.

"하느님을 위해서지. 하느님이 생명을 주셨으니 마땅히 하느님을 위해 살아야지. 하느님을 위해 사는 법을 배운다면 더는 슬퍼하지 않게 될 걸세. 그리고 만사가 편안해질 거야."

마르틴이 한동안 잠자코 있다가 다시 물었다.

"어떻게 하면 하느님을 위해 살 수 있습니까?"

노인이 대답했다.

"하느님을 위해 사는 방법은 그리스도께서 다 알려주셨네. 자네 글 읽을 줄 아나? 그렇다면 성경을 사서 읽어보게. 하느님 뜻에 따라 산다는 게 어떤 건지 알게 될 거야. 거기에 다 나와 있어."

마르틴은 노인의 말을 마음 깊이 새겼고, 그날로 당장 큰 활자로 인쇄된 《신약성서》를 사서 읽었다.

처음에는 휴일에만 읽을 생각이었지만, 일단 읽기 시작하니 마음이 편안해져서 매일 읽게 되었다. 성경 읽기에 너무 몰두해서 등잔

기름이 다 떨어지고 나서야 책을 손에서 놓을 때도 있었다. 마르틴은 매일 밤 성경을 읽었다. 읽을수록 하느님이 그에게 무엇을 원하시는지, 어떻게 하느님을 위해 살아야 하는지 더 또렷이 이해가 되었다. 그의 마음은 점점 더 가벼워졌다. 전에는 잠자리에 들 때면 어린 아들을 생각하며 탄식하곤 했지만 이제는 이런 말만 몇 번이고 되뇔 뿐이었다.

"주여, 모든 것이 주님 뜻 안에 있습니다. 주님 뜻대로 이루소서!"

그때부터 마르틴의 삶은 달라졌다. 전에는 쉬는 날이면 밖으로 나가 돌아다니고 술집에서 차를 마시기도 하고 술도 한두 잔씩 마셨다. 친구와 술을 한잔 마시고는 취하지도 않았으면서 공연히 들떠 술집을 나와서는 쓸데없는 소리를 늘어놓기도 하고 지나가는 사람을 붙잡고 큰 소리로 시비를 걸기도 했다. 하지만 이제는 그런 버릇이 완전히 없어졌다. 하루하루가 평화롭고 만족스러웠다. 아침이면 일을 시작했고, 하루치 일을 끝내면 벽에 걸어둔 등잔을 탁자에 옮겨놓았다. 그리고 책장에서 성경을 가져와 자리에 앉아 읽었다. 한 장 한 장 읽을수록 그 뜻이 더 명료하게 이해되었고 따라서 마음도 더 환하고 행복해졌다.

그날 밤도 마르틴은 늦게까지 자지 않고 성경을 읽었다. 〈누가복음〉 6장을 읽는데 이런 구절이 있었다.

"네 뺨을 치는 사람에게는 다른 쪽 뺨도 돌려대고, 네 겉옷을 빼앗는 사람에게는 속옷도 거절하지 말아라. 너에게 달라는 사람에게는 주고, 네 것을 가져가는 사람에게서 도로 찾으려고 하지 말아라. 너희는 남에게 대접을 받고자 하는 대로 남을 대접하여라."

또 이런 말씀도 있었다.

"어찌하여 너희는 나더러 '주님, 주님!' 하면서도, 내가 말하는 것은 행하지 않느냐? 내게 와서 내 말을 듣고 그대로 행하는 사람이 어떤 사람과 같은지를 너희에게 보여 주겠다. 그는 땅을 깊이 파고, 반석 위에다 기초를 놓고 집을 짓는 사람과 같다. 홍수가 나서 물살이 그 집에 들이쳐도, 그 집은 흔들리지도 않는다. 잘 지은 집이기 때문이다. 그러나 내 말을 듣고서도 그대로 행하지 않는 사람은, 기초 없이 맨 흙 위에다가 집을 지은 사람과 같다. 물살이 그 집에 들이치니, 그 집은 곧 무너져 버렸고, 그 집의 무너짐이 엄청났다."

이 구절을 읽고 나니 마음이 기쁨으로 가득 찼다. 마르틴은 안경을 벗어 책 위에 두고는 탁자에 팔꿈치를 괴고서 방금 읽은 구절을 곰곰이 생각했다. 그리고 자기 삶을 그 말씀과 비교해보았다. 이런 생각이 들었다.

'내 집은 반석 위에 서 있을까, 아니면 모래 위에 서 있을까? 반석 위에 서 있다면 좋을 텐데. 이렇게 혼자 고요히 앉아 있을 때는 하느님 말씀대로 다 따를 것 같다가도 조금만 마음을 놓아버리면 금세 또 죄를 짓고 말겠지. 그래도 열심히 살아야 해. 그러면 큰 기쁨을 맛볼 수 있을 거야. 주여, 도와주소서!'

마르틴은 이제 그만 잠자리에 들려다 성경을 덮기가 아쉬워 좀 더 읽기로 했다. 7장의 백부장과 과부의 아들과 요한의 제자들에게 준 예수님의 대답 이야기를 읽다 어느 부유한 바리새인이 예수님을 집으로 청한 대목에 이르렀다. 죄를 지은 여인이 예수님의 발을 향유로 적시고 자신의 눈물로 씻자 예수님이 그 여인의 죄를 사했다는 이야기가 있었다. 44절에는 이런 구절이 있었다.

그런 다음에, 그 여자에게로 돌아서서, 시몬에게 말씀하셨다. "너는 이 여자를 보고 있는 거지? 내가 네 집에 들어왔을 때에, 너는 내게 발 씻을 물도 주지 않았다. 그러나 이 여자는 눈물로 내 발을 적시고, 자기 머리털로 닦았다.

마르틴은 이 구절을 읽고 나서 생각했다.
'발 씻을 물도 주지 않았고, 발에 입을 맞추지도 않았고, 머리에 향유를 붓지도 않았고…….'
마르틴은 다시 안경을 벗어 책 위에 놓고 생각에 잠겼다.
'그 바리새인은 분명 나 같은 사람이었던 거야. 그 사람도 자기만 생각한 거지. 어떻게 하면 차 한잔 마실까, 어떻게 하면 따뜻하고 편하게 지낼까만 생각하고 손님 생각은 전혀 안 했어. 나 편할 생각만 하면서 손님이야 어떻게 되든 나 몰라라 한 거야. 그런데 손님이 누구였던가? 바로 주님이셨어! 주님이 내게 오신다면 나도 그렇게 행동하게 될까?'

마르틴은 두 손으로 턱을 괴고 있다가 깜빡 잠이 들었다.

"마르틴!"

누군가가 등 뒤에서 부르는 소리가 들렸다.

그 소리에 마르틴은 잠에서 깼다.

"누구요?"

고개를 돌려 문 쪽을 보았지만 아무도 없었다. 다시 잠을 청하려는 순간, 이번에는 또렷이 그 소리가 들렸다.

"마르틴, 마르틴! 내일 거리를 내다보아라. 내가 갈 것이다."

마르틴은 의자에서 벌떡 일어나 눈을 비볐다. 방금 그 소리를 들은 것이 꿈인지 생시인지 알 수가 없었다. 그는 등잔불을 끄고 자려고 누웠다.

다음 날 아침 동이 트기도 전에 일어난 마르틴은 기도를 하고 나서 난로에 불을 지펴 양배추 수프와 죽을 준비하고 주전자에 물을 끓였다. 그러고는 앞치마를 두르고 창가에 앉아 일을 시작했다. 일을 하면서도 지난밤 일을 생각했다. 꿈같기도 하다가 정말 그 목소리를 들은 것 같기도 하다가를 왔다 갔다 했다.

'뭐 흔히 있는 일이기는 하지.'

그날따라 일하는 시간보다 창밖 거리를 내다보는 시간이 더 많았다. 눈에 익지 않은 신발을 신은 사람이 지나갈 때마다 신발 주인의 얼굴을 보려고 몸을 구부려 밖을 내다보았다. 새 펠트 장화를 신은 청소부가 지나갔고 물장수도 지나갔다. 그다음 니콜라이 1세 시대의 늙은 군인이 손에 삽을 들고 창 앞으로 왔다. 마르틴은 여기저기 해져서 가죽을 덧댄 낡은 신발을 보고 주인이 누구인지 알았다. 그 늙은 군인 이름은 스테파니치였다. 이웃에 사는 상인이 그의 처지를 딱하게 여겨 데리고 있었고, 스테파니치는 청소 일을 도와주며 밥벌이를 했다. 그는 마르틴의 창문 앞에 쌓인 눈을 치웠다. 마르틴은 그를 바라보다가 다시 일을 시작했다. 엉뚱한 상상을 했다고 생각하니 웃음이 나왔다.

"나도 나이가 드니 정신이 어떻게 된 모양이야. 스테파니치가 눈 치우러 온 걸 보고 그리스도가 찾아오셨다고 상상했으니 말이야. 노망난 늙은이 같으니라고!"

하지만 몇 번 바느질을 하다가는 자꾸 창밖으로 시선이 갔다. 스테파니치가 벽에 삽을 기대놓고 앉아 있는 모습이 쉬는 것 같기도 하고 볕을 쬐는 것 같기도 했다.

이제 나이가 들어서 눈 치울 기력도 없는 듯했다. 마르틴이 그 모습을 보며 생각했다.

'들어오라고 해서 차를 좀 대접할까? 마침 물도 끓고 있으니.'

마르틴은 바늘을 일감에 찔러놓고 일어섰다. 그리고 주전자를 탁자에 내려놓고 차를 만들었다. 그런 다음 손가락으로 창문을 톡톡 두드렸다. 스테파니치가 돌아보더니 창가로 왔다. 마르틴은 들어오라고 손짓을 하고는 문을 열며 말했다.

"들어와서 몸 좀 녹여요. 꽁꽁 얼었겠는데."

"이렇게 고마울 데가 있나. 안 그래도 뼈마디가 욱신거렸거든요."

스테파니치는 방에 들어오자 눈을 털어내고 혹시라도 바닥에 자국이 남을까 봐 발에 묻은 눈도 털어냈는데, 비틀거리는 모양새가 금방이라도 넘어질 것 같았다. 마르틴이 말했다.

"그냥 들어와도 괜찮아요. 바닥은 나중에 닦으면 돼요. 늘 하는 일인데요, 뭐. 자, 여기 앉아서 차 좀 마셔요."

마르틴은 잔 두 개에 차를 따라서 하나는 손님에게 주고 하나는 차받침 위에 올려놓고 후후 불어가며 마셨다.

스테파니치는 차를 남김없이 마신 뒤 찻잔을 엎어놓고 그 위에 남은 설탕을 놓아 고마움을 표시했다. 하지만 조금 더 마시고 싶은 기색이 역력했다.

"한 잔 더 드세요."

마르틴이 손님 잔과 자기 잔에 차를 또 따랐다. 하지만 차를 마시면서 눈길은 계속 창밖으로 돌렸다.

"누구 기다리는 사람이라도 있어요?"

스테파니치가 물었다.

"기다리는 사람이 있냐고요? 글쎄요, 이런 말하기 부끄럽지만, 기다리는 것도 아니고 기다리지 않는 것도 아니에요. 어젯밤에 무슨 소리를 들었는데 자꾸만 생각이 나서 말이에요. 꿈을 꾼 건지 정말 들은 건지도 모르겠고요. 사실 어젯밤에 성경을 읽고 있었거든요. 주님이 이 세상을 다니면서 고난을 당하신 이야기 말이에요. 성경에 대해 들어봤지요?"

스테파니치가 대답했다.

"들어는 봤지요. 그런데 난 배우지 못한 사람이라 글을 읽을 줄 몰라요."

"아, 그렇군요. 어쨌든 예수님이 이 세상을 다니신 이야기를 읽고 있었어요. 그런데 말이에요, 주님이 어느 바리새인에게 갔는데 그가 주님을 제대로 대접하지 않았다는 대목이 나왔어요. 어제 그 구절을 읽으면서, 그리스도를 정성을 다해 맞이하지 않은 그 사람 생각을 했어요. 만일 예수님이 내게 오셨는데 나도 그 바리새인처럼 행동한다면 어떻게 될까 하는 생각도 했고요! 그 사람은 어떻게 예수님을 전혀 대접하지 않았는지. 그런 생각을 하다가 잠이 들었는데, 잠결에 누가 날 부르는 소리가 들리는 것 같아 잠에서 깼지요. 누가 이렇게 속삭이는 소리가 들리는 것 같았어요. '기다려라. 내가 내일 갈 것이다.' 그 말이 두 번이나 되풀이되는 거예요. 그 소리가 자꾸 머릿속에 맴도는 게, 말이 안 된다고 생각하면서도 혹여 주님이 오실까 기다리게 되네요."

스테파니치는 아무 말 없이 고개를 갸우뚱거리더니 남은 차를 마저 마시고는 찻잔을 옆에 놓았다. 마르틴은 찻잔에 다시 차를 따라주었다.

"자, 기운 나게 한 잔 더 드세요. 또 이런 생각도 했어요. 그리스도는 이 세상을 다니면서 아무도 업신여기지 않았으며 오히려 가장 낮은 사람들과 함께 계셨어요. 보잘것없는 사람들과 함께 다녔고 우리처럼 죄 많은 일꾼들 가운데 제자를 택하셨죠. 예수님은 '스스로 높이는 자는 낮아지고 스스로 낮추는 자는 높아질 것'이라고 말씀하셨어요. '나를 여호와라고 하는 자의 발을 씻길 것'이라고도 하셨고요. '첫째가 되고자 하는 자는 뭇사람을 섬기는 자가 되리라'라고도 하셨고 '가난하고 겸손하고 온화하고 마음이 따뜻한 자에게 축복이 있을 것'이라고도 하셨죠."

스테파니치는 차 마시는 것도 잊은 채 마르틴 이야기에 귀를 기울였다. 눈물이 그의 뺨을 타고 흘러내렸다.

"자, 차 좀 더 드세요."

마르틴이 차를 또 권했지만 스테파니치는 가슴에 성호를 긋고는 고맙다고 했다. 그리고 찻잔을 밀어놓으며 자리에서 일어섰다.

"마르틴, 고마워요. 이 차 덕분에 몸도 마음도 따뜻해졌어요."

"언제든 또 오세요. 전 제 집에 손님이 오는 게 정말 좋거든요."

스테파니치가 돌아간 뒤 마르틴은 남은 차를 따라 마시고 그릇을 치웠다. 그러고는 다시 일감을 잡고 구두 뒤축을 수선했다. 일을 하면서도 연신 창밖을 내다보면서 그리스도를 기다리고 그리스도와 그리스도의 행적을 생각했다. 그의 머릿속은 그리스도의 말씀으로 가득 찼다.

창밖으로 군인 두 명이 지나갔다. 한 사람은 군화를 신었고 또 한 사람은 장화를 신고 있었다. 그 뒤로 이웃집 주인이 깨끗한 덧신을 신고 지나갔고 바구니를 든 빵 장수도 지나갔다. 그들이 모두 지나간 뒤에 이번에는 목이 긴 털실 양말에 낡은 신발을 신은 한 여자가 다가왔다. 여자는 창가를 지나다 벽 바로 옆에 멈춰 섰다. 마르틴이 창문으로 여자를 올려다보았다. 처음 보는 얼굴이었다. 허름한 행색의 여자는 품에 아기를 안고 있었다. 바람을 등지고 서서 아기를 감싸주려고 했지만 변변히 감싸줄 게 없었다. 여름옷을 걸쳤는데 그나마도 낡고 해졌다. 아기 울음소리가 마르틴 방까지 들렸다. 여자가 아이를 달래려 애를 써도 아이는 울음을 그치지 않았다. 마르틴은 밖으로 나가 층계에 서서 여자를 불렀다.

"여봐요, 나 좀 보세요."

그 소리에 여자가 돌아보았다.

"이 추위에 아기를 데리고 밖에 서 있으면 어떡해요? 안으로 들어와요. 따뜻해서 아기 달래기에 좋을 거예요. 어서 들어오라니까!"

여자는 앞치마를 두르고 코에 안경을 걸친 채 어서 들어오라고 손짓하는 노인을 놀란 표정으로 쳐다보더니 이내 그 말을 따랐다.

층계를 내려가 방 안으로 들어서서 마르틴은 여자를 침대 쪽으로 안내했다.

"자, 여기 난로 옆에 앉아서 몸을 좀 녹여요. 아이에게 젖도 물리고요."

"젖이 나오지 않아요. 아침부터 아무것도 못 먹었거든요."

여자는 이렇게 말하면서도 아이에게 젖을 물렸다.

마르틴은 딱하다는 듯 고개를 절레절레 흔들더니 식탁으로 가서 빵과 그릇을 내놓고 난로 뚜껑을 열어 양배추 수프를 꺼내 그릇에 담았다. 죽 냄비 뚜껑도 열어봤지만 아직 끓지 않아 하는 수 없이 수프와 빵만 차려냈다. 그러고는 못에 걸린 수건을 가져다 식탁에 올려놓았다.

"어서 와서 먹어봐요. 아기는 내가 봐줄게요. 나도 예전에 아이를 키워본 적이 있어서 좀 볼 줄 알지요."

여자가 성호를 긋고는 식탁 앞에 앉아 음식을 먹었고, 그동안 마르틴은 아기가 있는 침대로 가서 앉았다. 쭈쭈 소리를 내면서 아기를 달래려고 했지만 이가 없어서 잘되지 않았다. 아기는 계속 울어댔다. 이번에는 아기 입가에 손가락을 댔다가 얼른 떼고 또 댔다가 얼른 떼며 장난을 쳤다. 왁스가 묻어 손가락이 더러웠기 때문에 아기 입에 들어가지 않도록 조심했다. 아기는 처음에는 마르틴의 손가락을 빤히 보기만 하더니 이내 까르르 웃음을 터뜨렸다. 그제야 마르틴도 마음이 놓였다. 여자는 음식을 먹으면서 자기 얘기를 털어놓았다.

"남편은 군인이에요. 여덟 달 전에 어디론가 멀리 전출됐는데 그 뒤로 소식이 없어요. 전 남의 집 하녀로 일하다가 아이를 낳았죠. 아기가 있으니 어디서도 절 받아주지 않더군요. 벌써 석 달째 일자리를 얻지 못했어요. 먹을 걸 구하느라 가진 것도 다 팔아버렸고요. 유모로라도 들어가고 싶은데 아무도 절 써주지 않아요. 너무 말랐다면서요. 지금도 어느 가게 주인아주머니에게 다녀오는 길이에요. 저와 한동네에 살던 여자가 그 집에서 일하는데, 주인아주머니가 절 쓰겠다고 약속했거든요. 얘기가 다 된 건 줄 알고 갔더니 다음 주에 오라는 거예요. 그 집이 어찌나 멀던지 기운이 다 빠져버렸고, 불쌍한 어린것도 완전히 지쳐버렸어요. 다행히 집주인 아주머니가 우리를 딱하게 여겨 돈도 받지 않고 방을 내주셨어요. 그분이 아니었으면 정말 살 길이 막막했을 거예요."

마르틴이 한숨을 푹 내쉬고 물었다.

"따뜻한 옷이 하나도 없어요?"

"네, 이제 없어요. 하나 남은 숄을 어제 20코페이카에 저당 잡혔거든요."

여자가 침대로 가서 아기를 안았다. 마르틴도 자리에서 일어나 벽에 걸린 옷가지들을 주섬주섬 들추더니 낡은 외투를 하나 들고 왔다.

"다 낡긴 했지만 그래도 이걸로 아이를 두르면 좀 나을 거예요."

여자가 외투를 봤다가 노인을 보았다. 그리고 외투를 받아들고는 울음을 터뜨렸다. 마르틴이 몸을 돌려 침대 밑을 더듬더니 작은 상자 하나를 꺼냈다. 그리고 상자 안을 뒤져 뭔가를 꺼낸 뒤 다시 여자 앞에 앉았다. 여자가 말했다.

"주님께서 축복을 내려주실 거예요. 주님이 절 이곳으로 보내신 게
틀림없어요. 안 그랬으면 우리 아이는 얼어 죽었을 거예요. 집을 나
설 때만 해도 날이 따뜻하더니 갑자기 말도 못 하게 추워졌어요. 주
님이 할아버지에게 창문 밖을 내다보게 하시고 불쌍한 저를 측은히
여기도록 하신 거예요!"

마르틴이 미소를 지으며 말했다.

"맞아요, 주님이 그렇게 하셨어요. 내가 밖을 내다본 건 절대 우연
이 아니었어요."

마르틴은 지난밤 꿈을 꾼 일이며 오늘 찾아오시겠다고 한 주님의
목소리를 들었던 일을 들려주었다.

"어떤 일이든 있을 수 있지요."

여자는 이렇게 대답하고 자리에서 일어나 외투를 어깨에 둘러 아
기를 감쌌다. 그리고 마르틴에게 고개를 숙이며 다시 한번 고맙다는
인사를 했다.

"그리스도 이름으로 받아요."

마르틴이 저당 잡힌 숄을 찾으라며 여자에게 20코페이카를 건넸
다. 여자는 가슴에 성호를 그었다. 마르틴도 따라서 하고는 여자를
문까지 배웅했다.

여자가 가고 난 뒤 마르틴은 양배추 수프를 좀 먹고 나서 그릇들
을 치우고 다시 앉아 일을 시작했다. 하지만 창문에 계속 신경이 쓰
였고, 그림자가 질 때마다 얼른 고개를 들어 누가 지나가는지 보았

다. 아는 사람들도 지나가고 처음 보는 사람들도 지나갔지만 특별히 눈이 가는 사람은 없었다.

얼마쯤 시간이 지나 고개를 들어보니 어떤 할머니가 창문 앞에 서 있었다. 할머니는 사과가 든 바구니를 들고 있었는데, 거의 다 팔았는지 바구니에는 사과가 몇 개 안 남아 있었다. 대신 나뭇조각이 가득 든 자루 하나를 어깨에 메고 있었는데, 어느 공사장에서 주워 집으로 가져가는 게 분명했다. 할머니는 어깨가 아파 자루를 다른 쪽 어깨에 바꿔 메려는지 자루를 길에 내려놓고 사과 바구니를 말뚝에 올려놓은 다음 자루 속의 나무토막을 흔들어 고르기 시작했다. 그때 어디선가 갑자기 너덜너덜한 모자를 쓴 남자아이가 나타나 바구니에 든 사과 하나를 잡아채 그대로 달아나려고 했다. 하지만 할머니가 알아채고 몸을 돌려 아이의 소매를 움켜잡았다. 아이가 빠져나가려고 버둥거렸지만, 할머니는 두 손으로 아이를 꽉 잡더니 모자를 벗겨내고 머리카락을 잡았다. 아이는 비명을 질러댔고 할머니는 욕설을 퍼부었다. 마르틴은 바늘을 일감에 꽂을 새도 없이 아무 데나 내팽개치고 밖으로 뛰쳐나갔다. 어찌나 허둥거렸던지 계단에 발이 걸리면서 안경을 떨어뜨리기까지 했다. 마르틴이 거리로 나가보니, 할머니가 아이의 머리카락을 잡아당기면서 당장 경찰서로 끌고 가겠다며 으름장을 놓고 있었다. 아이는 할머니 손에서 놓여나려고 몸부림치며 소리를 질렀다.

"난 안 훔쳤어요. 왜 때리는 거예요! 이거 놓으란 말이에요!"

마르틴이 두 사람을 떼어놓은 다음 아이 손을 잡고 말했다.

"할머니, 그냥 보내주세요. 주님의 이름으로 용서해주세요."

"다시는 나쁜 짓 못 하게 혼쭐을 낸 다음에 풀어줄 거예요. 요 못된 녀석을 경찰서에 끌고 가야겠어요."

마르틴이 할머니에게 사정했다.

"할머니, 그냥 보내주세요. 다시는 그러지 않을 거예요. 주님의 이름으로 보내주세요."

마르틴의 간곡한 부탁에 할머니는 아이를 놓아주었다. 아이가 얼른 달아나려고 했지만 마르틴이 아이를 붙잡아 세웠다.

"할머니께 용서를 빌어야지! 다시는 그러지 말거라. 네가 사과를 가져가는 걸 내가 다 봤어."

아이는 눈물을 흘리면서 용서를 빌었다.

"그래, 됐다. 이 사과를 네게 주마."

마르틴은 바구니에서 사과 하나를 집어 아이에게 주면서 말했다.

"할머니, 사과 값은 제가 드릴게요."

"그래봤자 아이들 버릇을 다 망치는 거예요. 저런 놈은 한 일주일 엉덩이에 몽둥이찜질을 해야 하는데 말이지."

"할머니, 그건 우리들 방식이지 주님의 방식은 아니에요. 사과 하나를 훔쳤다고 벌을 줘야 한다면, 그 많은 죄를 지은 우리는 어떻게 되겠어요?"

할머니는 아무 대답도 하지 않았다.

마르틴은 할머니에게 이야기 하나를 들려주었다. 어떤 주인이 종의 큰 빚을 탕감해줬는데, 그 종은 자신에게 빚진 사람을 괴롭혔다는 내용이었다. 노인은 잠자코 마르틴의 이야기를 들었고, 아이도 옆에 서서 들었다.

"주님은 용서하라고 말씀하셨어요. 그러지 않으면 우리도 용서받을 수 없어요. 어떤 사람이라도 용서해야 해요. 하물며 어린아이라면 더 말할 것도 없지요."

노인이 고개를 절레절레 흔들더니 한숨을 내쉬었다.

"그야 맞는 말이지만, 아이들이 워낙 버릇이 없어서 말이지요."

"그러니까 우리처럼 나이 든 사람들이 본을 보여줘야죠."

"내 말이 그거예요. 내게는 아이가 일곱 있었는데 이제 딸 하나만 남았지요."

할머니는 그 딸과 어디에서 어떻게 살고 있으며 손자는 몇 명인지 이야기했다.

"난 이제 기운이 다 떨어졌지만 그래도 계속 일을 해요. 어린 손자들이 가여워서 말이지요. 아이들이 얼마나 착한지 몰라요. 날 반겨주는 건 세상천지에 그 아이들밖에 없어요. 특히 아크슈트 그 녀석은 한시도 내 곁에서 안 떨어지려고 해요. '우리 할머니, 세상에서 제일 좋은 우리 할머니' 이러면서요."

손자 얘기가 나오자 노인은 마음이 완전히 누그러져서 아이에게 말했다.

"그래, 너도 철이 없어서 한 짓이겠지. 부디 주님이 함께하시길."

노인이 자루를 어깨에 메려고 하자 아이가 얼른 곁으로 다가가서 말했다.

"할머니, 제가 들어드릴게요. 저도 그쪽으로 가거든요."

노인이 고개를 끄덕이고는 자루를 아이 어깨에 얹었다.

두 사람은 함께 거리를 걸어갔다. 노인은 마르틴에게 사과 값을 받는 것도 까맣게 잊어버렸다. 마르틴은 그 자리에 서서 두 사람이 이야기를 나누며 걸어가는 모습을 지켜보았다.

두 사람이 시야에서 사라지고 난 뒤 마르틴은 집으로 돌아왔다. 계단에서 아까 떨어뜨렸던 안경을 주웠는데 다행히 망가진 데 없이 말짱했다. 마르틴은 바늘을 들고 앉아 다시 일을 시작했다. 일을 시작한 지 얼마 되지도 않았는데 벌써 날이 저물어 바늘귀에 실이 제대로 들어가지 않았다. 고개를 들어보니 가로등지기가 다니면서 가로등의 불을 밝혔다. 이제 불을 켜야 할 것 같아 등잔에 불을 붙여 벽에 걸고는 다시 앉아 일을 했다. 장화 한 짝을 마무리한 뒤 이리저리 돌리면서 살펴보았다. 말끔하게 수선되었다. 이제 도구를 정리하고 가죽 조각들을 쓸어내고 실과 바늘을 한쪽에 치워놓은 다음 등잔을 탁자에 내려놓았다. 그리고 책장에서 성경을 꺼냈다. 지난밤에 가죽 조각을 끼워놓은 부분을 펼치려고 했는데 엉뚱한 곳이 펼쳐졌다. 성경을 펼치니 어젯밤 꿈이 생각났고, 그 생각을 하는 순간 뒤에서 발소리가 들리는 것 같았다. 뒤를 돌아보니 컴컴한 구석에 누군가 서 있었다. 사람인 건 분명한데 누구인지는 알 수 없었다. 마르틴의 귀에 속삭임이 들렸다.

"마르틴, 마르틴, 나를 알아보지 못했느냐?"

"누구신가요?"

"그 사람이 바로 나였다."

그 순간 어두운 구석에서 스테파니치가 나타나 빙그레 웃더니 이내 구름처럼 사라졌다.

"그 사람이 나였다."

이 말이 또 들렸다.

이번에는 어둠 속에서 아기를 안은 여자가 나오더니 미소를 지었고 아기는 까르르 웃음을 터뜨렸다. 두 사람도 사라졌다.

"그 사람이 나였다."

이 소리가 또 들렸다.

그리고 할머니와 사과를 든 남자아이가 나타나 둘 다 미소를 짓고는 사라졌다.

마르틴의 마음은 기쁨으로 넘쳤다. 그는 성호를 긋고 안경을 쓰고 나서 성경의 펼쳐진 곳을 읽었다. 그 장의 첫머리에 이런 구절이 있었다.

"너희는, 내가 주릴 때에 내게 먹을 것을 주었고, 목마를 때에 마실 것을 주었으며, 나그네로 있을 때에 영접하였고……."

그리고 맨 아래에는 이런 구절이 있었다.

"너희가 여기 내 형제자매 가운데, 지극히 보잘것 없는 사람 하나
에게 한 것이 곧 내게 한 것이다."

—〈마태복음〉25장 40절

그제야 마르틴은 꿈이 그대로 이루어졌다는 걸 깨달았다. 이날 그
리스도는 정말 마르틴에게 오셨으며 마르틴은 주님을 영접했다.

사람에게는 얼마나
많은 땅이 필요한가

1

어느 날 도시에 사는 언니가 시골에 사는 동생을 찾아왔다. 언니는 상인과 결혼해 도시에 살았고 여동생은 시골 농부에게 시집을 갔다. 자매가 차를 마시며 이야기를 나누는데, 언니가 도시 생활이 얼마나 좋은지 자랑하기 시작했다. 넓고 깨끗한 집에서 살며, 아이들에게 좋은 옷을 입히고, 맛있는 걸 먹고 마시고, 마차를 타고 극장 구경도 다니고 여기저기 놀러도 다닌다고 자랑을 늘어놓았다.

그 말에 기분이 상한 동생이 상인의 생활을 헐뜯으며 농촌 생활을 치켜세웠다.

"난 절대 내 인생을 언니 인생하고 바꾸지 않을 거예요. 넉넉하게 살진 못해도 대신 근심 걱정이 없거든요. 언니가 우리보다 호화롭게 산다고 해도 돈벌이가 신통치 못하면 언제라도 빈털터리가 되는 거잖아요. 부자와 가난뱅이는 종이 한 장 차이라는 옛말도 있지요. 오늘 부자가 다음 날 먹을 걸 구걸하러 다니는 일도 종종 있고 말이에요. 우리 농사일은 그럴 염려가 없어요. 농사꾼 생활이 넉넉하지는 않아도 오래 가잖아요. 부자가 못 되는 대신 배를 곯는 일도 없지요."

언니가 대꾸했다.

"소, 돼지하고 살면서 배만 안 곯으면 다야? 평생 좋은 옷을 입어보길 하나 멋진 사람들을 만나볼 수가 있나. 네 남편이 아무리 열심히 일해봐야 결국 거름 더미에서 살다가 죽겠지. 아이들도 그렇고 말이야."

"맞아요, 우리 일은 그래요. 대신 위험한 건 전혀 없죠. 누구한테 굽실거릴 필요도 누굴 겁낼 필요도 없고요. 하지만 도시 생활은 사방에 유혹이 있잖아요. 오늘 무사했다 해도 내일 악마의 꾐에 넘어갈 수도 있어요. 형부가 언제 노름이나 술이나 여자에 빠져서 전 재산을 날릴지 알 게 뭐예요? 툭하면 그런 일이 일어나잖아요?"

동생 남편인 바흠이 난롯가에서 여자들의 수다를 들으면서 생각했다.

'그래, 맞는 말이야. 우리는 어릴 때부터 땅을 파먹고 사느라 엉뚱한 생각을 할 틈이 없었지. 딱 하나 아쉬운 게 있다면 땅이 넉넉하지 않다는 거야! 땅만 널찍하다면 악마도 무섭지 않을 텐데!'

여자들은 차를 다 마시고 나서도 한참 동안 옷 얘기를 하다가 찻잔을 치우고 잠자리에 들었다.

그런데 악마가 난로 뒤에 앉아서 그들의 얘기를 다 듣고 있었다.

악마는 농부가 아내 말에 넘어가 땅만 넉넉하게 있으면 악마도 무섭지 않다고 큰소리 치는 걸 듣고 옳다구나 생각했다.

'좋았어, 한번 붙어보자. 내가 널찍한 땅을 주지. 그리고 그 땅으로 널 내 손아귀에 넣고 말겠어.'

2

그 마을에는 여자 지주가 살았다. 그녀가 소유한 땅은 120데샤티나* 정도로 그렇게 넓지 않았다. 이 여자 지주는 지금까지 농부들과 아무 갈등 없이 잘 지내왔고 농부들을 괴롭히는 일도 없었다. 그런데 퇴역 군인을 관리인으로 고용하면서 문제가 생겼다. 관리인은 온갖 명목으로 벌금을 받아내며 농부들을 괴롭혔다. 바흠이 아무리 조심을 해도 말이 지주네 귀리 밭에 들어가거나 암소가 마당을 뛰어다니거나 송아지가 목초지에서 돌아다니는 일이 자꾸만 생겼고 그때마다 벌금을 물어야 했다.

벌금을 물 때마다 바흠은 식구들을 욕하고 때리며 화풀이를 했다. 여름 내내 관리인 때문에 곤혹을 치른 터라 겨울이 와서 가축을 우리에 가둬놓을 수 있게 되자 반갑기까지 했다. 사료가 아깝긴 했지만

---

* 1데샤티나는 10,920제곱미터

마음은 한결 편했다.

그런데 겨울이 되자 지주가 땅을 팔려고 내놓았으며 그 땅을 큰길에 있는 여관 주인이 살 거라는 소문이 돌았다. 이 소식을 들은 농민들은 걱정이 이만저만이 아니었다.

'그 사람이 땅 주인이 되면 지금 지주보다 더 지독하게 벌금을 받아낼 텐데 정말 걱정이야. 우리야 다들 이 땅으로 먹고사는데 말이야.'

그래서 농부들은 다 함께 지주를 찾아가 여관 주인에게 땅을 팔지 말아달라고 부탁했다. 그리고 값을 더 많이 줄 테니 자기들에게 땅을 팔라고 했다. 지주는 그 제안을 받아들였다. 농부들은 공동으로 땅 전부를 사기로 하고 몇 번이나 모여 의논했지만 좀처럼 결정을 내릴 수가 없었다. 악마가 훼방을 놓았기 때문에 의견일치가 되지 않았다. 하는 수 없이 농부들은 각자 형편에 맞게 따로 땅을 사기로 했다. 지주도 이 제안을 받아들였다. 바흠은 이웃 사람이 20데샤티나를 샀는데 땅값의 반만 주고 나머지 반은 1년 안에 주기로 했다는 말을 들었다. 바흠은 샘이 났다.

'남들이 땅을 다 사버리면 내겐 아무것도 없잖아.'

그래서 바흠은 아내와 의논했다.

"다들 땅을 사들이고 있어. 그러니까 우리도 10데샤티나 정도는 사야지. 안 그러면 여기서 살 수가 없을 거야. 그 관리인이라는 작자가 벌금을 왕창 물리면서 우리를 못살게 굴 거야."

바흠 부부는 어떻게 하면 땅을 살 수 있을지 궁리했다. 모아둔 100루블에 망아지 한 마리와 키우던 꿀벌 중 절반을 판 돈을 보탰다. 아들 하나를 남의 집 일꾼으로 보내면서 선금을 받았다. 그래도 모자라는 돈은 동서에게서 빌려 간신히 땅값의 절반 정도를 마련했다.

어렵사리 돈을 마련한 바흠은 나무가 울창한 15데샤티나 넓이의 땅을 미리 점찍어놓은 다음 지주를 찾아가 가격을 흥정하고 계약금을 치렀다. 그리고 시내로 나가 매매계약을 끝냈는데, 우선 땅값의 절반을 내고 나머지는 2년 안에 주기로 했다.

그렇게 해서 바흠에게도 자기 땅이 생겼다. 그는 씨앗을 빌려 새로 산 땅에 심었다. 농사는 풍년이었고, 바흠은 1년 만에 남은 땅값과 동서에게 진 빚을 다 갚을 수 있었다. 이제 바흠은 진짜 땅 주인이 되어 자신의 밭을 갈아 씨를 뿌리고, 자신의 목장에서 꼴을 베고, 자신의 숲에서 장작을 마련하고, 자신의 목초지에서 가축을 길렀다. 자기 밭을 갈러 나가면서, 쑥쑥 자라는 곡물과 목초지를 보며 바흠의 마음은 기쁨으로 가득 찼다. 거기에서 자라는 풀과 꽃은 다른 곳에서 자라는 것과 다르게 보였다. 이전에 지나칠 때는 다른 땅과 다를 게 없어 보였는데 이제는 완전히 달라 보였다.

3

바흠은 더 바랄 게 없을 만큼 만족스러웠다. 하지만 마을 사람들이 그의 밭과 목초지에 함부로 들어오는 통에 골치를 썩어야 했다. 바흠이 최대한 공손히 부탁을 해도 그들은 아랑곳하지 않았다. 급기야 사람들은 바흠의 목초지에 소를 풀어놓기도 하고, 야간 방목을 나온 말이 그의 밭에 들어가기도 했다. 그럴 때마다 바흠은 가축만 쫓아내고 주인들에게는 좋게 이야기할 뿐 재판에 넘기거나 하지는 않았다. 하지만 마침내 더는 참을 수 없는 지경이 되자 재판소에 고소했다. 모든 게 땅이 부족해서 생긴 문제이며 마을 사람들이 나쁜 마음을 먹어서는 아니라는 걸 바흠도 알았지만 어쩔 도리가 없었다.

'이대로 계속 봐주다가는 땅이 남아나질 않겠어. 따끔한 맛을 좀 보여줘야 돼.'

그래서 바흠은 재판을 걸어 마을 사람 몇 명에게 벌금을 물렸다. 그러자 마을 사람들이 앙심을 품고는 일부러 바흠의 땅에 가축을 풀어놓기 시작했다. 어떤 사람은 밤에 숲에 들어가 보리수나무 열 그루의 껍질을 벗겨가기도 했다. 어느 날 바흠이 숲을 지나는데 뭔가 허연 게 눈에 띄었다. 가까이 가보니 껍질이 벗겨진 보리수나무가 바닥에 쓰러져 있었고 나무가 잘린 곳에는 밑동만 남아 있었다. 숲 가장자리 나무를 베거나 한 그루라도 남겨두었다면 좋았을 텐데 그들은 몽땅 베어놓았다. 바흠은 화가 머리끝까지 치밀었다.

'대체 어떤 놈이야? 누군지 찾아내기만 하면 혼쭐을 내주겠어.'

바흠은 누구 짓인지 알아내려고 머리를 쥐어짰다. 그러다 마침내 생각이 났다.

'쇼무카 말고는 이런 짓을 할 자가 없어.'

바흠은 그 길로 쇼무카의 집으로 가서 증거를 찾았지만 아무것도 발견하지 못한 채 말다툼만 하고 돌아왔다. 하지만 쇼무카 짓이 틀림없다고 확신하고는 그를 고소했다. 결국 두 사람은 법정에 섰다. 재판이 몇 차례나 열렸지만 증거가 없었으므로 쇼무카는 무죄로 풀려났다. 바흠은 있는 대로 화가 나서 촌장과 재판관들에게 분통을 터뜨렸다.

"당신들은 도둑 편을 들고 있군요. 당신들이 올바로 살고 있다면 도둑놈을 풀어주는 일 같은 건 없을 거요!"

급기야 바흠은 재판관들과도 싸움을 벌였고 이웃 사람들과의 사이는 더 나빠졌다. 마을 사람들은 바흠에게 집에 불을 지르겠다고 으름장까지 놓았다. 그렇게 해서 바흠은 넓은 땅을 가졌지만 마을에서 그의 자리는 이전보다 훨씬 좁아졌다.

이즈음, 농부들이 새로운 땅으로 떠난다는 소문이 들렸다. 바흠은 생각했다.

'내가 내 땅을 두고 떠날 필요는 없지. 사람들이 떠나면 남는 땅이 더 많아질 거야. 그 땅도 사들여서 내 땅을 넓혀야겠어. 그러면 더 편히 살 수 있겠지. 지금은 영 비좁아서 말이야.'

어느 날 바흠이 집에 있는데, 지나가던 나그네가 들렀다. 바흠은 나그네를 하룻밤 재워주고 저녁도 대접했다. 바흠은 나그네와 이런 저런 얘기를 나누다 어디에서 왔는지 물었다. 나그네는 볼가 강 건너

편에서 왔으며 거기에서 일을 한다고 대답했다. 얘기가 계속 이어지다가 나그네는 많은 사람이 그곳으로 이주해간다는 말도 했다. 그곳에 이주하면 조합에 가입해 한 사람 당 10데샤티나씩의 땅을 받는다고도 했다.

"땅이 워낙 기름져서 밀을 심으면 말이 보이지 않을 정도로 자라고, 밀알은 또 어찌나 많이 열리는지 다섯 줌만 베어도 한 다발이 된답니다. 어느 농부는 아무것도 없이 빈손으로 왔는데 지금은 말 여섯 필과 소 두 마리를 갖게 됐지요."

바흠은 가슴이 마구 뛰었다.

'그렇게 살기 좋은 곳이 있다면 이 좁은 땅에서 궁상맞게 살 필요가 없지. 여기 땅과 집을 팔아 그 돈을 갖고 거기에 가서 집을 짓고 새롭게 시작하는 거야. 이렇게 좁은 땅덩어리에 살다 보면 늘 골치 아픈 일이 생기게 마련이거든. 일단 직접 가서 내 눈으로 확인해봐야겠어.'

여름이 되자 바흠은 채비를 하고 길을 떠났다. 볼가 강에서 배를 타고 사마라까지 간 뒤 다시 400베르스타*를 걸어 드디어 목적지에 도착했다. 모든 것이 나그네가 말한 그대로였다. 농부들은 한 사람당 10데샤티나의 땅을 받아 여유롭게 살았으며, 본인이 원하기만 하면 조합에 가입할 수 있었다. 뿐만 아니라, 배당받은 땅 말고도 돈만 있

---

* 1베르스타는 1,067미터

으면 3루블의 가격으로 제일 좋은 땅을 원하는 만큼 살 수 있었다.

알아보고 싶은 걸 다 알아보고 나서 바흠은 가을이 되기 전에 고향으로 돌아와 전 재산을 팔았다. 땅을 꽤 비싼 값에 팔았고 집과 가축도 모두 팔았다. 조합에서도 탈퇴한 뒤 봄이 오기만을 기다렸다가 가족을 데리고 새로운 땅으로 떠났다.

4

가족과 함께 새 마을에 도착한 바흠은 곧장 조합에 가입하기로 했다. 그는 마을 노인들에게 술을 대접하고 필요한 서류를 모두 갖췄다. 그렇게 해서 이주를 허락받고 다섯 식구 몫에 해당하는 50데샤니티나의 땅과 목장을 받았다. 바흠은 그곳에서 집을 짓고 가축도 키웠다. 조합에서 받은 땅은 예전 땅의 세 배나 되었고 아주 비옥했다. 이전보다 살림살이가 열 배쯤 나아졌다. 농사를 지을 수 있는 땅이 넉넉했고 목초지가 넓어 가축도 얼마든지 키울 수 있었다.

처음 새로운 마을에 와서 한창 집을 짓고 정착할 때만 해도 바흠은 아주 만족스러웠다. 하지만 시간이 지나면서 그 땅도 좁게 느껴졌다. 첫해에는 조합에서 받은 땅에 밀을 심어 풍작을 거두었다. 밀 농사를 계속 짓고 싶었지만 조합에서 받은 땅이 부족했다. 원래 있던 땅은 밀 농사에 적합하지 않았다. 그 지역에서는 밀을 억새밭이나 묵혀둔 땅에 심어야 했다. 한두 해 밀 농사를 짓고 나면 풀로 뒤덮일 때까지 땅을 놀려야 했다. 그리고 그런 땅은 원하는 사람들이 많았으므로 모두에게 돌아가질 못했다. 사람들은 서로 땅을 차지하려고 다퉜다. 형편이 넉넉한 사람들은 그 땅에 직접 농사를 짓고 싶어 했고 형편이 어려운 사람들은 땅세를 받고 상인들에게 빌려주었다. 바흠은 밀 농사를 더 짓고 싶었다. 그래서 이듬해에 상인에게 1년간 땅을 빌렸다. 그 땅에 더 많은 씨를 뿌려 풍작을 거두었다. 하지만 그 땅은 마을에서 15베르스타나 떨어져 있어서 농작물을 운반하기가 여간 힘든 게 아니었다. 그런데 그곳에서는 장사를 겸하는 농민들이 농장을 소유하고 여유롭게 살았다. 그걸 보면서 바흠은 생각했다.

'땅을 좀 사서 집을 지으면 얼마나 좋을까. 굉장히 편해질 텐데'

그날 이후로 땅을 사고 싶다는 생각이 바흠의 머릿속을 떠나지 않았다.

그로부터 3년이라는 세월을 더 땅을 빌려 밀 농사를 지으며 보냈다. 해마다 농사는 풍작이어서 돈도 꽤 모였다. 바흠은 그런대로 만족하며 살 수도 있었지만, 매년 아등바등하며 남의 땅을 빌리는 일이 지겨워졌다. 어디에 좋은 땅이 있다 싶으면 너도나도 몰려가 차지하려고 하기 때문에 재빨리 움직이지 않으면 농사지을 땅도 얻지 못했다. 그러다 3년째 되는 해에 바흠은 상인과 반반씩 돈을 합해 마을 사람들에게서 목초지를 빌렸다. 그리고 밭을 다 갈았는데 사람들과 다툼이 생겨 재판에 넘겨지는 바람에 모든 노력이 허사가 되었다. 그때 이런 생각이 들었다.

'내 땅이었다면 누구한테 머리 숙일 일도 없고 이렇게 기막힌 일도 안 당할 텐데.'

그때부터 바흠은 정식으로 구입할 땅을 찾았다. 그러다 500데샤티나의 땅을 샀지만 형편이 어려워져 헐값에 되팔려고 하는 어느 농부를 우연히 만났다. 두 사람은 여러 차례 흥정한 끝에 1,500루블로 결정했고 땅값의 반은 나중에 주기로 했다. 일이 그렇게 끝나갈 즈음, 어느 날 상인 하나가 말 먹이를 좀 얻으려고 바흠의 집에 들렀다. 두 사람은 차를 마시면서 이야기를 나누었다. 상인은 멀리 바시키르에서 막 돌아오는 길인데 그곳에서 5,000데샤티나의 땅을 1,000루블에 샀다고 했다. 바흠이 더 캐묻자 상인이 대답했다.

"그저 노인들 비위만 맞춰주면 돼요. 나는 100루블어치 옷과 양탄자를 선물하고 차도 한 상자 주고 술을 마시는 사람들한테는 술도 대접했죠. 그랬더니 1데샤티나나 되는 땅을 20코페이카에 주지 뭡니까."

상인이 땅문서를 보여주며 덧붙였다.

"하천을 끼고 있는 풀로 뒤덮인 초원이죠."

바흠은 더 꼬치꼬치 캐물었다.

"땅이 얼마나 넓은지 1년 내내 걸어도 다 돌아보지 못할 정도예요. 다 바시키르 사람들 땅이에요. 그 사람들은 양같이 순해서 거의 공짜로 땅을 얻을 수 있다니까요."

그 말을 듣고 바흠은 생각했다.

'그렇다면 고작 500데샤티나 땅을 사느라 1,000루블을 날리고 거기다 빚까지 얻을 필요가 없는 거잖아. 거기에 가면 그 돈으로 엄청나게 넓은 땅을 살 텐데 말이야.'

5

바흠은 바시키르로 가는 길을 자세히 물었고, 상인이 가고 나자 곧 떠날 채비를 했다. 집안일은 아내에게 맡기고 하인 한 사람을 데리고 길을 나섰다. 가는 길에 시내에 들러 상인이 얘기해준 대로 차 한 상자와 술, 이런저런 선물을 샀다. 그리고 500베르스타 넘는 길을 걷고 또 걸었다. 그렇게 일주일쯤 됐을 때 드디어 바시키르 마을에 도착했다. 모든 게 상인이 말한 그대로였다. 사람들은 옆에 강이 흐르는 초원에서 양털로 만든 천막을 치고 살았다. 그들은 밭을 일구지도 않았고 곡식을 먹지도 않았다. 초원에서는 소와 말이 떼 지어 돌아다녔다. 망아지는 천막 뒤에 묶어놓고 어미 말들을 하루에 두 번 그리로 보냈다. 말에서 젖을 짜 그걸로 술을 만들었다. 술과 치즈를 만드는 것은 여자들이었고, 남자들은 그저 술과 차를 마시고 양고기를 먹고 피리나 불면서 한가롭게 지냈다. 사람들 모두 건강하고 쾌활했으며 여름 내내 빈둥거리고 놀기만 했다. 아주 무식하고 러시아어도 몰랐지만 성격은 정말 좋았다.

바흠을 보자 사람들이 천막에서 몰려나와 그를 에워쌌다. 그들 중에 통역하는 사람도 있었다. 바흠은 그에게 땅을 좀 사러 왔다고 말했다. 바시키르 사람들은 바흠을 몹시 반기며 가장 좋은 천막으로 데려갔다. 그리고 양탄자 위에 방석을 놓고 거기에 바흠을 앉히고는 자기들도 빙 둘러 앉았다. 그들은 차와 술을 내오고 양고기 요리도 대접했다. 바흠이 마차에서 차와 선물을 가져와 나눠주었다. 바시키르 사람들은 무척 좋아했다. 그들은 자기들끼리 뭔가 한참 얘기하더니 통역하는 사람에게 전하라고 했다. 통역하는 사람이 말했다.

"이렇게 전해달라고 합니다. 우리는 당신이 마음에 듭니다. 최선을 다해 손님을 기쁘게 해주고 선물에 답례를 하는 것이 우리 관습입니다. 당신이 우리에게 선물을 줬으니 우리가 가진 것 가운데 당신이 원하는 게 있다면 뭐든 드리겠습니다."

바흠이 대답했다.

"내가 정말 원하는 건 이곳의 땅입니다. 우리 마을은 땅이 부족하고 그나마도 잔뜩 메말랐어요. 하지만 이곳은 땅이 많고 아주 기름지더군요. 이렇게 좋은 땅은 생전 처음 봅니다."

통역하는 사람이 바흠의 말을 전하자 바시키르 사람들은 또 자기들끼리 한참을 이야기했다. 바흠은 그들의 말을 알아듣진 못했지만, 목청을 높이고 웃는 걸로 봐서 굉장히 즐거워한다는 건 알 수 있었다. 잠시 뒤, 그들이 말을 멈추고 바흠을 쳐다보았다. 통역하는 사람이 말을 전했다.

"당신의 호의에 대한 보답으로 원하는 만큼의 땅을 기꺼이 주겠다고 합니다. 그러니까, 원하는 땅을 손으로 가리키기만 하면 그대로 주겠다고 합니다."

그런데 바시키르 사람들이 또 무슨 얘기를 하는가 싶더니 갑자기 다투기 시작했다. 바흠이 무슨 일인지 묻자 통역하는 사람이 대답했다.

"땅 문제는 촌장님에게 물어본 다음에 결정해야 한다고 하는 쪽과 그럴 필요 없다고 하는 쪽이 맞서는 겁니다."

6

바시키르 사람들이 한창 옥신각신하는데 여우 털모자를 쓴 남자가 불쑥 들어왔다. 그러자 모두들 말을 뚝 그치고 자리에서 일어섰다. 통역하는 사람이 말했다.

"이분이 바로 촌장님입니다!"

바흠은 준비해온 선물 가운데 가장 좋은 옷과 5파운드짜리 차 상자를 가져다 촌장에게 내밀었다. 촌장은 그걸 받아들고 맨 윗자리에 앉았다. 사람들이 일제히 촌장에게 뭔가를 말하기 시작했다. 촌장은 한참 얘기를 듣더니 고갯짓으로 사람들을 조용히시키고는 바흠에게 러시아어로 말했다.

"자, 그렇게 하세요. 마음에 드는 땅을 고르세요. 땅이야 얼마든지 있으니."

바흠은 생각했다.

'갖고 싶은 만큼 가지라고 하는데 어떻게 가져야 하는 거지? 확실히 계약을 해야겠어. 안 그러면 준다고 해놓고 나중에 다시 빼앗아갈지도 모르니까.'

바흠이 말했다.

"이렇게 친절을 베풀어주시니 감사합니다. 이곳에는 땅이 많긴 하지만 전 그냥 조금만 바랄 뿐입니다. 단, 제 땅이 얼마만큼 되는지 확실히 알고 싶습니다. 정확히 측량을 해서 주시면 안 될까요? 사람 목숨이라는 게 언제 어떻게 될지 모르는 거 아니겠습니까? 여러분이 선뜻 땅을 주셨는데 나중에 여러분 후손들이 다시 빼앗아갈 수도 있잖아요."

촌장이 대답했다.

"맞는 말입니다. 원하는 대로 해드리지요."

"상인 하나가 여기서 땅을 사고 문서를 받았다는 얘기를 들었는데, 제게도 그렇게 해주셨으면 합니다."

촌장은 그 말뜻을 알아듣고 대답했다.

"그러지요. 전혀 어려운 일이 아니에요. 이곳에도 서기가 있으니 함께 시내에 가서 서류에 도장을 찍도록 합시다."

"그런데 땅값은 얼마인가요?"

"여기에서는 값이 다 똑같습니다. 하루에 1,000루블입니다."

바흠은 무슨 말인지 알아들을 수가 없었다.

"하루라고요? 그건 어떻게 재는 건가요? 넓이가 몇 데샤티나쯤 되는 건가요?"

"우리는 그런 식으로 계산하는 건 모릅니다. 하루 단위로 땅을 팔지요. 하루에 걸어서 갔다 온 만큼 땅을 가질 수 있는 겁니다. 그 하루치가 1,000루블인 것이지요."

바흠이 깜짝 놀라 물었다.

"하루에 돌 수 있는 땅이 상당히 넓을 텐데요."

촌장이 웃으면서 대답했다.

"그 땅을 다 갖는 겁니다. 단, 조건이 하나 있어요. 그날 안으로 처음 출발했던 곳으로 돌아오지 못하면 돈을 잃게 됩니다."

"그런데 내가 다닌 곳을 어떻게 표시하나요?"

"당신이 출발하고 싶은 장소를 정하면 우리가 같이 갈 겁니다. 그리고 거기에서 기다리고 있을 테니, 당신은 삽 하나를 들고 그 지점을 출발해 돌아오면 되는 거예요. 어디든 원하는 곳에 표시를 하세요. 그러니까 방향을 바꿀 때마다 삽으로 땅을 파고 풀을 심어두는 거지요. 그러면 나중에 우리가 가서 쟁기로 각 구덩이를 연결할 겁니다. 얼마나 멀리까지 가든 상관없지만 해가 지기 전에는 꼭 출발했던 곳으로 돌아와야 합니다. 그러면 그 땅은 전부 당신 것이 됩니다."

바흠은 뛸 듯이 기뻤다. 다음 날 아침 일찍 출발하기로 하고는 사람들과 얘기를 나누고 술과 양고기를 먹고 차를 마시다 보니 어느새

밤이 깊었다. 바시키르 사람들은 다음 날 아침 동이 틀 때 모여 해가 뜨기 전에 약속 장소로 나가기로 하고 바흠에게 푹신한 깃털 이불을 내준 뒤 각자 천막으로 돌아갔다.

7

바흠은 자리에 누워서도 좀처럼 잠을 이룰 수가 없었다. 땅 생각이 머리에서 떠나질 않았다.

'땅을 최대한 많이 차지해야 하는데! 요즘은 해가 기니까 하루에 50베르스타 정도는 너끈히 갈 수 있어. 그 정도면 얼마나 넓은 걸까! 그중 시원치 않은 땅은 팔거나 빌려주고 좋은 땅에는 내가 농사를 지어야지. 소 두 마리와 쟁기를 사고 일꾼도 두 사람 고용해서 50데 샤티나 정도에 농사를 짓고 나머지 땅에는 가축을 길러야지.'

바흠은 뜬눈으로 밤을 지새우다 새벽녘에 깜빡 잠이 들었다. 그리고 잠이 들자마자 꿈을 하나 꾸었다. 꿈에서 그가 천막 안에 누워 있는데 밖에서 누군가 웃는 소리가 들렸다. 누구인지 궁금해서 밖으로 나가보니 바시키르의 촌장이 천막 앞에 앉아 배를 움켜쥐고 몸을 흔들면서 웃고 있었다. 바흠이 촌장에게 가서 물었다.

"왜 그렇게 웃고 있습니까?"

그런데 다시 보니 그는 촌장이 아니라 얼마 전 바흠 집에 와서 땅

얘기를 해주던 상인이었다. 바흠이 "여기는 언제 온 거요?"하고 물으려는 순간, 상인의 모습은 예전에 볼가 강 너머에서 왔다던 농부로 변해 있었다. 하지만 또다시 보니 농부도 아니었다. 뿔과 발톱이 달린 악마가 낄낄거리며 웃고 있었고 그 앞에 어떤 남자가 맨발에 바지와 셔츠만 입은 채 땅에 쓰러져 있었다. 바흠이 가까이 가서 자세히 들여다보니 남자는 죽어 있었는데, 그는 바로 바흠이었다. 그 순간 바흠은 소스라치게 놀라며 눈을 번쩍 떴다.

'아, 꿈이잖아.'

주위를 두리번거리니 열린 문틈으로 부옇게 날이 밝아오는 것이 보였다.

'어서 사람들을 깨워 출발해야지.'

바흠은 자리에서 일어나 마차에서 자던 하인을 깨워 말을 준비하게 하고 바시키르 사람들을 깨우러 갔다.

"자, 땅을 재러 갈 시간이에요."

바시키르 사람들이 모두 모였고 촌장도 왔다. 사람들은 또 술을 마시면서 바흠에게 차를 권했다. 하지만 바흠은 더는 지체할 수가 없었다.

"자, 자, 더 늦기 전에 어서 갑시다."

8

바시키르 사람들이 준비를 마치고 출발했다. 어떤 사람은 말을 타고 어떤 사람은 마차를 타고 갔다. 바흠은 삽을 준비하고 하인과 함께 자신의 마차에 탔다. 초원에 도착하니 날이 훤하게 밝아왔다. 바시키르 어로 시항이라는 언덕에 오른 다음 모두들 말과 마차에서 내려 한데 모였다. 촌장이 바흠에게 다가와 한 손을 들어 들판을 가리키면서 말했다.

"자, 눈앞에 보이는 이 땅이 전부 우리 땅입니다. 어디든 마음에 드는 곳을 고르세요."

바흠의 눈이 반짝거렸다. 땅은 온통 풀로 뒤덮인 데다 손바닥처럼 평평했으며 양귀비 씨처럼 검었다. 구덩이마다 온갖 종류의 잡초가 사람 가슴 높이로 우거져 있었다.

촌장이 여우털 모자를 벗어 땅에 놓고 말했다.

"이곳을 출발점으로 합시다. 여기에서 출발해 다시 여기로 돌아오는 겁니다. 당신이 지나온 곳 모두가 당신 땅입니다."

바흠이 돈을 꺼내 촌장의 모자 위에 놓았다. 그리고 겉옷을 벗고 조끼만 입은 채 허리에 가죽띠를 단단히 묶고 빵 주머니를 품에 넣고 물병도 허리띠에 매달았다. 장화를 여며 신고 하인에게서 삽을 받아든 다음 출발 준비를 했다. 어느 방향으로 가는 게 좋을지 잠깐 생각했다. 어디든 다 좋아 보였다.

'어디나 다 좋을 거야. 그냥 해가 뜨는 방향으로 가자.'

바흠은 동쪽을 향해 서서 몸을 풀면서 해가 떠오르길 기다렸다.

'우물쭈물할 시간이 없어. 선선할 때 걸어야 힘도 덜 들 거야.'

태양이 지평선 위로 떠오르기 무섭게 바흠은 삽을 어깨에 메고 초원을 향해 걸어갔다.

바흠은 빠르지도 느리지도 않게 걸었다. 1베르스타쯤 가서 걸음을 멈추고 구덩이를 판 다음 눈에 잘 띄도록 풀을 여러 겹으로 쌓았다. 그런 다음 또 걸었다. 걷다 보니 뻣뻣했던 몸이 풀려 걸음도 절로 빨라졌다. 한참을 가다 또 구덩이를 팠다.

바흠이 뒤를 돌아보았다. 햇빛이 비추니 언덕과 거기에 서 있는 사람들이 또렷이 보였고 마차 바퀴도 번쩍거렸다. 얼추 보니 5베르스타쯤 온 것 같았다. 날이 점점 더워졌다. 바흠은 조끼를 벗어 어깨에 걸치고 다시 걸음을 옮겨 5베르스타를 더 갔다. 시간이 지나자 날이 꽤 더워졌다. 해의 위치를 보니 아침을 먹을 시간이었다.

'이제 하루에 지나야 하는 거리의 4분의 1을 왔구나. 아직 방향을 돌리기에는 너무 일러. 장화를 벗고 가자.'

바흠은 자리에 앉아 장화를 벗어 띠에 매달고 다시 걸었다. 걷기가 한결 나았다.

'5베르스타만 더 가서 왼쪽으로 방향을 돌리자. 땅이 너무 좋아서 놓치기 아깝단 말이야. 가면 갈수록 땅이 더 좋아 보이니.' 한참을 똑바로 가다 돌아보니 이제 언덕은 잘 보이지도 않았고 사람들도 개미처럼 거무스름하게 보였다. 뭔가 햇빛을 받아 반짝거리는 걸로만 보일 뿐이었다.

바흠이 생각했다.

'아, 이제 올 만큼 왔으니 방향을 돌려야겠어. 땀을 흘렸더니 목도 타고 말이야.'

그는 멈춰 서서 커다란 구덩이를 파고 풀을 여러 겹 쌓았다. 그런 다음 물병을 열어 물을 마시고 왼쪽으로 방향을 돌렸다. 그는 걷고 또 걸었다. 풀이 꽤 높이 자라 있었고 날도 몹시 더웠다.

바흠은 슬슬 지치기 시작했다. 태양을 보니 한낮이었다.

'자, 이쯤에서 좀 쉬어야겠어.'

바흠은 자리에 앉아 빵을 먹고 물로 목을 축였다. 하지만 눕지는 않았다. 누웠다간 그대로 잠이 들 것 같았다. 잠깐 앉았다가 또 걸었다. 빵으로 배를 채웠더니 기운이 나서 처음에는 그런대로 걸을 만했다. 하지만 날은 점점 무더워지고 졸음이 쏟아졌다. 그래도 걸음을 멈추지는 않았다.

'한 시간 고생하면 평생을 편하게 살 수 있어.'

같은 방향으로 한참을 걷다가 왼쪽으로 돌려는 찰나, 바로 앞에 물기를 잔뜩 머금은 땅이 있었다.

'놓치기 아까운걸. 아마를 심으면 잘되겠어.'

결국 그 땅 너머까지 가서 구덩이를 판 다음에야 방향을 돌렸다. 다시 언덕을 돌아봤다. 열기 때문에 모든 것이 아른거려서 언덕 위 사람들도 희미하게 보였다. 그들까지의 거리가 15베르스타쯤 되었다.

'아! 두 방향에서 시간을 너무 길게 잡았으니 이번에는 좀 더 시간을 단축해야지.'

이렇게 생각하고 세 번째 방향에서는 걸음을 빨리했다. 해를 보니 벌써 서쪽으로 기울고 있었다. 세 번째 방향에 들어서서 이제 겨우 2베르스타 왔고 출발 지점까지 15베르스타는 족히 남아 있었다.

'안 되겠어, 땅 모양이 비뚤어져도 이제 돌아가야겠어. 이 정도로 충분하니까 더 욕심내지 말자.'

바흠은 서둘러 구덩이를 파고는 언덕을 향해 걸었다.

9

언덕으로 가는 길은 여간 고역스러운 게 아니었다. 온몸이 땀으로 흠뻑 젖었고, 맨발은 긁히고 상처가 났으며, 다리는 힘이 빠졌다. 쉬고 싶은 마음이 간절했지만 해가 지기 전에 돌아가려면 어림도 없는 일이었다. 해는 야속하게 서산으로 자꾸만 기울었다.

'아, 그렇게 욕심을 부리는 게 아니었어! 늦으면 어떻게 하지?'

바흠은 언덕과 태양을 번갈아 바라보았다. 언덕까지 가려면 아직 한참 남았는데 태양은 이미 모습을 거의 감추었다.

바흠은 걷고 또 걸었다. 몹시 괴로웠지만 점점 걸음을 빨리했다.

아무리 가도 목적지까지는 멀기만 했다. 결국은 달리기 시작했다. 조끼도 신발도 물통도 모자도 다 내던져버리고 오직 삽만을 지팡이 삼아 달렸다.

'어떡하지. 너무 욕심을 부리다가 다 망쳐버렸어. 해 지기 전까지 못 갈 것 같은데.'

이런 생각이 들자 두려워서 숨이 멎는 것만 같았다. 바흠은 계속 달렸다. 땀에 젖은 셔츠와 바지가 몸에 들러붙고 입이 바짝바짝 탔다. 가슴은 대장간 풀무처럼 부풀어오르고 심장은 망치질하듯 쿵쾅거렸으며 다리는 남의 다리인 양 흐느적거렸다.

'계속 이렇게 가다가는 죽을지도 몰라.'

죽는 게 무섭긴 했지만 그렇다고 멈출 수는 없었다.

'지금까지 달려와놓고 여기서 멈추면 다들 날 바보라고 할 거야.'

이런 생각을 하면서 달리고 또 달려 어느새 언덕 가까이에 이르자 바시키르 사람들이 그를 향해 질러대는 함성이 들렸다. 그 소리를 들으니 심장이 더 쿵쾅거렸다. 바흠은 마지막 남은 힘을 다 끌어모아 달렸다. 해는 이미 지평선에 거의 닿았고, 피처럼 붉은 빛이 주위로 넓게 퍼졌다. 아, 금방이라도 넘어갈 것 같았다. 이제 해는 아주 낮게 떠 있었고 목적지도 눈앞에 있었다. 언덕 위에 서서 바흠에게 빨리 오라고 손짓하는 사람들이 보였다. 땅에 놓인 여우 털모자와 그 위에 있는 돈, 그리고 땅바닥에 앉아 두 손으로 배를 잡고 있는 촌장의 모습까지 눈에 들어왔다. 그 순간 바흠은 꿈이 생각났다.

'땅을 많이 차지한다 해도 하느님이 날 거기에서 살게 해주실까? 아, 이제 다 끝났어. 내가 다 망쳐버렸어! 저기까지 도저히 갈 수 없을 거야!'

바흠은 해를 보았다. 해 반쪽이 이미 지평선 너머로 사라져버렸다. 마지막 남은 힘을 다 모아 또 달렸다. 다리가 말을 듣지 않아 금방이라도 넘어질 듯 몸이 앞으로 기울었다. 겨우 언덕 아래에 이르렀을 때 갑자기 날이 어두워졌다. 해가 완전히 모습을 감춘 걸 보고 바흠은 탄식했다.

'그렇게 고생했는데 다 허사가 되어버렸어.'

바흠이 절망해서 그만 멈추려는데, 바시키르 사람들이 계속 질러대는 고함 소리가 들렸다. 바로 그때, 언덕 아래에서는 해가 다 진 것 같아도 언덕 위에서 보면 아직 해가 남아 있을 것이라는 생각이 퍼뜩 떠올랐다. 바흠은 크게 심호흡을 하고는 언덕으로 뛰어 올라갔다. 아니나 다를까, 언덕에는 아직 햇빛이 남아 있었다. 바흠은 언덕 꼭대기까지 가서 모자를 보았다. 모자 앞에 촌장이 앉아 배를 잡고 웃어댔다. 바흠은 또 한 번 꿈을 떠올리며 외마디 비명을 질렀다. 다리가 스르르 무너지는가 싶더니 바흠이 앞으로 고꾸라졌다. 그의 두 손이 모자에 닿았다. 촌장이 소리쳤다.

"아, 정말 대단하구려! 엄청난 땅을 차지했어요!"

바흠의 하인이 달려가서 바흠을 일으키려고 했지만, 바흠은 일어나지 못하고 입에서 피를 쏟았다. 그리고 숨을 거두었다!

바시키르 사람들이 혀를 차면서 이 딱한 광경을 지켜보았다.

하인은 삽을 들고 바흠의 머리에서 발끝까지 길이에 맞춰 무덤을 파고 그를 묻었다. 바흠이 차지한 땅은 그 3아르신*이 전부였다.

촛불

"'눈은 눈으로, 이는 이로 갚아라' 하고 말한 것을 너희는 들었다. 그러나 나는 너희에게 말한다. 악한 사람에게 맞서지 말아라."

— 〈마태복음〉 5장 38~39절

지주가 농노를 지배하던 시절 이야기다. 지주들 가운데에는 별의별 사람이 다 있었다. 인간은 언젠가 죽는다는 사실과 하느님을 기억하면서 농노를 가엾게 여기는 지주들이 있는가 하면 인정이라고는 조금도 없는 지주들도 있었다. 하지만 그들보다 더 악랄한 자들은 농노 출신 관리인, 말하자면 보잘것없는 출신으로 귀족 대열에 오른 사람들이었다! 이런 자들 때문에 농노들의 삶은 더욱 힘겨워졌다.

어느 귀족 영지에 그런 관리인이 나타났다. 농민들은 부역을 하고 있었는데, 땅과 물이 충분하고 토양도 비옥했으며 초원과 숲도 넉넉해 지주와 농민들 모두 충분히 이용했다. 그런데 이 지주가 다른 영지에서 일하던 농노를 관리인으로 앉혔다.

관리인은 권력을 잡기 무섭게 자기 밑에서 일하는 농민들에게 포악을 부렸다. 아내와 출가한 딸이 있는 한 집안의 가장이고 돈도 꽤 많이 벌어놓아서 고약하게 굴지 않아도 편하게 살 수 있었을 텐데 탐욕 때문에 눈이 멀어 죄악에 빠진 것이다. 관리인은 정해진 날 이상으로 일을 시키는 걸로 농민들을 억압하기 시작했다. 벽돌 공장을 만들어 남자 여자 할 것 없이 끌어다 일을 시켰고, 그 벽돌을 팔아 자기 주머니를 채웠다. 농민들은 모스크바로 지주를 찾아가 호소했지만 아무런 해결책도 얻지 못했다. 지주는 농부들을 그냥 쫓아버렸을 뿐 관리인의 권력은 빼앗지 않았다. 관리인은 농부들이 지주를 찾아가 하소연했다는 걸 알고는 앙갚음을 하기 시작했다. 그래서 농민들의 삶은 이전보다 더 비참해졌다. 뿐만 아니라 농민들 가운데에서도 같은 농민을 배신하고 거짓말로 관리인에게 고자질하는 사람들이 생기면서 분위기가 흉흉해졌다.

그러다 보니 관리인은 더 사납게 날뛰었고 불쌍한 농민들은 두려움에 떨면서 살아가야 했다. 관리인이 말을 타고 마을을 지나갈 때면 사람들은 늑대라도 나타난 듯 도망치고 숨기에 바빴다. 사람들이 자기 때문에 겁에 질린 모습을 보면서 관리인은 더 악랄하게 날뛰면서 농민들을 혹사하고 학대했다. 그 때문에 가엾은 농민들은 지옥 같은 삶을 살아야 했다.

절망에 빠진 농민들이 관리인처럼 잔인한 악마를 없애버리는 일도 가끔 벌어지던 때였다. 어느 날 농민들은 비밀 장소에 모여 방법을 의논했다. 그중에서 용기 있는 농민이 말했다.

"우리가 언제까지 그런 악당의 포악을 견뎌야 하나? 어차피 죽기는 마찬가지니 그놈을 죽여버리자."

부활절 전날, 농민들이 숲 속에 모였다. 지주의 숲을 깨끗이 손질하라는 관리인의 명령이 있었기 때문이다. 점심을 먹으려고 모여 앉아 그들은 다시 의논을 했다.

"이래서야 어떻게 살겠어? 저놈이 우리를 죄다 말려 죽이려는 게야. 한시도 쉬지 못하고 일을 하니 금방이라도 숨이 넘어갈 지경이야. 여자든 남자든 밤낮없이 일을 하잖아. 그뿐인가. 조금이라도 자기 마음에 안 들면 무지막지하게 두들겨 패니 원. 얼마 전에 세묜도 그렇게 맞아서 죽었잖아. 아니심은 족쇄에 채워져 혼쭐이 났고 말이야. 뭘 더 기다려야 하는 거야? 그놈이 오늘 저녁에 여기 오면 또 제멋대로 날뛸 거야. 놈을 말에서 끌어내려 도끼로 한번 내리치자고. 그러면 다 끝나는 거지. 그러고 나서 개처럼 땅에 묻어버리고 단서가 될 만 한 건 전부 물에 던져버리는 거야. 자, 그전에 한 가지 다짐을 해둬야 돼. 모두 똘똘 뭉치고 절대 배신하면 안 돼."

바실리 미나예프가 이렇게 말했다. 그는 관리인에게 누구보다 원한이 많은 사람이었다. 관리인은 일주일이 멀다 하고 그를 심하게 매질했고 그의 아내까지 빼앗아 자기 집 하녀로 삼았다.

회의가 끝나고 저녁이 되자 관리인이 말을 타고 숲에 나타났다. 그는 도착하자마자 나무를 잘못 베었다며 호통을 쳤다. 잘라놓은 나뭇

더미 속에 보리수나무가 있는 걸 본 것이다.

"보리수나무를 베라는 말은 하지 않았을 텐데! 누가 이런 거야? 당장 이실직고해! 안 그러면 네놈들 모두 두들겨 맞을 줄 알아라!"

관리인은 보리수나무가 누구 구역인지 조사했다. 그러자 몇몇 사람이 시도르를 가리켰다. 관리인은 시도로의 얼굴을 피가 나도록 때렸다. 나무를 적게 베었다는 이유로 바실리도 채찍으로 실컷 때리고 나서 제 집으로 돌아갔다.

그날 밤 농부들이 다시 모였다. 바실리가 말했다.

"아니, 어떻게 이럴 수 있지? 다들 사람도 아니야! 그냥 참새처럼 입으로만 떠들지. '뭉쳐야 돼, 뭉쳐야 돼.' 그렇게 철석같이 약속해놓고는 정작 일이 닥치니까 꽁무니 빼는 꼴이라니. '배신하면 안 돼, 배신하면 안 돼, 다 같이 뭉쳐서 맞서야 돼!'라고 떠들다가 막상 매가 나타나니까 숲으로 달아나버리는 참새 떼랑 뭐가 달라. 그러니까 매는 한 마리만 노렸다가 잡아채 가는 거지. 그러고 나면 참새들이 다시 나와 짹짹거리지. 그리고 한 마리가 없어진 걸 알고는 떠들어대. '누가 없어졌지? 바니카구나! 그놈은 그런 꼴을 당해도 돼. 그럴 만해.' 자네들이 꼭 그 꼴이야. 배신하지 않기로 했으면 배신하지 말아야지! 놈이 시도르를 때리면 전부 나서서 놈을 끝장냈어야지. '배신하면 안 돼, 배신하면 안 돼, 다 같이 뭉쳐서 맞서야 돼'라고 떠들다가 매가 나타나니까 숲으로 도망치기 바쁜 꼴이라니."

농부들은 의논을 거듭한 끝에 이번에는 꼭 관리인을 죽이기로 했다. 그리스도 수난 주간에 관리인은 귀리 씨를 뿌려야 하니 부활제 기간 동안 밭을 갈아놓으라고 명령 내렸다. 농민들은 분통을 터뜨리며 바실리의 집 뒤뜰에 모여 다시 의논했다.

"이런 짓을 하다니 하늘이 무섭지도 않은가봐. 정말로 죽여버려야 겠어. 이러나저러나 죽기는 매한가지잖아."

그때 페트로시카 미허예프가 왔다. 그는 성품이 온화한 사람으로 그동안은 농민 모임에 한 번도 나온 적이 없었다. 미허예프는 사람들이 하는 얘기를 듣더니 이렇게 말했다.

"여보게들, 자네들은 무시무시한 죄를 지으려 하고 있어. 사람의 목숨을 빼앗는 것은 정말 엄청난 일이라네. 남의 목숨 하나 끊는 거야 간단한 일이겠지. 하지만 그런 짓을 한 사람들 영혼은 어떻게 되겠나? 관리인이 나쁜 짓을 한다면 분명 주님이 그를 벌하실 걸세. 그러니 참고 기다려야 하네."

이 말을 듣고 바실리는 버럭 화를 냈다.

"'사람을 죽이는 건 죄악이다.' 맨날 똑같은 소리만 하지. 사람을 죽이는 건 죄를 짓는 게 맞아. 하지만 우리가 죽이려는 그 인간을 한번 보라고. 좋은 사람을 죽이는 건 분명 죄악이지. 하지만 그런 개만도 못 한 인간을 죽이는 건 하느님 명령이야. 인간을 불쌍히 여긴다면 미친개는 당연히 죽여야지. 그를 살려두는 게 오히려 더 큰 죄를 짓는 거야. 그놈이 사람들에게 어떻게 했는데! 그놈을 죽이는 게 다른 사람들을 위해서도 좋아. 사람들도 우리에게 고마워할걸. 계속 이렇게 잠자코 있으면 맞아 죽기밖에 더 하겠나? 자네는 말도 안 되는 얘기를 하고 있어. 그리스도 축제일에 일하는 것이 죄가 아니라는 건가? 당장 자네부터도 일하러 가지 않을걸!"

"왜 안 가겠나? 밭을 갈러 가라고 하면 갈 걸세. 하지만 내 뜻에 따라 가는 게 아니니까 하느님은 누구의 죄인지 다 알고 계시네. 다만 우리는 주님을 잊으면 안 되는 거야. 여보게들, 나는 내 생각을 말하는 게 아니라네. 만일 우리가 악을 악으로 없앨 수 있다면 주님이 우리에게 그런 본을 보여주셨을 걸세. 하지만 주님은 그렇게 하지 않으셨어. 이런 식으로 악을 없애려 하면 그 악은 더 강하게 우리에게 다가올 걸세. 사람을 죽이는 건 어려운 일이 아니지만 그 피가 우리 영혼에 달라붙을 걸세. 사람을 죽인다는 건 자기 영혼을 피로 물들이는 거야. 나쁜 사람을 죽이면 악을 없애는 거라고 생각하겠지만 더 거대해진 악이 우리 안에 자리 잡을 걸세. 불행에 굴복해주면 불행도 우리에게 굴복해줄 거야."

농민들은 좀처럼 의견 일치를 보지 못하고 두 편으로 갈라졌다. 바실리 의견에 동조하는 사람들이 있는가 하면 미허예프의 말처럼 죄짓지 말고 참고 견디자는 사람들도 있었다.

농민들이 부활 주간 첫날 행사를 마친 날 저녁, 반장이 마을 서기와 지주에게 다녀와서 말했다.

"미하일 세묘니치의 명령을 전한다. 모두들 내일 귀리 씨를 뿌릴 밭을 갈아야 한다."

반장과 서기는 온 마을을 돌아다니며 다음 날 한 무리는 개울가에서부터, 한 무리는 거리 쪽에서부터 밭을 갈 준비를 하라고 농부들에게 전했다. 농부들은 한탄했지만 감히 명령을 거역하지 못하고 다음 날 아침 쟁기를 들고 나가 밭을 갈았다. 교회에서는 아침 예배 시간을 알리는 종이 울리고 모두들 축제를 즐길 준비를 했지만 농부들은 밭을 갈아야 했다.

관리인 미하일 세묘니치는 느지막이 일어나 농장을 둘러보러 나갔다. 그의 아내는 축제일을 보내러 온 과부 딸과 함께 집을 치우고 옷을 곱게 차려입고 하인에게 마차를 준비시켜 예배에 참석하고 돌아왔다. 그리고 하녀가 내온 차를 마침 집에 돌아온 미하일과 함께 마셨다. 미하일은 차를 마시고 나서 파이프 연기를 내뿜으며 반장을 불렀다.

"그래, 농민들은 밭에 내보냈나?"

"네, 그렇습니다."

"모두들 나왔던가?"

"네, 모두 나왔습니다. 일을 시작할 장소도 다 정해주었습니다."

"장소를 정해준 건 잘했어. 그런데 일을 제대로 하기는 하는 건가? 지금 당장 가서 살펴봐. 그리고 점심때 내가 나가본다고 전해. 그때까지 두 사람 당 1데샤티나씩 갈아놓으라고 일러. 아주 잘 갈아놓으라고 해. 안 그러면 축제일이고 뭐고 혼쭐을 낼 테니까."

"알겠습니다. 분부대로 하겠습니다."

반장이 나가려고 하자 관리인이 그를 불러 세웠다. 뭔가 할 얘기가 있는데 어떻게 해야 할지 모르겠다는 듯 머뭇대더니 말했다.

"그런데 말이야, 그 도적놈들이 나에 대해 뭐라고 떠드는지 잘 들어봐. 분명 내 욕을 하는 놈들이 있을 거야. 한 글자도 빼지 말고 내게 알려주게. 난 그 불한당 같은 놈들을 아주 잘 알지. 마지못해 일을 하고 하루 종일 빈둥거릴 궁리나 하지. 그저 먹고 노는 것만 좋아해. 제때 밭을 갈지 않으면 일을 망친다는 걸 생각 못 하고 말이야. 그러니 가서 무슨 말들을 하는지 잘 듣고 내게 그대로 전해. 내가 다 알아야겠어. 자, 어서 가봐. 그리고 숨김없이 내게 말해야 하네."

반장은 말을 타고 농민들이 일하는 밭으로 달려갔다.

관리인과 반장이 나누는 얘기를 관리인의 아내가 우연히 듣고는 남편에게 가서 농민들을 괴롭히지 말라고 간청했다. 관리인의 아내는 온순하고 심성이 고운 여자였다. 될 수 있으면 남편 마음을 달래서 농민들을 감싸주려고 했다.

"여보, 제발 부탁하는데, 오늘은 성스러운 그리스도 대축제일이니 주님 앞에 죄를 짓지 말아요. 농부들을 쉬게 해주세요."

미하일은 아내 말은 들은 체도 하지 않고 그냥 웃기만 했다. 그러더니 이렇게 말했다.

"한동안 매운맛을 보여주지 않았더니 아주 겁이 없어졌군. 온갖 일에 다 참견하고 말이야."

"여보, 당신에 관해 나쁜 꿈을 꿨어요. 제발 제 말을 들으세요. 농민들을 쉬게 해줘요."

"그만하라니까! 기름진 음식을 배불리 먹다 보니 채찍 맛이 어떤
지 잊어버린 모양이군. 조심하는 게 좋을 거야!"

미하일은 화를 버럭 내고는 불이 붙은 파이프로 아내의 입을 찌르
면서 식사 준비나 하라며 방에서 내쫓았다.

미하일은 어묵과 만두, 돼지고기 수프, 통돼지 구이, 우유를 넣은
국수를 먹고 버찌 술을 마시고 달콤한 케이크까지 먹은 다음 하녀를
불러 노래를 부르게 하고는 자기도 기타를 들고 노래에 맞춰 반주를
했다.

미하일이 기분 좋게 취해 트림을 하면서 기타 줄을 뜯고 하녀와 시
시덕거리고 있을 때 반장이 돌아왔다. 그는 허리를 굽혀 인사를 하고
는 밭에서 있었던 일을 보고했다.

"그래, 제대로 하고 있는 거야? 오늘까지 하라고 한 일은 다 할 것
같던가?"

"네, 절반도 넘게 갈았습니다."

"뭐 다른 문제는 없고?"

"아무 문제 없이 잘 진행되고 있습니다. 모두들 잔뜩 겁을 먹고 있
거든요."

"흙은 잘 다졌던가?"

"양귀비 씨를 뿌린 것처럼 부드러웠습니다."

미하일이 잠시 있다가 다시 입을 열었다.

"그런데 말이야, 그자들이 나에 대해서는 뭐라고 하던가? 욕을 하던가?"

반장이 머뭇거리자 미하일은 사실대로 털어놓으라고 다그쳤다.

"죄다 말해. 놈들이 말한 그대로 얘기하란 말이야. 자네가 사실대로 말하면 내 상을 내리지. 하지만 놈들을 감쌌다가는 혹독한 벌을 받을 줄 알아. 어이, 카추사, 이 사람에게 보드카 한 잔 가져다 줘. 그래야 용기를 내지!"

하녀가 반장에게 술을 가져다주었다. 반장은 고맙다고 말하고 술을 들이켜고는 입가를 닦으며 생각했다.

'어차피 마찬가지야. 농민들이 이 사람 욕을 하는 게 내 잘못은 아니잖아. 그냥 사실대로 말하자.'

반장은 용기를 내서 말을 꺼냈다.

"사실 불평들을 합니다. 이만저만 불만스러워하는 게 아니에요."

"그래, 뭐라고들 하던가? 어서 말하라니까!"

"하나같이 이렇게 말하더군요. '그 사람은 하느님을 섬기지 않아.'"

미하일이 웃음을 터뜨리고는 물었다.

"누가 그런 말을 했지?"

"누구랄 것도 없이 모두들 그렇게 얘기했습니다. '그자는 악마에게 잡힌 게 분명해'라고도 했고요."

미하일이 또 웃었다.

"그렇단 말이지. 어디 한 사람씩 말해보게. 바실리는 뭐라던가?"

112

반장은 농부들을 배신하고 싶지 않았지만 바실리와는 사이가 좋지 않았기 때문에 있는 그대로 말해버렸다.

"바실리가 가장 심하게 욕을 했습니다."

"뭐라고 하던가? 어서 말해봐."

"제 입으로 옮기기도 끔찍할 정도입니다. '그자는 회개도 못 하고 비참하게 죽고 말 거야!'라고 했습니다."

"이런, 고얀 작자 같으니! 그렇다면 멍청하게 있지 말고 날 죽였어야지. 손이 말을 안 들었나? 옳거니, 바실리, 네놈하고는 따로 계산을 하기로 하지. 그다음, 치슈카는 어떤가? 그자도 내 욕을 했을 테지?"

"그러니까, 다들 험한 소리를 했습니다."

"뭐라고 했는지 어서 말하라니까!"

"워낙 심한 말이어서 제 입으로 옮기기가……."

"심한 말이라는 게 뭐냐니까? 겁먹지 말고 다 말해."

"그 작자 배가 터져서 창자가 다 쏟아졌으면 좋겠다고 했습니다."

미하일 세묘니치는 이 말이 몹시 재미있다는 듯 큰 소리로 웃었다.

"누구 창자가 먼저 쏟아지는지 한번 보지. 그건 치슈카 입에서 나온 소리인가?"

"누구 하나 좋은 말을 하지 않고 다들 욕을 하거나 저주를 퍼부었습니다."

"페트로시카 미허예프는 어떤가? 뭐라고 하던가? 그놈 역시 욕을 늘어놓던가?"

"아닙니다. 그자는 욕을 한마디도 하지 않았습니다."

"그래?"

"그자 혼자서만 아무 말도 하지 않았습니다. 아주 특이한 사람이어서 깜짝 놀랐습니다."

"뭘 어떻게 했기에?"

"예사롭지가 않았어요! 다들 놀라더군요."

"도대체 뭘 어떻게 했냐니까?"

"아주 기이했어요. 그자는 투르킨 언덕 경사지를 갈고 있었습니다. 가까이 가봤더니 누군가 노래하는 소리가 들리는 겁니다. 아주 가늘고 고운 목소리였습니다. 그때 쟁기 손잡이 사이에서 뭔가 반짝이는 게 보였습니다."

"그래서?"

"불빛이 타는 것 같았습니다. 더 가까이 가서 보니 5코페이카짜리 작은 양초가 가로대 위에서 환하게 타는데 바람이 불어도 꺼지지 않았어요. 그는 새 셔츠를 입고 밭을 갈면서 아름다운 찬송가를 부르더군요. 아무리 쟁기를 돌리고 흔들어도 촛불이 꺼지지 않는 겁니다. 그가 제 눈앞에서 쟁기를 돌리고 방향을 바꾸고 밀고 했는데도 촛불은 꺼지지 않았어요!"

"미허예프는 뭐라고 하던가?"

"아무 말도 하지 않았습니다. 그냥 저를 보더니 부활절 인사를 하고는 계속 노래를 부르면서 밭을 갈았죠."

"자네는 그에게 뭐라고 했나?"

"저도 아무 말하지 않았습니다. 그런데 다른 농부들이 몰려와서는 그를 비웃는 겁니다. 부활절에 일을 했으니 평생을 기도해도 죄를 용서받을 수 없다면서요."

"미허예프는 뭐라고 대답하던가?"

"'땅에는 평화, 사람에게는 선한 마음이 있을 지어다!' 딱 이 말만 하고는 다시 쟁기를 밀면서 가느다란 목소리로 노래를 불렀습니다. 촛불은 여전히 타고 있었고요."

미하일은 웃음을 멈추고 기타를 내려놓더니 고개를 푹 숙이고 생각에 잠겼다. 그렇게 한참을 앉아 있더니 반장과 하녀를 물러가게 하고 커튼 뒤로 가 침대에 누워 한숨 섞인 신음 소리를 냈는데, 꼭 곡식 단이 실린 수레를 끌고 가는 소리 같았다. 아내가 들어와 무슨 일인지 물어도 미하일은 대답은 하지 않고 그저 이렇게만 말했다.

"그놈이 나를 이겼어! 이제 내 차례가 온 거야!"

아내가 미하일을 설득했다.

"여보, 어서 가서 농민들을 집으로 돌려보내세요. 그러면 아무 일도 없을 거예요. 지금까지는 온갖 일을 하면서도 전혀 겁내지 않더니 지금은 왜 그렇게 두려워하는 거죠?"

하지만 미하일은 같은 말만 되풀이했다.

"난 이제 끝났어. 그놈이 이겼어!"

아내가 목소리를 높이며 말했다.

"자꾸 그놈이 이겼다, 그놈이 이겼다고만 하면 어쩌자는 거예요? 어서 가서 농부들을 돌려보내세요. 그러면 다 잘될 거예요. 제가 가서 말에 안장을 놓으라고 할게요."

말이 준비되자 아내는 남편을 재촉해 어서 들에 나가 농민들을 돌려보내게 했다.

미하일은 말을 타고 들로 나갔다. 마을 입구에 이르자 아낙 하나가 문을 열어주었다. 하지만 마을로 들어서는 관리인을 보자마자 사람들은 집 뒤꼍으로, 길모퉁이로, 채마밭으로 숨기 바빴다.

미하일이 마을을 빠져나가는 문에 가니 그 문도 잠겨 있었다. 말에 탄 채로는 문을 열 수가 없었다. 문을 열라고 몇 번이나 소리쳤지만 아무도 나와보지 않았다. 하는 수 없이 말에서 내려 직접 문을 열었다. 그리고 한쪽 발을 등자에 걸면서 다시 말에 올라타려는 순간, 말이 돼지 떼를 보고 놀라 옆 울타리에 부딪쳤다. 몸이 둔한 미하일은 중심을 잡지 못하고 말에서 떨어지면서 울타리로 고꾸라졌다. 울타리에는 끝이 뾰족하고 유독 길게 튀어나온 말뚝이 하나 있었는데, 이 말뚝에 배가 찢기면서 땅바닥으로 떨어졌다.

농부들이 밭일을 마치고 돌아왔다. 그런데 어찌된 일인지 말들이 문 앞에 서서 콧김을 내뿜으며 안으로 들어가려 하지 않았다. 농부들이 주변을 살피다가 미하일이 땅바닥에 널브러진 걸 보았다. 두 팔을 벌리고 눈은 부릅뜬 채였으며 창자가 다 쏟아져 나왔고 주위에 피가 흥건히 고여 있었다.

다들 겁에 질려서 말을 돌려 뒷길로 달아나고 미허예프만 말에서 내려 미하일에게 다가갔다. 그리고 이미 숨이 끊어진 것을 확인하고 눈을 감겨주고는 아들과 함께 시체를 수레에 싣고 지주 집으로 갔다.

그간의 일을 다 알게 된 지주는 농부들에게 모든 부역을 면해주고 소작료만 바치게 했다.

농민들은 하느님의 힘이 악이 아닌 선으로 나타난다는 사실을 분명히 알게 되었다.

세 가지 질문

어느 날 왕은 이런 생각을 했다.

'모든 일을 언제 시작해야 하는지, 어떤 사람들과 일을 해야 하고 어떤 사람들과는 일을 하면 안 되는지 알 수 있다면, 그리고 모든 일 가운데 가장 중요한 일이 무엇인지 알 수 있다면 어떤 일을 하든 절대 실패하는 법이 없을 텐데.'

이런 생각이 들자 왕은 모든 일을 하는데 가장 좋은 때가 언제인지, 가장 필요한 사람이 누구인지, 가장 중요한 일이 무엇인지 알아내는 법을 가르쳐주는 사람에게 큰 상을 내리겠다고 온 나라에 선포했다.

그러자 학자들이 왕에게 와서 그 질문에 각양각색의 대답을 했다. 첫 번째 질문에 어떤 사람들은 모든 행동을 하는데 가장 좋은 때가 언제인지 알려면 미리 연월일 시간표를 만든 뒤 철저히 그 계획에 따라 살면 된다고 대답했다. 그렇게 해야만 모든 일을 제때 할 수 있다고 했다. 그런가 하면 또 다른 학자들은 모든 행동을 할 적절한 때를 미리 결정하는 것은 불가능하다고 말했다. 다만 쓸데없는 일에 마음을 빼앗기지 말고 세상일에 주의를 기울이면서 그때그때 필요한 일을 해야 한다고 했다. 그런가 하면 또 다른 학자들은, 왕이 세상에서 일어나는 일에 아무리 주의를 기울인다 해도 한 인간이 모든 행동의 올바른 때를 정확히 판단하기는 불가능하므로 현명한 사람들의 조언을 구하고 그에 따라 결정해야 한다고 충고했다. 그러자 또 다른 학자들은 조언자들에게 물어볼 여유가 없을 정도로 급박해 지금 시작해야 하는 때인지 아닌지 당장 결정해야 하는 일도 있다고 말했다. 그 결정을 하려면 무슨 일이 일어날지 미리 알아야 하는데, 그렇게 할 수 있는 사람은 마법사밖에 없으므로 모든 일을 하는 데 가장 좋은 때를 알려면 마법사에게 물어봐야 한다고 했다.

두 번째 질문에도 서로 다른 대답이 나왔다. 왕에게 가장 필요한 사람은 왕을 보필하는 정치가라고 하는 사람도 있었고, 성직자라고 하는 사람도 있었으며, 의사라고 하는 사람도 있었다. 그런가 하면 군인이라고 하는 사람도 있었다. 가장 중요한 일을 묻는 세 번째 질문에도 어떤 사람은 세상에서 가장 중요한 일은 학문이라고 대답했고, 어떤 사람은 병법이라고 답했으며, 주님을 숭배하는 것이라고 하는 사람들도 있었다.

온갖 대답이 나왔지만 왕은 어느 대답도 마음에 들지 않았으므로 아무에게도 상을 내리지 않았다. 그리고 현인이라 널리 알려진 은자를 찾아가 올바른 대답을 구해보기로 했다.

은자는 숲 속에 살면서 한 번도 그곳을 떠나지 않았고 평민들만 만났다. 그래서 왕은 평민들이 입는 옷을 입고 호위병들과 은자의 암자 근처까지 간 다음, 호위병들은 그곳에 남기고 혼자 말에서 내려 은자를 만나러 갔다. 왕이 갔을 때, 은자는 집 앞에 있는 밭이랑을 파고 있었다. 그는 왕을 보더니 인사를 한 번 하고는 계속 이랑을 팠다. 몸이 뼈쩍 마른 은자는 삽을 땅에 박아 조그만 흙덩이를 퍼내면서 힘겹게 숨을 내쉬었다.

왕이 은자에게 다가가 말했다.

"지혜로우신 은자님, 세 가지 질문에 대답을 얻고 싶어 이렇게 찾아왔습니다. 나중에 후회하지 않으려면 어떤 때를 기억하고 놓치지 말아야 합니까? 어떤 사람들이 가장 필요한 사람들이며, 어떤 사람들과 더 많이 일해야 하고 어떤 사람들과 더 적게 일해야 합니까? 가장 중요한 일은 무엇이며 그래서 모든 일 가운데 가장 먼저 해야 하는 일은 무엇입니까?"

은자는 왕의 말을 듣고 아무 대답도 하지 않았다. 그저 손에 침을 탁 뱉고는 다시 흙을 팠다. 왕이 말했다.

"힘들어 보이는군요. 삽을 이리 주십시오. 제가 해드리겠습니다."

"고맙소!"

은자가 왕에게 삽을 주고 땅바닥에 털썩 주저앉았다.

왕은 두 이랑을 파고 나서 일을 멈추고 다시 물었다. 은자는 여전히 아무 대답도 없이 자리에서 일어나더니 삽을 달라고 한 손을 내밀었다.

"이제부터는 내가 할 테니 잠깐 쉬시오."

하지만 왕은 삽을 내주지 않고 일을 계속 했다. 한 시간이 지나고 또 한 시간이 지났다. 해가 나무 뒤편으로 기울기 시작하자 왕은 삽을 땅에 꽂고 말했다.

"지혜로우신 은자님, 저는 질문에 대답을 얻으려고 이곳에 왔습니다. 대답을 주실 수 없다면 그렇다고 말씀해주십시오. 그렇다면 저는 돌아가겠습니다."

이 말에 은자가 대답했다.

"저기 누군가가 뛰어오는군요. 누구인지 봅시다."

왕이 돌아보니 숲 속에서 수염이 텁수룩하게 난 남자가 달려오고 있었다. 남자는 두 손으로 배를 움켜잡고 있었는데 손 밑으로 피가 흘렀다. 남자는 왕의 앞까지 오더니 그대로 땅에 쓰러졌다. 눈을 치켜뜬 채 꼼짝도 않고 희미한 신음 소리만 냈다. 왕과 은자가 남자의 옷을 벗겼더니 배에 커다란 상처가 있었다. 왕은 아주 조심스럽게 상처를 씻긴 다음 자기 손수건과 은자의 수건으로 상처를 감쌌다. 하지만 피는 좀처럼 멎지 않았다. 왕은 몇 번이나 뜨뜻한 피로 흠뻑 젖은 수건을 떼어내고 상처를 씻은 다음 새로 수건을 감았다. 마침내 피가 멎추자 남자는 의식을 차리고 마실 것을 찾았다. 왕이 깨끗한 물을 가져와 남자에게 주었다.

그러는 동안 날이 저물어 꽤 서늘해졌다. 왕은 은자의 도움을 받아

부상당한 남자를 암자로 옮겨 자리에 눕혔다. 남자는 아무 말 없이 눈을 감고 누워 있었다. 왕은 거기까지 걸어온 데다 밭일까지 하다 보니 피곤이 밀려와 문지방에 웅크리고 앉아 잠이 들었다. 그리고 짧은 여름밤 내내 한 번도 깨지 않고 곤하게 잠을 잤다. 아침이 되어 눈을 떴을 때, 그곳이 어디인지, 자리에 누워서 눈을 번쩍거리며 자신을 빤히 보는 수염이 텁수룩한 낯선 남자가 누구인지 생각나기까지 한참이 걸렸다.

"저를 용서해주십시오."

왕이 잠에서 깨 자신을 바라보자 남자가 힘없는 목소리로 말했다.

"나는 당신을 모르오. 그러니 용서할 일도 없소."

"폐하는 저를 모르지만 저는 폐하를 압니다. 저는 폐하에게 복수하기로 맹세한 폐하의 적입니다. 폐하가 제 형을 처형하고 제 재산을 몰수했기 때문이지요. 폐하가 혼자서 은자를 만나러 온다는 걸 알고는 돌아가는 길목에서 기다리다 폐하를 죽이려고 했습니다. 그런데 하루가 다 지나도록 폐하가 돌아오지 않았습니다. 그래서 폐하를 찾으러 오다가 호위병들을 만났습니다. 그들이 저를 알아보고 공격을 했습니다. 저는 그들을 피해 달아났지만, 폐하가 상처를 치료해주지 않았더라면 아마 피를 쏟다가 죽었을 겁니다. 저는 폐하를 죽이려고 했는데 폐하는 제 목숨을 살려주셨습니다. 만일 제가 살아나고 폐하가 원하신다면, 저는 가장 충성스러운 종이 되어 폐하를 섬기겠습니다. 그리고 제 아들들에게도 그렇게 하라고 하겠습니다. 그러니 저를 용서해주십시오!"

왕은 그처럼 쉽게 적과 화해한 것이 무척 기뻤다. 그래서 남자를 용서했을 뿐만 아니라 재산을 돌려주고 그를 돌봐줄 종들과 의사도 보내주겠노라 약속했다. 부상 입은 남자와 작별을 하고 집 밖으로 나온 왕은 주위를 두리번거리며 은자를 찾았다. 그곳을 떠나기 전에 한 번 더 질문에 대한 답을 묻고 싶었다. 은자는 전날 파놓은 이랑을 따라 무릎걸음으로 다니며 채소 씨앗을 심고 있었다. 왕이 그에게 다가가 말했다.

"지혜로우신 은자님, 마지막으로 간청드립니다. 제 질문에 대답을 좀 해주십시오."

"당신은 이미 대답을 얻었소!"

은자가 비쩍 마른 다리를 괴고 쭈그리고 앉더니 앞에 서 있는 왕을 올려다보았다.

"무슨 대답을 얻었다는 겁니까?"

"잘 생각해보시오. 당신이 어제 쇠약한 나를 딱하게 여겨 대신 밭이랑을 파주지 않고 그냥 돌아갔다면 저 젊은이는 당신을 해쳤을 것이고, 당신은 여기에서 나와 함께 있지 않은 걸 후회했을 것이오. 그러니 가장 중요한 때는 당신이 밭이랑을 파던 때이고, 가장 중요한 사람은 바로 나였던 것이지요. 그리고 가장 중요한 일은 나를 도와준 것이었소. 나중에 그 젊은이가 달려왔을 때, 가장 중요한 때는 당신이 그를 보살펴준 때였소. 상처에 수건을 감아주지 않았다면 그는 당신과 화해하지 못하고 죽었을 것이니 말이오. 그러니 가장 중요한 사람은 바로 그였고, 당신이 그에게 해준 일이 당신에게 가장 중요한 일이었소. 꼭 기억하시오. 가장 중요한 때는 바로 지금이라는 걸 말이오. 바로 지금이 가장 중요한 이유는 그때에만 우리가 가진 힘을 발휘할 수 있기 때문이오. 그리고 가장 중요한 사람은 지금 함께 있는 사람이오. 앞으로 또 다른 사람과 관계를 맺게 될지 어떨지는 아무도 알 수 없기 때문이지요. 그리고 가장 중요한 일은 함께 있는 그 사람에게 선을 행하는 것인데, 오직 그 하나를 위해 인간은 이 세상에 온 것이기 때문이오!"

바보 이반

1

옛날 어느 나라의 한 마을에 부자 농부가 살았다. 그에게는 군인 세몬, 배불뚝이 타라스, 바보 이반 이렇게 세 아들과 벙어리 노처녀 딸 말라냐가 있었다. 군인 세몬은 임금님을 섬기러 전쟁터에 나갔고, 배불뚝이 타라스는 시내 상인에게 장사하는 법을 배우러 갔으며, 바보 이반은 누이와 함께 집에 남아 열심히 농사일을 했다. 군인 세몬은 높은 벼슬과 땅을 얻고 귀족의 딸과 결혼도 했다. 그는 돈도 많이 벌고 땅도 많았지만 늘 쪼들렸다. 돈을 많이 벌어다 줘도 귀족의 딸인 아내가 흥청망청 써버려서 좀처럼 돈이 남아나지 않았기 때문이다. 그래서 군인 세몬은 소작료를 받으려고 영지로 갔다. 하지만 관리인은 이렇게 말했다.

"돈이 나올 데가 없어요. 가축도 농기구도 말도 소도 쟁기도 써레도 아무것도 없으니까요. 먼저 이런 게 있어야 돈도 생기든지 할 겁니다."

그래서 세몬은 아버지에게 갔다.

"아버지는 부자면서도 제게 한 푼도 안 주셨어요. 아버지 땅의 3분의 1만 주세요. 그러면 제 소유로 옮겨놓겠습니다."

아버지가 대답했다.

"넌 이 집에 아무것도 보태준 게 없다. 그런데 내가 왜 땅의 3분의 1을 줘야 하느냐? 그건 이반과 네 여동생에게도 못할 짓이야."

세몬이 말했다.

"이반은 바보예요. 말라냐는 벙어리에 노처녀고요. 그런 애들한테 재산이 무슨 소용 있어요?"

"그럼 일단 이반 얘기를 들어보자꾸나."

이반이 말했다.

"그냥 주세요."

그래서 군인 세몬은 제 몫의 땅을 받아 자기 소유로 만든 다음 다시 임금을 섬기러 떠났다.

배불뚝이 타라스도 많은 돈을 벌었고 상인 집안 딸과 결혼도 했지만 여전히 만족하지 못했다. 그래서 그도 아버지에게 가서 말했다.

"제 몫을 주십시오."

하지만 아버지는 타라스에게도 재산을 나눠주고 싶은 마음이 없었다.

"넌 이 집안을 위해 한 게 아무것도 없어. 지금 집에 있는 재산은

모두 이반이 번 것이다. 그러니 이반과 네 여동생을 홀대하면 절대
안 된다."

타라스가 대답했다.

"이반에게 뭐가 필요한데요? 그 녀석은 바보잖아요! 결혼도 못 할
텐데요. 어떤 여자가 그런 녀석에게 시집을 오겠어요? 벙어리 말라냐
에게도 대체 뭐가 필요하겠어요? 이것 봐 이반! 내게 곡식 절반을 다
오. 농기구는 필요 없고, 가축 중에서 회색 수말이나 한 마리 가져가
야겠다. 어차피 그건 농사짓는 데 쓸 수도 없으니까 말이야."

이반이 웃으며 대답했다.

"그렇게 하세요. 가서 말을 준비해놓을게요."

그렇게 해서 타라스도 제 몫을 가져갔다. 그는 곡식을 수레에 싣고
떠나면서 회색 수말도 가져갔다. 이반은 예전처럼 늙은 암말 한 마리
로 농사를 지어 부모님을 봉양했다.

2

큰 도깨비는 형제들이 재산을 나누면서 싸우지도 않고 의좋게 헤
어지는 걸 보고 못마땅해 견딜 수가 없었다. 그래서 작은 도깨비 셋
을 큰 소리로 불러 모았다.

"자, 저기 세 형제가 있지. 군인 세몬, 배불뚝이 타라스, 바보 이반

말이야. 저 녀석들이 서로 싸워야 하는데 사이좋게 지낸단 말이지. 바보 이반이 내 일을 다 망쳐놓았어. 이제 너희 셋이 저 세 녀석에게 붙어서 서로 물어뜯고 할퀴게 만들란 말이야. 할 수 있겠어?"

"그럼요, 할 수 있고말고요."

"자, 어떻게 할 작정이지?"

"흠, 우선 저들을 빈털터리로 만드는 겁니다. 먹을 것 하나 안 남게 한 다음 셋을 한데 모이게 하는 거죠. 그러면 보나마나 서로 물어뜯고 싸우겠죠."

"좋은 생각이야. 너희들이 해야 할 일을 아주 잘 알고 있구나. 자, 어서 가봐. 그리고 셋을 앙숙으로 만들기 전에는 돌아올 생각도 하지 마. 그냥 왔다가는 너희 세 놈 다 가죽을 몽땅 벗겨버릴 테다."

작은 도깨비들은 숲으로 들어가 이제부터 뭘 할지 의논했다. 서로 가장 쉬운 일을 맡겠다고 실랑이를 벌이다 결국 제비뽑기를 해서 세 형제 가운데 누구를 맡을지 정하기로 했다. 그리고 일을 먼저 끝낸 도깨비가 다른 도깨비들을 돕기로 했다. 도깨비들은 제비뽑기를 하고 나서 언제 숲에서 다시 만날지도 정했다. 그때 만나서 누가 일을 끝냈고 누구를 도와야 하는지 알아보기로 했다.

다시 만나기로 한 날이 되자 도깨비들이 약속한 장소에 모였다. 그리고 각자 맡은 일이 어떻게 되고 있는지 이야기했다. 군인 세몬을 맡았던 도깨비부터 말했다.

"내 일은 아주 잘되고 있어. 내일 세몬이 아버지 집에 갈 거야."

두 도깨비가 물었다.

"어떻게 했는데?"

"우선, 세몬이 배짱이 아주 두둑해져서 왕에게 전 세계를 정복하겠노라고 큰소리치게 만들었지. 그래서 왕은 세몬을 대장으로 임명하고 인도를 치라고 보낸 거야. 전쟁을 앞두고 군사들이 모였지. 그런데 바로 그날 밤 내가 세몬 군대에 들어가 화약을 모조리 적셔놓고는 인도 왕에게 가서 짚으로 병사들을 엄청나게 많이 만들어놓게 했거든. 세몬의 병사들이 짚으로 만든 병사들이 사방에서 밀려드는 걸보고는 겁을 잔뜩 먹은 거야. 세몬이 공격 명령을 내렸지만 대포에서든 총에서든 탄약이 나와야 말이지. 세몬의 병사들은 혼비백산해서 양떼처럼 달아나다 인도 왕에게 죽임을 당한 거야. 세몬은 불명예를 당한 데다 재산까지 다 빼앗겼어. 내일 처형을 당할 거야. 나는 내일 하루만 더 일하면 돼. 녀석이 감옥에서 도망쳐 집으로 갈 수 있게해주는 거지. 내일이면 내 일은 다 끝나니까 누구든 도움이 필요하면얘기해."

이번에는 타라스를 맡았던 두 번째 도깨비가 자기가 한 일을 이야기했다.

"나는 도움 같은 거 필요 없어. 일이 아주 잘되고 있거든. 타라스는앞으로 일주일도 못 버틸 거야. 내가 녀석을 욕심이 그득한 인간으로만들어놨지. 남의 재산을 탐내고 눈에 띄는 건 뭐든 사야만 직성이풀리는 인간으로 말이야. 닥치는 대로 물건을 사들이느라 재산을 다

쓰고도 멈추질 못하는 거야. 벌써 여기저기서 돈을 빌리기 시작했어. 감당할 수 없을 정도로 물건을 사들여서 이제 어떻게 해야 할지 모르고 있지. 일주일 뒤에는 빚을 다 갚아야 하는데, 그전에 내가 녀석의 물건을 모두 못 쓰게 만들 거야. 그러면 녀석은 빚을 갚지 못할 테니 제 아버지에게 달려가겠지."

두 도깨비는 이반을 맡았던 세 번째 도깨비에게 물었다.

"네 일은 어떻게 됐어?"

"그게 말이지, 일이 꼬여버렸어. 우선 녀석의 배를 아프게 하려고 주전자에 침을 뱉어놓았거든. 그리고 밭으로 가서 녀석이 일을 못 하게 땅을 돌처럼 단단히 다져놓았지. 그렇게 하면 밭을 갈지 못할 거라고 생각했는데, 그 바보 같은 녀석이 쟁기를 가져오더니 밭을 가는 거야. 배가 아파서 끙끙대면서도 계속 밭을 갈더라고. 그래서 녀석의 쟁기를 부러뜨렸지. 그랬더니 집으로 가서 다른 쟁기를 가져와 날을 새로 끼우고는 다시 일을 하는 거야. 이번에는 땅속으로 들어가서 쟁기머리를 붙들어보려고 했는데 그것도 소용이 없었어. 녀석이 쟁기를 세게 누르는 데다 쟁기머리가 뾰족해서 손만 베이고 말았지. 이제 밭도 다 갈고 한 고랑만 남았어. 그러니 다들 나 좀 도와줘. 이반 그 녀석을 해치우지 못하면 지금까지 한 일이 허사가 되고 말잖아. 그 바보 녀석이 농사를 계속 지으면 그 형들은 아쉬울 게 없을 거야. 이반이 제 형들을 먹여 살릴 테니 말이야."

군인 세몬을 맡았던 작은 도깨비가 다음 날 와서 도와주기로 약속하고 작은 도깨비들은 헤어졌다.

3

이반은 묵혀놓았던 밭을 다 갈고 이제 한 고랑만 남겨두었다. 그
걸 마저 갈려고 밭에 나왔다. 배가 아프긴 했지만 일을 끝내야 했다.
이반은 고삐 줄을 한 번 내리치고 쟁기를 돌려 밭을 갈기 시작했다.
고랑 끝까지 갔다가 되돌아오려는데 쟁기가 나무뿌리에 걸린 것처
럼 잘 나가지 않았다. 작은 도깨비가 쟁기머리를 두 다리로 단단히
휘감고 있었기 때문이다. 이반이 생각했다.

'거참 이상하네! 여기에 나무뿌리 같은 건 없는데 말이야.'

이반이 밭고랑에 손을 넣어보니 뭔가 부드러운 것이 만져졌다. 이
반은 그것을 잡아 꺼냈다. 나무뿌리처럼 시커먼 것이 나왔는데 거기
에서 뭔가가 꿈지락거렸다. 자세히 보니 살아 있는 도깨비였다!

"이런 고약한 놈 같으니!"

이반이 도깨비를 번쩍 들어 쟁기에 내동댕이치려 하자 도깨비가
꽥꽥 비명을 지르면서 사정했다.

"제발 살려주세요. 뭐든 시키는 대로 다 할게요."

"뭘 할 수 있는데?"

"뭐든 말만 하세요."

이반이 머리를 긁적이며 말했다.

"지금 배가 아픈데 낫게 해줄 수 있어?"

"그럼요, 할 수 있고말고요."

"그럼 어디 한번 해봐."

도깨비는 밭고랑 위에 몸을 구부리고 손톱으로 땅을 파헤치며 뭔가를 찾더니 잔뿌리가 셋 달린 나무뿌리 하나를 뽑아 이반에게 내밀었다.

"누구든 이 뿌리 하나만 먹으면 어떤 병이든 낫는답니다."

이반은 그걸 받아서 잔뿌리 하나를 먹었다. 그 순간 배 아픈 것이 사라졌다.

도깨비가 다시 사정했다.

"이제 놓아주세요. 땅으로 들어가서 다시는 나오지 않을게요."

"좋아, 놓아주지. 잘 가거라!"

이반의 말이 채 끝나기도 전에 도깨비는 물에 던져진 돌처럼 땅속으로 뛰어 들었다. 그 자리에 구멍만 하나 덩그러니 남았다. 이반은 남은 두 뿌리를 모자에 넣고는 다시 밭을 갈았다. 일을 다 마친 다음 쟁기를 엎어놓고 집으로 돌아왔다. 말을 풀어놓고 집 안으로 들어가니 맏형인 군인 세몬이 아내와 함께 저녁을 먹고 있었다. 땅을 몰수당하고 감옥에서 간신히 도망쳐 나온 세몬은 이제 아버지 집에 눌러 살 생각이었다.

세몬이 이반을 보더니 말했다.

"너랑 같이 지내려고 왔다. 일자리를 새로 구할 때까지 나하고 집사람을 먹여 살려다오."

"그렇게 하세요. 여기서 지내세요."

이반이 의자에 막 앉으려는데, 세몬의 아내가 이반에게서 고약한 냄새가 난다며 남편에게 말했다.

"난 이렇게 지독한 냄새가 나는 농사꾼하고는 같이 저녁을 못 먹겠어요."

군인 세몬이 말했다.

"이 사람이 네게서 지독한 냄새가 난다고 하니 넌 문간에서 먹어야겠다."

"그렇게 할게요. 안 그래도 야간 방목을 하러 나가야 하거든요. 말한테 먹이도 줘야 하고요."

이반은 빵과 겉옷을 들고 야간 방목을 하러 나갔다.

4

세몬을 맡은 도깨비는 그날 밤 일을 마치고 약속대로 이반을 맡은 도깨비를 도와 이반을 괴롭히려고 밭으로 왔다. 하지만 한참을 찾아도 친구는 보이지 않고 구멍 하나만 덩그러니 있었다.

'뭔가 안 좋은 일이 생긴 게 분명해. 내가 대신 나서야겠군. 밭을 다

갔으니 풀밭으로 가서 그 바보를 괴롭혀주겠어.'

도깨비는 목장으로 가서 이반의 풀밭을 물에 잠기게 해 온통 진흙탕으로 만들어놓았다. 말에게 먹이를 주고 새벽녘이 되어서야 돌아온 이반은 큰 낫을 들고 풀밭으로 나가 풀을 베기 시작했다. 그런데 어쩐 일인지 낫질을 한두 번만 해도 날이 무뎌져 새로 갈아야 했다. 이반은 한참을 그렇게 씨름하다 중얼거렸다.

"안 되겠다. 집에 가서 숫돌을 가져와야지. 가는 김에 빵도 한 덩이 가져와야겠어. 일주일이 걸리는 한이 있어도 다 베기 전까지는 절대 여길 떠나지 않을 거야."

도깨비가 이 말을 듣고 생각했다.

'이 바보 녀석, 보통 골치 아픈 놈이 아니야. 이런 식으로는 안 되겠어. 다른 방법을 써야겠다.'

이반이 돌아와서 낫을 갈고 다시 풀을 베기 시작했다. 도깨비는 풀 속에 몰래 기어들어가 발뒤꿈치로 낫 끝을 잡고 흙속으로 밀어 넣었다. 이반은 일이 무척 힘들었지만 늪에 있는 한 줄만 남기고 풀을 다 베었다. 도깨비는 늪으로 들어가 생각했다.

'손가락이 잘리는 한이 있더라도 못 베게 할 테다.'

이반은 늪으로 갔다. 풀이 별로 빽빽해 보이지 않았는데도 낫이 앞으로 잘 나가지 않았다. 이반은 약이 올라 있는 힘을 다해 낫을 휘둘렀다. 도깨비는 이번에도 포기해야 했다. 획획 움직이는 낫을 피할 수가 없어서 더는 안 되겠다고 생각하고는 얼른 덤불 속으로 들어갔다. 그런데 이반이 낫을 휘두르다 덤불을 치면서 도깨비의 꼬리가 반쯤 잘리고 말았다. 이반은 풀을 다 베고 나서 여동생에게 그것을 긁어모으라고 하고는 호밀을 베러 갔다.

큰 낫을 들고 갔지만, 꼬리 잘린 도깨비가 먼저 와서 호밀을 전부 엉클어놓은 탓에 큰 낫으로는 벨 수가 없었다. 그래서 집으로 가 중간 낫을 가져와 베기 시작하더니 어느덧 다 베었다.

"이제 귀리를 베어야겠다."

꼬리 잘린 도깨비가 이 말을 듣고 생각했다.

'호밀 밭에서는 내가 졌지만 귀리 밭에서는 어림도 없다. 내일 아침에 두고 보자.'

아침이 되자 도깨비는 서둘러 귀리 밭으로 갔다. 하지만 이미 귀리는 전부 베어져 있었다. 귀리 낟알이 적게 떨어지도록 이반이 밤새 다 베어놓은 것이다. 도깨비는 약이 바짝 올랐다.

"이 바보 녀석, 내 꼬리를 자른 것도 모자라 기운을 다 빼놓다니. 이렇게 지독한 싸움은 처음 보겠네. 이 망할 바보 녀석은 잠을 통 자지 않으니 당해낼 수가 있나! 이번에는 호밀 단에 들어가서 전부 썩히고 말 테다."

도깨비는 호밀 단으로 들어가 헤집고 다니며 호밀을 썩히기 시작했다. 그런데 호밀 단을 덥히다가 온몸이 따듯해지는 바람에 그만 잠이 들고 말았다.

이반이 말을 수레에 매고 동생과 함께 호밀 단을 나르러 왔다. 호

밀을 두 단째 수레에 던지고 갈퀴로 쿡 찔렀는데 바로 도깨비 등에
꽂혔다. 갈퀴를 들어보니 꼬리 잘린 살아 있는 도깨비가 갈퀴 날에
매달려 빠져나가려고 버둥거렸다.

"이 고얀 놈, 왜 또 여기에 온 거냐?"

"저는 그 도깨비가 아니에요. 지난 번 도깨비는 제 친구였어요. 저
는 당신 형인 세몬한테 있었어요."

"네가 그놈이든 아니든 가만두지 않겠다!"

이반이 도깨비를 밭이랑에 내리쳐 죽이려고 하자 도깨비가 다급
히 사정했다.

"제발 살려주세요. 다시는 안 그럴게요. 그리고 원하시는 건 뭐든
들어드릴게요."

"네가 뭘 할 수 있는데?"

"뭐든 원하시는 걸로 군사를 만들 수 있어요."

"그런 게 무슨 소용이 있다는 거냐?"

"뭐든 시킬 수 있지요. 그들은 뭐든 다 할 수 있거든요."

"노래를 부를 수도 있단 말이지?"

"그럼요, 할 수 있고말고요."

"좋아. 그럼 한번 만들어봐."

도깨비가 말했다.

"호밀 한 단을 쥐고 그 끝을 땅에 댄 다음 흔들면서 이렇게 말하기
만 하면 돼요. '내 종이 명령하노라. 다발로 있지 말고 짚의 수만큼 군

142

사가 되어라!'"

이반이 단을 잡아 땅에 대고 흔들면서 도깨비가 알려준 대로 주문을 외웠다. 다음 순간 호밀 단이 산산이 흩어지더니 전부 군사로 변하고 맨 앞에서는 나팔수와 고수가 나팔을 불고 북을 쳤다. 이반이 웃음을 터뜨렸다.

"굉장한데! 아주 멋져! 여자들이 좋아하겠어!"

"이제 저를 놓아주세요."

"안 돼. 이렇게 군사를 만들어버리면 기껏 베어놓은 곡식을 다 버리게 되잖아. 원래대로 되돌리는 법을 알려줘. 그래야 탈곡을 할 게 아니냐."

도깨비가 말했다.

"이렇게 말하세요. '군인 수만큼 짚이 되어 다시 호밀 단이 되어라. 내 종이 명령하노라!'"

이반이 그대로 따라하자 군사는 다시 호밀 단으로 변했다.

도깨비가 또 애원했다.

"이제 제발 절 놓아주세요!"

"그래, 알았다!"

이반은 도깨비를 밭이랑에 대고 한 손으로 누르면서 갈퀴에서 빼주었다.

"잘 가거라."

이반이 이 말을 끝내기 무섭게 도깨비는 돌이 물에 던져지듯 땅속으로 사라졌다. 그리고 그 자리에는 구멍만 하나 덩그러니 남았다.

이반이 집에 돌아와보니 둘째 형 타라스가 아내와 함께 저녁을 먹고 있었다. 배불뚝이 타라스는 빚을 갚지 못해 빚쟁이들을 피해 아버지 집으로 도망쳐 온 것이었다. 타라스가 이반을 보더니 말했다.

"내가 다시 장사를 시작할 때까지 나와 집사람 좀 먹여 살려다오."

"그렇게 하세요. 여기 계세요."

이반이 겉옷을 벗고 식탁에 앉자 타라스의 아내가 말했다.

"이 바보하고 같이 식사를 할 수가 없어요. 땀 냄새가 지독해서 못 견디겠어요."

그러자 배불뚝이 타라스가 말했다.

"이반, 냄새가 지독하구나. 저기 문간에 가서 먹도록 해라."

"알았어요."

이반은 빵을 들고 마당으로 나갔다.

"안 그래도 야간 방목을 하러 나가야 하거든요. 말한테 먹이도 줘야 하고요."

5

타라스를 맡은 도깨비는 그날 밤 할 일을 다 끝내고서 약속대로 이반을 곯리는 일을 도우려고 친구들에게 왔다. 하지만 밭에 가서 친구들을 찾았지만 아무도 보이지 않고 구멍만 하나 덩그러니 있었다. 풀밭으로 가보니 늪에 다른 도깨비의 잘린 꼬리가 있었고, 호밀을 베어낸 곳에 구멍이 또 하나 있었다.

'친구들에게 뭔가 나쁜 일이 일어난 게 분명해. 내가 친구들 대신 그 바보 녀석을 혼내주겠어.'

도깨비는 이반을 찾아 나섰다. 이반은 밭일을 다 끝내고 숲에서 나무를 베고 있었다.

두 형이 함께 모여 살다 보니 집이 좁다며 이반에게 나무를 베어다가 자기들에게 새집을 지어달라고 했던 것이다.

도깨비는 숲으로 달려가서 나무 위로 올라가 이반이 나무 베는 것을 방해했다. 이반이 나무가 빈터로 쓰러지도록 방향을 가늠해 밑동을 도끼로 쳤지만 이상하게 나무는 엉뚱한 방향으로 쓰러지면서 다른 나뭇가지에 걸렸다. 이반은 지렛대를 만들어 한참을 낑낑거리며 나무를 옮긴 뒤에야 땅에 쓰러뜨릴 수 있었다. 또 다른 나무에 도끼질을 했지만 이번에도 똑같은 일이 벌어졌다. 역시나 한참을 낑낑거린 끝에 간신히 땅에 쓰러뜨렸다. 세 번째 나무에 도끼질을 했을 때도 마찬가지였다. 숲에 올 때만 해도 쉰 그루쯤 벨 생각이었지만, 열 그루도 채 베지 못했는데 벌써 날이 저물고 온몸의 힘이 다 빠졌다. 몸에서 모락모락 김이 피어나 안개처럼 숲에 퍼지는데도 이반은 일에만 열중했다. 또 한 그루를 베고 나니 등이 너무 아파 서 있을 수가 없었다. 그래서 도끼를 나무에 박아놓고 잠깐 쉬려고 앉았다. 도깨비는 이반이 일을 멈추고 잠잠해지자 기뻐하면서 생각했다.

'드디어 나가떨어졌군! 그럼 나도 좀 쉬어볼까?'

도깨비는 나뭇가지에 걸터앉아 흐뭇해했다. 하지만 잠시 뒤에 이반이 일어나서 도끼를 뽑아 번쩍 쳐들더니 반대편에서 나무를 내리쳤다. 나무는 힘없이 땅에 풀썩 쓰러졌다. 순식간에 벌어진 일이라 도깨비는 미처 피하지도 못하고 부러지는 나무 사이에 발이 끼이고 말았다. 이반이 나뭇가지를 잘라내다가 나무에 매달린 도깨비를 발견하고는 깜짝 놀랐다.

"이 고얀 녀석! 또 나타나다니!"

"저는 아니에요. 저는 당신의 둘째 형 타라스한테 있었어요."

"네가 누구든 가만두지 않겠어."

이반이 도끼를 번쩍 들어 도끼등으로 내려치려는 순간 도깨비가 사정했다.

"제발 치지 말아주세요. 그럼 원하시는 건 모두 들어드릴게요."

"네가 뭘 할 수 있는데?"

"원하시는 만큼 돈을 만들어드릴 수 있어요."

"좋아, 그럼 한번 만들어봐."

도깨비는 이반에게 돈 만드는 방법을 알려주었다.

"이 떡갈나무 잎을 쥐고 두 손으로 비벼보세요. 그러면 금화가 우수수 떨어질 거예요."

이반이 떡갈나무 잎을 쥐고 비비니 정말 손에서 금화가 우수수 떨어졌다.

"와, 굉장한데! 일이 없는 날 아이들하고 놀기에 딱 좋겠어."

"그러니 이제 절 놔주세요."

"좋아, 그러지!"

이반은 지렛대로 나무를 들어 도깨비를 풀어주었다.

"어서 가! 잘 가거라!"

이반의 말이 끝나기 무섭게 도깨비는 물에 던져진 돌처럼 땅속으로 뛰어들었다. 그리고 그 자리에는 구멍만 하나 덩그러니 남았다.

6

이제 형제들은 집을 지어 따로 살았다. 이반은 수확을 끝내고 나서 맥주를 빚어 형들을 초대했다. 하지만 두 형 모두 이반의 초대에 응하지 않았다.

"농부들 잔치에는 가본 적이 없어."

형들은 이렇게 말했다.

하는 수 없이 이반은 다른 농부들과 여자들을 초대해 함께 음식을 먹고 마셨다. 술기운이 조금 돌자 사람들이 춤을 추는 거리로 가서 여자들에게 자신을 칭찬해달라고 말했다.

"그러면 평생 한 번도 구경 못 해본 걸 줄게요."

여자들이 웃음을 터뜨리더니 이반을 칭찬하기 시작했다. 칭찬이 다 끝나자 그들이 말했다.

"자, 이제 주겠다고 한 걸 줘야죠."

"금방 가지고 올게요."

이반은 씨앗 바구니를 들고 숲 속으로 뛰어갔다. 여자들이 저 바보 좀 보라며 깔깔거리더니 이내 이반에 대해서는 잊어버렸다. 잠시 뒤 이반이 뭔가 가득 든 통을 들고 다시 뛰어왔다.

"어때요, 줄까요?"

"얼른 줘봐요."

이반은 금화를 한 움큼 집어 여자들에게 던져주었다. 갑자기 한바탕 소동이 일었다. 여자들은 금화를 주우려고 정신없이 달려들었다. 농부들도 뛰어나와 서로 잡아당기고 다른 사람 것을 빼앗으려 했다. 노파 하나는 사람들에게 깔려 죽을 뻔하기도 했다. 이반이 이 광경을 지켜보다 큰 소리로 웃으면서 말했다.

"이것들 봐요, 할머니를 밟으면 어떡해요? 내가 더 줄 테니 진정들 해요."

이렇게 말하고 또 금화를 집어 뿌렸다. 사람들이 계속 몰려들었고, 이반이 가지고 있던 금화는 바닥이 났다. 사람들이 더 달라고 아우성 치자 이반이 말했다.

"지금은 이게 다예요. 다음에 또 줄게요. 자, 이제 춤을 춰봐요. 노래도 부르고요."

여자들이 노래를 불렀다.

"노래가 영 별로예요."

이반의 말에 여자들이 "그럼 어떤 노래가 좋은데?" 하고 물었다.

"당장 보여줄게요."

이반은 헛간에 가서 호밀 단을 한 줌 뽑아 낟알을 털더니 똑바로 세워 바닥에 탁탁 두드렸다.

"내 종이 명령하노라. 다발로 있지 말고 짚의 수만큼 군사가 되어라!" 하고 이반이 말했다.

그러자 호밀 단이 흩어지면서 군사가 되더니 북을 치고 나팔을 불었다. 이반은 군사들에게 노래를 부르라고 명령하고는 거리로 데리고 나갔다. 이 광경을 보던 사람들은 깜짝 놀랐다. 한동안 군사들이 노래를 하고 나자, 이반은 아무도 따라오지 못하게 하고 군사들을 다시 헛간으로 데려가 호밀 단으로 변하게 한 다음 제자리에 놓았다. 그리고 집으로 돌아와 마구간에 누워 잠이 들었다.

7

다음 날 아침, 군인 세몬이 소식을 듣고 이반을 찾아왔다.

"도대체 넌 그 군사를 어디서 데려와서 또 어디로 데려간 거냐? 말 좀 해봐."

"그게 형하고 무슨 상관이 있는데요?"

"무슨 상관이 있냐고? 군사만 있으면 못 할 게 없어. 나라도 손에 넣을 수 있다니까."

이 말에 이반은 눈이 휘둥그레졌다.

"정말이에요? 왜 진작 말 안 했어요? 군사라면 얼마든지 만들어드릴 수 있어요. 다행히 말라냐랑 같이 탈곡을 잔뜩 해놨거든요."

이반은 형을 헛간으로 데리고 갔다.

"자, 제가 군사를 만들어드리면 그들을 다 데리고 가셔야 돼요. 여기서 그들을 먹이려면 온 마을 식량이 하루 만에 동날 테니까요."

세몬에게서 군사를 다 데려가겠다는 약속을 받고서 이반은 군사를 만들었다. 곡식 단을 잡고 탈곡장 바닥에 탁탁 두드리니 한 개 중대가 생겼다. 또 한 단을 두드리니 또 한 개 중대가 생겼다. 한참을 그렇게 하자 온 들판이 군사로 가득 찼다.

"이 정도면 되겠어요?"

세몬이 뛸 듯이 기뻐하며 말했다.

"되고말고! 이반, 정말 고맙구나!"

"고맙긴요. 더 필요하면 다시 오세요. 얼마든지 만들어드릴게요. 요즘엔 짚이 충분히 있으니까요."

군인 세몬은 즉시 군사들을 모아 대열을 만들고 전쟁터로 떠났다.

세몬이 떠나자 이번에는 배불뚝이 타라스가 이반을 찾아왔다. 타라스도 어제 일을 듣고는 이반에게 사정했다.

"이반, 솔직히 말해봐. 도대체 어디서 금화가 난 거냐? 내게 그런 돈이 있다면 그 돈을 밑천 삼아 온 세상의 돈을 다 끌어모을 수 있을 텐데."

이반이 깜짝 놀라며 말했다.

"그래요? 그럼 진작 말을 하시죠. 저는 얼마든지 더 만들어드릴 수 있는데요."

타라스는 몹시 기뻐했다.

"그럼 씨앗 바구니로 세 개만 좀 다오."

"알았어요. 같이 숲으로 가요. 아, 말을 수레에 매는 게 좋겠어요. 들고 오려면 힘드니까요."

두 사람은 숲으로 갔다. 이반이 떡갈나무 잎을 훑어내어 비비니 금화가 쏟아져 산더미처럼 쌓였다.

"이만하면 됐어요?"

타라스는 기뻐서 어쩔 줄 몰라 하며 대답했다.

"우선은 이 정도로 충분해. 정말 고맙구나, 이반."

"고맙긴요. 더 필요하면 또 오세요. 더 만들어드릴게요. 나뭇잎은 얼마든지 있으니까요."

배불뚝이 타라스는 수레 한 가득 금화를 싣고 장사를 하러 떠났다.

이렇게 해서 이반의 두 형 모두 떠났다. 전쟁터로 떠난 세몬은 나라를 정복했고 타라스는 장사를 해서 큰돈을 벌었다.

어느 날 두 형제가 만나 그간의 일을 얘기했다. 세몬은 어떻게 군사를 얻게 됐는지 말했고 타라스는 어떻게 돈을 얻었는지 말했다. 군인 세몬이 동생에게 말했다.

"나는 나라를 정복하고 떵떵거리며 살고 있어. 그런데 군사를 먹여 살릴 돈이 부족하구나."

그러자 배불뚝이 타라스가 말했다.

"나는 돈은 많이 모았지만 그 돈을 지켜줄 사람이 없어서 걱정이에요."

이번에는 세몬이 말했다.

"이반에게 가보자. 내가 이반에게 군사를 더 만들어달라고 해서 네게 주마. 그 군사로 네 돈을 지키게 하는 거지. 그리고 너는 돈을 더 만들어달라고 해서 내게 다오. 그 돈으로 군사를 먹여 살리게 말이야."

두 사람은 그 길로 이반을 찾아갔다. 세몬이 말했다.

"이반, 군사가 부족하구나. 군사를 좀 더 만들어다오. 두 단 정도라도 말이야."

하지만 이반은 고개를 절레절레 흔들었다.

"안 돼요. 더는 군사를 만들어드릴 수가 없어요."

"만들어준다고 약속했잖니."

"그랬죠. 하지만 이제는 만들 수가 없어요."

"이 바보 녀석아, 어째서 안 된다는 거야?"

"형님의 군사들이 사람을 죽였기 때문이에요. 얼마 전 내가 길 옆에서 밭을 가는데 어떤 부인이 울면서 수레에 관을 싣고 가는 거예요. 누가 죽었냐고 물어보니까 세몬의 군사들이 전쟁터에서 자기 남편을 죽였다고 하더군요. 나는 군사들은 노래만 부르는 줄 알았는데 사람을 죽였다는 거예요. 그러니 이제 다시는 군사를 만들지 않을 거예요."

이반은 끝까지 고집을 부리며 군사를 만들지 않았다.

이어서 배불뚝이 타라스가 이반에게 금화를 더 만들어달라고 부탁했다.

이반은 이번에도 고개를 흔들었다.

"안 돼요. 더는 만들지 않을 거예요."

"만들어준다고 약속했잖니."

"그랬죠. 하지만 만들지 않을 거예요."

"이 바보 녀석아, 왜 만들지 않겠다는 거야?"

"그 돈으로 미하일로프네 암소를 빼앗아갔으니까요."

"어떻게 빼앗아갔다는 거냐?"

"들어보세요. 그 집에 암소가 한 마리 있었어요. 아이들이 그 암소에서 짠 우유를 마셨죠. 그런데 얼마 전에 아이들이 오더니 우유 좀 달라고 조르는 거예요. 너희 소는 어디 있느냐고 물었더니 '배불뚝이 타라스의 하인이 와서 엄마에게 금화 세 닢을 주니까 엄마가 소를 내줬어요. 그래서 이제 마실 게 하나도 없어요'라고 대답하는 거예요. 나는 형님이 그냥 금화를 갖고 놀기만 할 줄 알았는데 아이들의 소를 빼앗아갔잖아요. 그러니 이제 더는 금화를 만들지 않겠어요!"

이반은 타라스에게도 절대 금화를 만들어주지 않았다. 세몬과 타라스는 빈손으로 돌아가야 했다.

돌아가는 길에 두 사람은 어떻게 이 문제를 헤쳐 나갈지 의논했다. 세몬이 말했다.

"이렇게 하자. 네가 내게 군사들을 먹여 살릴 돈을 주면 내가 너에게 군대의 절반을 줘서 돈을 지키게 하는 거야."

타라스도 좋다고 했다. 그래서 두 사람은 가진 걸 반으로 나눴고 그 결과 둘 다 왕이 되고 부자가 되었다.

8

이반은 집에 남아 부모님을 모시고 벙어리 여동생과 농사를 지으며 살았다.

그러던 어느 날, 이반이 키우던 늙은 개가 병에 걸려 시름시름 앓더니 거의 죽을 지경이 되었다. 그런 개가 불쌍해서 이반은 여동생에게서 빵을 얻어 모자에 넣어가지고 가서 개에게 던져주었다. 그런데 모자에 난 구멍으로 조그만 뿌리 하나도 빵과 함께 마당으로 떨어졌다. 늙은 개는 빵을 다 먹고 나서 그 뿌리까지 꿀떡 삼키더니 펄쩍펄쩍 뛰면서 짖고 꼬리를 흔들며 장난도 쳤다. 병이 말끔히 나은 것이다.

이반의 부모가 그 모습을 보고 놀라서 물었다.

"어떻게 개를 낫게 한 거냐?"

"제게 어떤 병도 고칠 수 있는 뿌리가 두 개 있는데, 그중 하나를 저 녀석이 먹은 거예요."

그즈음 왕의 딸이 병에 걸렸다. 왕은 자기 딸을 고쳐주는 사람에게 상을 내릴 것이며 만일 그 사람이 결혼을 안 했으면 사위로 삼을 것이라고 온 나라에 알렸다. 이 소식이 이반의 마을에도 전해졌다.

이반의 부모가 이반을 불러 말했다.

"임금님 얘기 들었지? 네게 무슨 병이든 고칠 수 있는 뿌리가 있다고 했잖니. 가서 공주님 병을 고쳐주어라. 그러면 너는 평생 부귀영화를 누릴 거야."

"그러죠, 뭐."

떠날 채비를 하는 이반에게 부모는 좋은 옷을 입혀주었다. 그런데 이반이 집을 나서다 손이 굽은 여자 거지 하나가 문 앞에 서 있는 걸 보았다.

"당신이 어떤 병이든 고친다는 소문을 들었어요. 제발 제 손 좀 고쳐주세요. 전 신발도 혼자 힘으로 신을 수가 없답니다."

"그러지요!"

이반은 거지에게 나무뿌리를 주며 삼키라고 했다. 거지가 뿌리를 삼키자 손이 감쪽같이 나았다. 거지는 손을 마음대로 흔들 수도 있었다. 이반의 부모가 이반을 따라 나섰다가, 아들이 하나 남은 뿌리를

거지에게 줘서 왕의 딸을 치료할 수 없게 되었다는 걸 알고는 불같이
화를 냈다.

"저 거지는 불쌍하고 공주님은 불쌍하지 않다는 거냐!"

하지만 이반은 공주도 가여웠다. 그래서 말을 수레에 매고 짚을 가
득 실은 뒤 그 위에 타고 떠나려 했다.

"이 바보 녀석아, 어디를 간다는 거야?"

"공주님의 병을 고치러 가요."

"이제 뿌리가 없잖니."

"걱정하지 마세요."

이반은 그렇게 말하고 길을 떠났다.

이반이 궁궐에 도착해 층계에 발을 딛는 순간 공주의 병이 씻은
듯이 나았다.

왕은 크게 기뻐하며 이반을 불러들이게 해 가장 좋은 옷을 입혔다.

"이제부터 그대는 내 사위다."

"황공합니다."

이반은 공주와 결혼했다. 그리고 얼마 지나지 않아 왕이 세상을 떠
났으므로 이반은 왕이 되었다. 이렇게 해서 세 형제 모두 왕이 되었다.

9

세 형제는 각자의 나라를 다스렸다.

맏형 세몬은 날로 번성했다. 그는 짚으로 만든 군사로 진짜 군사를 모집했다. 온 나라에 명을 내려서 열 집에 군사 한 명씩을 내도록 했는데, 모든 군사는 키가 크고 살갗이 희고 얼굴이 깨끗해야 했다. 그는 이런 군사를 많이 모집해 훈련했다. 그리고 누구든 그를 거역하는 자가 있으면 즉시 이 군사들을 보내 닥치는 대로 힘을 휘둘렀다. 이제 모두가 그를 두려워했다.

그의 생활은 아무 부족함이 없었다. 머릿속에 떠오르는 것, 눈에 띄는 것은 뭐든 그의 차지가 되었다. 군대만 보내면, 그들은 세몬이 원하는 것을 앞에 가져왔다.

배불뚝이 타라스 역시 아무 근심 걱정 없이 살았다. 그는 이반에게서 받은 돈을 낭비하지 않고 크게 불렸으며, 그럴듯한 법을 만들어 나라를 통치했다. 자기 돈은 돈궤에 넣어두고 백성에게서 세금을 거뒀다. 인두세와 보드카세, 맥주세, 혼인세, 장례세, 통행세, 거마세, 짚신세, 각반세, 짚신 끈세까지 거둬들였다. 그는 원하는 건 뭐든 손에 넣었다. 백성들은 돈이 필요했으므로 그에게 온갖 물건을 바쳤고 사정이 여의치 않은 사람들은 일을 해서 때웠다.

바보 이반 역시 그런대로 잘 살았다. 장인의 장례를 치르자마자 왕의 옷을 다 벗어 왕비에게 주면서 옷장에 넣어두라고 했다. 그러고는 예전처럼 삼베 셔츠와 바지를 입고 짚신을 신고 일했다.

"답답해서 살 수가 없어. 배는 자꾸 나오는 데다 먹을 수도 없고 잠을 잘 수도 없으니 말이야."

이반은 부모님과 벙어리 여동생을 데려와 함께 살면서 예전처럼 일을 했다.

신하들이 그에게 말했다.

"당신은 왕이십니다!"

"괜찮아, 왕도 먹어야 하니까."

신하 하나가 그의 앞에 나와 말했다.

"급료를 줄 돈이 없습니다."

"괜찮아, 돈이 없으면 안 주면 되지."

"그럼 아무도 일을 하지 않을 겁니다."

"괜찮아, 일하지 말라고 해. 시간이 남아돌다 보면 일을 하게 될 테니까. 사람들에게 거름이나 좀 가져오라고 해. 거름은 많이 만들어놓았을 테니 말이야."

이번에는 백성들이 이반에게 와서 재판을 해달라고 했다.

"저자가 제 돈을 훔쳐갔습니다."

이반이 대답했다.

"괜찮아, 돈이 필요했던 게지."

이제 이반이 바보라는 걸 모든 사람이 알게 되었다. 어느 날 왕비가 이반에게 말했다.

"사람들이 당신더러 바보라고 해요."

"괜찮아."

왕비는 이 문제를 곰곰이 생각해보았지만, 그녀 역시 바보였다.

"제가 어떻게 남편을 거역할 수 있겠어요? 바늘 가는 곳에 실도 가는 법이지요."

왕비는 입었던 옷을 벗어 옷장에 넣어두고는 이반의 여동생에게 일하는 법을 배워 남편 일을 도왔다.

결국 똑똑한 사람들은 모두 이반의 나라를 떠나고 바보들만 남았다. 돈을 가진 사람은 아무도 없었다. 모두 제 힘으로 일을 해서 먹고 살았고 함께 사는 다른 착한 사람들도 먹여 살렸다.

10

큰 도깨비는 작은 도깨비들에게서 세 형제를 무너뜨렸다는 소식이 오기만을 기다리고 또 기다렸다. 하지만 기다리는 소식은 오지 않았다. 그래서 큰 도깨비는 직접 가서 알아보기로 했다. 작은 도깨비들을 찾아 이곳저곳 다녔지만 도깨비들은 보이지 않고 구멍 세 개만 덩그러니 있었다.

'다들 잘못된 게 분명해. 내가 직접 나서야겠어.'

큰 도깨비는 세 형제를 찾으러 갔지만 옛날 집에는 아무도 살지 않았다. 결국 각기 다른 나라에서 세 형제를 찾아냈다. 세 형제는 모두 나라를 다스리며 살고 있었다. 그걸 본 큰 도깨비는 약이 올라 견딜 수가 없었다.

"내 손으로 해치우고 말겠어."

먼저 세몬에게 가보기로 했다. 원래 모습이 아닌 장군으로 둔갑하고 세몬을 찾아갔다.

"왕께서는 아주 훌륭한 군인이라고 들었습니다. 저 또한 전쟁에 능하니 왕을 섬기고 싶습니다."

세몬은 그에게 이것저것 물어본 뒤 똑똑한 사람이라 판단하고 곁에 두기로 했다.

새 장군은 세몬 왕에게 강력한 군대를 만들 방법을 알려주었다.

"우선, 군사를 더 많이 모집해야 합니다. 이 나라에는 놀고먹는 백성들이 많기 때문입니다. 젊은이들을 하나도 남김없이 징집하십시오. 그러면 군사 수가 이전의 다섯 배로 늘어날 겁니다. 그다음으로는, 최신식 총과 대포를 만들어야 합니다. 제가 한 번에 100발의 총알이 나가는 총을 만들겠습니다. 그 총에서는 총알이 콩알처럼 날아갈 겁니다. 그리고 사람이든 말이든 성벽이든 할 것 없이 불길로 다 삼켜버리는 대포도 만들겠습니다. 모조리 불태워버리는 것이지요!"

세몬 왕은 새 장군의 말에 넘어가 온 나라의 젊은이를 한 사람도 남김없이 징집하도록 명령하고 공장을 새로 지어 최신식 총과 대포를 만들게 했다. 그러고는 서둘러 이웃 나라 왕에게 전쟁을 선포했다. 전쟁이 시작되자 세몬 왕은 자신의 군사들에게 총과 대포를 마구 쏘라고 명령해 단숨에 적군을 물리치고 그 절반을 불태웠다. 이웃 나라 왕은 겁에 질려 항복하고 자기 나라를 세몬에게 바쳤다. 세몬은 몹시 흡족해하며 말했다.

"자, 이제 인도를 정복해야겠다."

하지만 세몬의 소문을 들은 인도 왕은 그의 전략을 모두 따라하고 거기에 자신이 고안한 새로운 전략을 더했다. 그는 젊은 남자들뿐 아니라 혼자 사는 여자들까지 모두 징집해 세몬의 군대보다 더 큰 규모의 군대를 조직했다. 또한 세몬의 총과 대포도 그대로 따라하고 공중을 날아가 머리 위에서 포탄을 떨어뜨리는 방법까지 생각해냈다.

세몬 왕은 인도 왕과 전쟁을 시작했다. 지난번처럼 쉽게 물리칠 거라 생각했지만 이번에는 사정이 달랐다. 인도 왕은 세몬의 군대가 사정거리에 못 들어오도록 막고는 여자 군사들을 공중으로 띄워 포탄을 쏟아붓게 했다. 여자들은 벌레에 약을 뿌리듯 세몬의 병사들에게 포탄을 퍼부었다. 세몬의 군사들은 모두 달아나고 세몬 혼자만 남았다. 인도의 왕은 세몬의 나라를 차지했고, 세몬은 간신히 도망쳐 정처 없이 떠돌아다녔다.

큰 도깨비는 세몬을 해치우고 나서 이번에는 타라스를 찾아갔다. 그는 상인으로 둔갑하고 타라스의 나라에 정착한 뒤 장사를 시작하며 돈을 마구 뿌려댔다. 무엇이든 가져오면 높은 값으로 사주었기 때문에 모두들 돈을 벌려고 이 상인에게 몰려왔다. 사정이 넉넉해지자 사람들은 밀린 세금을 다 갚고 어떤 세금이든 기한 안에 냈다.

타라스 왕은 크게 기뻐했다.

'참 고마운 사람이로군. 이제 난 돈을 더 많이 벌고 더 호의호식하며 살겠어.'

그래서 타라스 왕은 여러 가지 계획을 세우고는 일단 궁전부터 새로 짓기로 했다. 백성들에게 목재와 돌을 운반해오고 일을 하면 품삯을 비싸게 쳐주겠다고 했다. 당연히 백성들이 예전처럼 돈을 벌려고 몰려올 거라 생각했지만, 뜻밖에도 목재와 돌이 모두 그 상인에게 실려가고 일꾼들도 모두 그곳으로 갔다. 타라스 왕이 품삯을 올리면 그때마다 상인은 왕보다 훨씬 더 많은 품삯을 주었다. 타라스 왕이 돈을 많이 갖고 있긴 했지만 상인은 그보다 훨씬 더 많아서 왕의 품삯을 하찮게 만들었다. 결국 새로운 궁전은 지을 수가 없었다.

타라스 왕은 정원도 새로 만들기로 했다. 가을이 오자 정원을 만들러 오라고 백성들에게 일렀지만 아무도 오지 않았다. 모두들 상인의 집으로 가서 연못 파는 일을 했던 것이다. 겨울이 왔고, 타라스 왕은 검은담비 가죽으로 새 외투를 만들고 싶었다. 검은담비 가죽을 구하러 신하를 보냈더니 그는 빈손으로 돌아와 이렇게 말했다.

"담비 가죽을 구할 수가 없습니다. 그 상인이 높은 값을 주고 몽땅 사들여 양탄자를 만들었다고 합니다."

타라스 왕은 이번에는 종마를 사고 싶었다. 종마를 사러 신하들을 보냈더니 이번에도 신하들은 빈손으로 돌아와서는 그 상인이 좋은 종마를 몽땅 사들여 연못을 채울 물을 나르게 한다고 말했다. 백성 모두 상인 일이라면 무엇이든 하면서 왕 앞에는 얼씬도 하지 않았다. 상인에게서 받은 돈을 세금으로 가져올 뿐이었다.

타라스 왕은 돈이 넘쳐났지만 어디에도 쓸 수가 없으니 사는 게 오히려 형편없어졌다. 모든 계획을 중단하고 그저 하루하루 사는 것만으로도 감지덕지해야 했다. 하지만 그마저도 여의치 않았다. 그에게는 무엇 하나 남아나지 않았다. 요리사와 마부, 신하들까지 그의 곁을 떠나 상인에게 갔다. 얼마 지나지 않아 먹을 것도 부족해졌다. 신하를 시장에 보내 뭐라도 사려 했지만 상인이 다 사버려서 남은 게 없었다. 백성들이 세금으로 내는 돈만 쌓일 뿐이었다.

타라스 왕은 화가 머리끝까지 나서 상인을 나라에서 쫓아내버렸다. 하지만 상인은 국경 지역에 자리를 잡고 예전과 다름없이 살았다. 사람들은 돈을 벌려고 상인에게 온갖 것을 가져갔고 왕 앞에는 얼씬도 하지 않았다. 타라스 왕의 삶은 더욱 힘들어졌다. 며칠째 먹지도 못했고, 상인이 왕비마저 살 거라며 떠벌리고 다닌다는 소문까지 돌았다! 타라스 왕은 겁에 질려 안절부절못했다.

그러던 어느 날, 군인 세몬이 타라스를 찾아와 말했다.

"나 좀 도와다오. 인도 왕에게 나라를 빼앗기고 말았어."

하지만 타라스 왕도 뱃가죽이 등에 붙을 지경이었다.

"나도 이틀째 아무것도 못 먹었어요."

11

큰 도깨비는 세몬과 타라스를 해치우고 이반에게 갔다. 이번에는 장군으로 둔갑하고 이반에게 군대를 만들라고 권했다.

"왕에게 군대가 없다는 것은 말이 되지 않습니다. 제게 명령만 내리시면 백성들 가운데서 군사들을 모아 군대를 만들겠습니다."

이반이 그 말을 듣고 대답했다.

"좋아요. 그럼 군대를 만들어서 군사들이 노래를 잘 부르게 가르쳐주세요. 난 노래를 좋아하니까."

큰 도깨비는 이반의 나라를 다니며 군사를 모집했다. 그는 군대에 들어오는 사람에게 보드카 한 병과 빨간 모자를 주겠다고 말했다.

바보들은 코웃음을 쳤다.

"술이라면 우리에게도 얼마든지 있어요. 우리가 직접 빚거든요. 모자도 우리가 원하는 대로 여자들이 만들어주는걸요. 알록달록한 것도 만들어주고 술이 달린 것도 만들어주죠."

그래서 군대에 지원하는 사람이 아무도 없었다. 큰 도깨비가 이반에게 가서 말했다.

"바보들이 아무도 군대에 지원하려 하지 않습니다. 그러니 강제로 끌고 와야겠습니다."

"그러지 뭐, 그렇게 해요."

큰 도깨비는 명을 내려 모든 백성이 군대에 지원해야 하며 명령을

164

어길 때에는 왕이 사형에 처할 거라고 했다.

바보들이 장군에게 와서 말했다.

"우리가 군사가 되지 않으면 왕이 사형에 처할 거라고 했는데, 군대에 들어가면 어떻게 된다는 말은 해주지 않았어요. 듣기로는 군사가 되면 목숨을 잃을 거라고 하던데요."

"그런 일이 있긴 하지."

그 말을 듣고 바보들은 고집을 부렸다.

"그렇다면 가지 않겠어요. 어차피 죽을 거라면 집에서 죽는 게 낫지요."

"이런 바보들! 참으로 어리석구나! 군사가 되면 죽을 수도 있고 죽지 않을 수도 있다. 하지만 군사가 되지 않으면 왕이 너희 모두를 반드시 사형에 처할 것이다."

바보들은 곰곰이 생각하다가 이반에게 가서 물었다.

"장군님이 우리에게 와서 모두 군사가 되어야 한다고 말합니다. 우리가 군사가 되면 죽을 수도 있고 아닐 수도 있지만 군사가 되지 않으면 폐하께서 우리를 반드시 사형에 처할 거라고요. 그게 정말입니까?"

이반이 웃음을 터뜨렸다.

"나 혼자서 어떻게 너희 모두를 사형시킬 수 있겠느냐? 내가 바보가 아니라면 너희들에게 설명을 해주련만 그런데 지금은 나도 잘 모르겠구나."

"그렇다면 우리는 군대에 가지 않겠습니다."

"그래, 그렇게 해라."

바보들은 장군에게 가서 군대에 지원하지 않겠다고 말했다.

큰 도깨비는 계획이 틀어져버리자 타라칸 왕에게 가서 귀가 솔깃
해질 만한 제안을 했다.

"전쟁을 일으켜 이반의 나라를 치십시오. 그 나라에는 돈은 없지
만 곡식이며 가축이며 모든 게 풍족합니다."

타라칸 왕은 전쟁을 하기로 했다. 대규모 군대를 조직하고 총과
대포를 지급한 다음 국경을 넘어 이반의 나라로 갔다.

사람들이 이반에게 달려와 말했다.

"타라칸 군대가 쳐들어오고 있습니다."

"어쩔 수 없지. 오라고 하지 뭐."

군대를 이끌고 국경을 넘어온 타라칸 왕은 선발대를 보내 이반의
군대를 살피게 했다. 그런데 선발대가 아무리 찾아봐도 군대가 보이
지 않았다! 혹시라도 어딘가에서 나타날지 몰라 기다려봤지만 군대
가 있다는 얘기는 전혀 들리지 않았다. 싸우고 싶어도 싸울 상대가
없었던 것이다. 타라칸 왕은 군사들을 보내 마을을 점령하게 했다.
군사들이 어느 마을에 들이닥치자 바보들은 남녀 할 것 없이 뛰어나
와 놀란 표정으로 구경했다. 그들은 적군이 곡식과 가축을 빼앗는데
도 누구 하나 막아서려 하지 않고 순순히 내줬다. 다른 마을에 가봐
도 마찬가지였다. 진군한 지 하루가 지나고 이틀이 지났지만 어디를

가도 똑같았다. 사람들은 적군에게 아무 저항도 하지 않고 모든 걸 내주었을 뿐 아니라 함께 살자고 권하기까지 했다.

"이것 봐요, 당신네 나라에서 살기 힘들면 여기로 와서 저희와 같이 살아요."

타라칸의 군사들이 여기저기 계속 다녀봐도 군대는 보이지 않았고, 어딜 가나 한결같이 사람들은 일을 해 먹고살고 다른 사람들도 먹여 살렸다. 그리고 역시나 적군에게 아무 저항도 하지 않고 오히려 함께 살자고 권했다.

힘이 빠진 군사들이 타라칸 왕에게 가서 말했다.

"여기서는 전쟁을 할 수가 없습니다. 다른 나라로 가게 해주십시오. 제대로 전쟁을 하고 싶은데 여기서는 도무지 싸움이 되질 않아요. 더는 이곳에서 싸울 수가 없습니다."

머리끝까지 화가 난 타라칸 왕은 군사들에게 마을을 약탈하고 곡식과 집에 불을 지르고 가축을 죽이고 온 나라를 짓밟으라고 명령했다.

"명령에 따르지 않으면 누구든 엄벌을 면치 못할 것이다."

군사들은 겁에 질려 왕의 명령대로 움직였다. 집과 곡식에 불을 지르고 가축을 죽였다. 그런데도 바보들은 아무 저항도 하지 않고 울기만 했다. 노인이든 아이든 할 것 없이 울기만 했다.

"왜 우리를 괴롭히는 건가요? 왜 그 좋은 것들을 못 쓰게 만드나요? 필요하면 그냥 가져가면 되는데 말이에요."

군사들은 더 버틸 수가 없었다. 그들은 진군을 포기하고 뿔뿔이 흩어져 달아났다.

12

큰 도깨비도 떠나야 했다. 군대로는 이반을 이길 수가 없었다.

그래서 이번에는 말쑥한 신사로 둔갑해 이반의 나라로 다시 갔다. 배불뚝이 타라스에게 그랬던 것처럼 돈으로 이반을 괴롭힐 작정이었다. 그가 이반에게 말했다.

"이곳 사람들에게 훌륭한 지식을 가르쳐서 도움을 주고 싶습니다. 여기에 집을 짓고 살면서 장사를 하려고 합니다."

"그러세요, 여기서 사세요."

다음 날 아침 신사는 금화가 가득 든 커다란 자루와 종이 한 장을 들고 광장에 나가 사람들에게 말했다.

"여러분은 모두 돼지처럼 살고 있습니다. 그래서 저는 여러분에게 제대로 사는 방법을 가르쳐주려고 합니다. 이 종이에 그려진 대로 집을 지어주세요. 제가 말하는 대로 해주면 금화를 드리겠습니다."

그러면서 신사는 사람들에게 금화를 보여주었다. 바보들은 깜짝 놀랐다. 그들은 이제껏 돈을 가져본 적이 없었다. 필요한 물건은 서로 바꾸고 일도 서로서로 거들어주며 지냈다. 그들은 눈이 휘둥그레져서 금화를 바라보았다.

"어쩌면 이렇게 멋질까!"

사람들은 신사에게 물건을 가져가 금화와 바꾸기도 하고 일을 해 주고 금화를 받기도 했다. 큰 도깨비는 타라스의 나라에서 그랬던 것처럼 금화를 아낌없이 뿌렸고, 사람들은 금화를 얻고 싶어 온갖 물건을 가져오고 무슨 일이든 했다. 큰 도깨비는 기뻐서 어쩔 줄 모르며 생각했다.

'이제야 일이 제대로 풀리는군. 이번에는 반드시 저 바보 녀석을 타라스처럼 무너뜨리고 말겠어. 완전히 짓밟아버릴 테다.'

그런데 바보들은 금화를 손에 넣자 목걸이를 만들어 여자들에게 주었다. 젊은 여자들은 금화로 머리를 장식했고 나중에는 아이들까지 거리에서 금화를 갖고 놀았다. 다들 금화를 충분히 갖게 되자 더는 욕심내지 않았다. 하지만 신사의 집은 아직 반도 지어지지 않았고 곡식과 가축도 1년분이 채 마련되지 않았다. 그래서 신사는 와서 일을 해주거나 곡식과 가축을 가져오라고 알렸다. 와서 일을 하거나 무슨 물건이든 가져오면 금화를 후하게 주겠다고 했다.

하지만 일을 하겠다는 사람도, 무엇이든 가져오는 사람도 없었다. 어쩌다 한 번씩 어린아이들이 달걀을 가져와 금화로 바꿔갈 뿐 찾아오는 사람이 없었으므로 신사는 먹을 게 다 떨어졌다. 배를 곯던 신사는 먹을 걸 좀 사려고 마을을 돌아다녔다. 어느 집에 들어가 금화를 내밀며 닭 한 마리만 팔라고 했더니 안주인은 고개를 절레절레 흔들었다.

"금화는 우리 집에도 얼마든지 있어요."

이번에는 어느 여자 농부 집에 가서 금화를 내밀며 생선을 한 마리만 팔라고 했더니 여자가 대답했다.

"금화 같은 건 필요 없어요. 그걸 갖고 놀 아이들이 없으니까요. 귀한 거라고 해서 나도 세 개나 가져다 놨고요."

이번에는 빵을 좀 구하려고 어느 농부의 집에 갔다. 하지만 농부역시 금화를 받으려 하지 않았다.

"금화는 필요 없어요. 구걸을 하는 거라면 잠깐 기다려봐요. 집사람한테 말해서 빵 한 덩이만 잘라달라고 할 테니."

그 말에 큰 도깨비는 침을 퉤 뱉고는 얼른 나와버렸다. 구걸이라는 말을 듣느니 차라리 칼에 찔리는 편이 나았다.

이렇게 해서 신사는 빵 한 덩이 얻지 못했다. 모두들 금화를 갖고 있었고, 어디를 가봐도 물건을 금화와 바꾸려는 사람이 없었다. 다들 이렇게만 말했다.

"다른 걸 가져오든가 아니면 일을 해요. 그것도 싫으면 구걸을 하든가."

하지만 큰 도깨비가 가진 거라곤 금화밖에 없었고 일할 마음도 없었다. 그렇다고 구걸을 할 수도 없는 노릇이었다. 큰 도깨비는 화가 치밀었다.

"돈을 주겠다는데 왜 싫다는 거요? 돈만 있으면 뭐든 살 수 있고 일꾼도 얼마든지 부릴 수가 있는데 말이오."

하지만 바보들은 들은 체도 하지 않았다.

"돈은 필요 없다니까요. 돈 쓸 일도 없고 내야 할 세금도 없으니 대체 돈이 무슨 소용 있어요?"

큰 도깨비는 저녁도 못 먹고 잠자리에 누웠다.

이 이야기가 바보 이반 귀에도 들어갔다. 사람들이 이반에게 가서 물었다.

"어떻게 하면 좋겠습니까? 어느 날 말쑥한 신사가 나타났는데, 먹고 마시고 차려입는 것만 좋아할 뿐 일하는 것도 싫어하고 구걸도 하지 않아요. 그저 이 사람 저 사람에게 금화만 내미는 겁니다. 처음에 금화가 없을 때야 다들 그가 달라는 대로 줬지만 이제는 아무것도 주지 않아요. 그 사람을 어떻게 해야 할까요? 저대로 있다가 굶어 죽으면 큰일인데요."

이반이 얘기를 다 듣고 나서 대답했다.

"그렇다면 우리가 그를 먹여 살려야지. 양치기처럼 이 집 저 집 돌아다니게 해라."

어쩔 도리 없이 큰 도깨비는 이 집 저 집 다니면서 지내야 했다.

그러다 보니 이반의 궁궐에 갈 차례가 되었다. 도깨비가 점심을 먹으러 가보니 이반의 벙어리 여동생 말라냐가 식사를 준비하고 있었다. 말라냐는 일은 하나도 안 하면서 일찌감치 와서 음식만 먹어 치우는 게으름뱅이들에게 번번이 속아온 터라 이제 손만 봐도 게으름뱅이인지 아닌지 구분해낼 수 있었다. 그래서 손에 굳은살이 박인 사람은 식탁에 앉히고, 그렇지 않은 사람에게는 다른 사람들이 먹고 남긴 음식을 주었다. 큰 도깨비가 식탁에 앉아 있자 말라냐가 오더니 그의 손을 잡고 들여다보았다. 큰 도깨비 손은 굳은살 하나 없이 깨끗하고 부드러웠으며 손톱도 길었다. 말라냐는 뭐라고 중얼거리며 도깨비를 식탁에서 끌어냈다.

그때 이반의 아내가 와서 말했다.

"용서해주세요. 우리 아가씨는 손에 굳은살이 없는 사람은 절대 식탁에 못 앉게 한답니다. 사람들이 식사를 마칠 때까지 기다렸다가 남은 음식을 드세요."

큰 도깨비는 궁궐에서 돼지 취급을 받았다고 생각하자 몹시 기분이 상했다. 그래서 이반에게 말했다.

"임금님 나라에는 누구나 두 손으로 일해야 한다는 엉터리 법률이 있군요. 그런 생각을 하다니 참 어리석기 짝이 없습니다. 사람이 꼭 손으로만 일을 합니까? 똑똑한 사람들은 무엇으로 일을 하는지 아십니까?"

이반이 말했다.

"우리 같은 바보가 어떻게 알겠어요? 우리는 그저 손이 부르트도록 일할 뿐이지요."

"그래서 여러분이 바보라는 겁니다! 제가 머리로 일하는 방법을 가르쳐드리지요. 손보다 머리로 일하는 것이 유리하다는 것을 알게 될 겁니다."

172

이반이 놀라서 대답했다.

"정말 그렇다면, 우리를 바보라고 할 만하군요!"

큰 도깨비는 계속 말을 이었다.

"하지만 머리로 일하는 게 절대 쉬운 것은 아닙니다. 내 손에 굳은살이 없다고 먹을 것을 주지 않는데, 그건 머리로 일하는 것이 백배는 더 어렵다는 걸 몰라서 그러는 겁니다. 어떤 때는 머리가 쪼개질 정도로 어렵답니다."

이반이 뭔가를 골똘히 생각하더니 물었다.

"그렇다면 왜 그렇게 자신을 괴롭히는 건가요? 머리가 쪼개지는데 그게 쉬운 일인가요? 차라리 쉬운 일을 손이 부르트도록 하는 게 낫지 않을까요?"

"제가 그렇게 하는 건 어리석은 여러분이 딱해서입니다. 제가 힘들게 머리를 써서 일하지 않으면 여러분은 영원히 바보로 살아갈 테니까요. 하지만 저는 머리로 일을 해왔기 때문에 여러분에게 그 방법을 가르쳐줄 수 있습니다."

이반이 놀라며 대답했다.

"그렇다면 방법을 가르쳐주세요! 손이 뻐근해지면 머리로 일할 수 있게요."

큰 도깨비는 사람들에게 머리로 일하는 법을 가르쳐주기로 약속했다.

이반은 멋진 신사가 모든 사람에게 머리로 일하는 법을 가르쳐줄 거라고 온 나라에 알리며, 머리를 쓰면 손을 쓸 때보다 일을 더 많이 할 수 있으니 다들 와서 그 방법을 배우라고 했다.

이반의 나라에는 높은 망루가 있었는데 거기에는 계단이 쭉 뻗어 있고 맨 위에 뾰족한 탑이 있었다. 이반은 모두가 볼 수 있도록 신사를 그 망루로 데려갔다.

신사가 망루 꼭대기에 서서 이야기를 시작하자 바보들이 구경하려고 몰려들었다. 바보들은 신사가 손은 쓰지 않고 머리만 써서 일하는 법을 가르쳐줄 거라고 생각했다. 하지만 큰 도깨비는 어떻게 하면 일하지 않고 살 수 있는지만 계속 얘기할 뿐이었다.

바보들은 무슨 말인지 도통 알 수가 없었다. 그래서 한동안 멀뚱멀뚱 쳐다만 보다가 각자 할 일을 하러 흩어졌다.

큰 도깨비는 하루 종일 망루에 서 있었고, 다음 날도 온종일 서서 연설을 했다. 그렇게 계속 서서 얘기하다 보니 배가 고팠지만, 바보들은 그에게 빵을 가져다 줄 생각은 아예 하지 않았다. 손보다 머리를 써서 일을 더 잘한다면 자기가 먹을 빵쯤이야 머리로 쉽게 만들 수 있을 거라고 생각했다. 큰 도깨비는 그다음 날도 망루 꼭대기에 서서 연설했다. 사람들은 잠깐 와서 보다가 그냥 가버렸다. 이반이 물었다.

"그래, 그 신사가 머리로 일을 하기 시작했는가?"

사람들이 대답했다.

"아직 아닙니다. 계속 지껄이기만 하고 있습니다."

큰 도깨비는 그다음 날도 망루에 서 있었지만 점점 지쳐갔다. 그래서 비틀거리다가 기둥에 머리를 부딪치고 말았다. 한 바보가 이 모습을 보고 이반의 아내에게 알리자 이반의 아내는 들에서 일하는 남편에게 달려갔다.

"어서 가봐요. 그 신사가 드디어 머리로 일하기 시작했대요."

이반은 깜짝 놀랐다.

"그게 정말이오?"

이반은 말을 타고 망루로 갔다. 이반이 망루에 다다를 즈음 큰 도깨비는 허기에 지쳐서 비틀거리며 기둥에 머리를 찧고 있었다. 그리고 이반이 망루에 막 도착한 순간, 큰 도깨비는 푹 고꾸라지더니 계단 층층마다 머리를 부딪치며 굴러 떨어졌다!

이 광경을 본 이반이 말했다.

"이런! 머리가 쪼개질 것 같은 때도 있다고 하더니 정말 그렇구나. 손에 굳은살이 박이는 건 비교도 안 되겠어. 이렇게 일하다가는 머리가 온통 혹으로 뒤덮이겠는걸."

큰 도깨비는 계단 맨 아래까지 굴러떨어져 땅에 머리를 처박고 말았다. 이반이 신사가 일을 얼마나 많이 했는지 보려고 다가가는데, 갑자기 땅이 갈라지더니 큰 도깨비가 그 속으로 떨어졌다. 그리고 그 자리에 구멍 하나가 덩그러니 남았다. 이반이 머리를 긁적이며 말했다.

"고약한 놈 같으니! 또 도깨비 놈이었어! 이번에는 그놈들 애비가 분명해! 정말 지독한 놈이야!"

이반은 지금까지도 살아 있고, 모든 사람들이 그의 나라로 몰려든

다. 두 형도 이반에게 와서 함께 산다. 이반이 두 형을 먹여 살리고 있다. 누구라도 와서 "우리 좀 먹여 살려주세요!"라고 말하면 그는 이렇게 대답한다.

"그래, 이곳에서 지내도록 해라. 여기는 무엇이든 넉넉하니까."

이반의 나라에는 딱 한 가지 관습이 있다. 손에 굳은살이 박인 사람은 식탁에 앉아 식사를 하지만 굳은살이 없는 사람은 남이 먹고 남긴 음식을 먹어야 한다.

노동과 죽음과 병

남미 인디언들 사이에는 이런 전설이 있다. 처음에 신(神)은 사람들이 일할 필요가 없게 만들었다고 한다. 사람들은 집도 옷도 음식도 필요 없었으며 모두 100살까지 살았고 병이 무엇인지도 몰랐다. 얼마간 세월이 흐르고 신은 사람들이 어떻게 사는지 살펴보았다. 그리고 그들이 행복하게 살기는커녕 서로 싸우고 자신만 알다가 인생을 즐기지 못하고 저주하는 지경까지 이르렀다는 걸 알았다. 신은 생각했다.

'이렇게 된 건 사람들이 자기만 생각하면서 제각각 살기 때문이야.'

그래서 상황을 바꿔보려고 사람들이 일을 하지 않으면 살 수 없도록 만들었다. 이제 사람들은 추위와 배고픔으로 고생하지 않으려면 집을 짓고 땅을 일구고 과일과 곡식을 재배해야 했다. 신은 또 생각했다.

'일을 하려면 모여 살 수밖에 없지. 혼자서 나무를 베고 운반해서 집을 지을 수는 없으며, 연장을 만들고 씨앗을 뿌리고 추수를 하는 일도, 옷감을 짜서 옷을 만드는 일도 혼자서는 절대 할 수 없으니까. 그렇게 일을 하다 보면, 서로 힘을 합해 열심히 일할수록 얻는 것도 많아지고 더 잘살 수 있다는 걸 알게 되겠지. 일을 하면서 한데 뭉치게 될 거야.'

또 시간이 흘렀고, 신은 다시 사람들에게 가서 어떻게 사는지 보았다. 하지만 사람들은 이전보다 더 불행하게 살았다. 함께 일을 하긴 했지만(어쩔 수 없이 그렇게 해야만 했다) 모두 함께 하는 게 아니라 몇 명씩 따로 무리를 지어서 했다. 각각의 무리는 다른 무리가 한 일을 빼앗으려 했고, 서로 방해했으며, 싸우느라 시간과 힘을 낭비했다. 그래서 모두가 사는 게 더 힘들어졌다. 사람들이 여전히 불행하게 사는 걸 보고 신은 인간이 언제든 죽을 수 있지만 언제 죽을지는 모르게 만들기로 하고 이 사실을 사람들에게 알렸다.

'모든 사람이 언제든 죽을 수 있다는 걸 안다면, 자기 삶이 언제라도 끝날 수 있다는 염려 때문에 더는 서로를 미워하거나 자신에게 예정된 삶을 낭비하는 일이 없겠지.'

하지만 그렇지 않았다. 어느 날 신이 사람들이 어떻게 사는지 보러 갔더니 그들은 여전히 힘들게 살고 있었다. 힘이 센 사람들이 인간은 언제든 죽을 수 있다는 사실을 이용해 자신보다 힘이 약한 사람들을 죽이거나 죽이겠고 위협하며 못살게 굴었다. 뿐만 아니라, 힘이 센 사람들과 그 후손들은 아무 일도 하지 않고 빈둥거리느라 지겨워했고 약한 사람들은 잠시도 쉴 틈 없이 힘에 부치도록 일을 하느라

고생이 말이 아니었다. 힘이 약한 사람들은 강한 사람들을 두려워하고 강한 사람들은 약한 사람들을 미워했다. 사람들은 예전보다 훨씬 더 불행해졌다. 이를 본 신은 문제를 해결하려고 마지막 방법을 쓰기로 했다. 온갖 병을 인간 세상에 보내는 것이었다. 모든 사람이 언제든 병에 걸릴 수 있게 되면, 건강한 사람은 병에 걸린 사람을 불쌍히 여기고 도와야 하며 건강하던 사람이 나중에 병에 걸리면 이번에는 또 건강해진 사람이 도와준다는 걸 알게 될 거라 생각했다. 신은 또 떠났다. 그리고 사람들이 어떻게 사는지 보려고 다시 와보니, 어느 때고 병에 걸리게 되면서 사람들은 이전보다 훨씬 더 불행하게 살았다. 사람들을 더 가깝게 하리라 여겼던 바로 그 병 때문에 사람들은 더 분열되었다. 다른 사람들에게 일을 시킬 정도로 강한 사람들은 자신이 병이 들자 이번에는 약한 사람들에게 시중을 들게 했다. 그러면서 다른 사람이 아플 때는 전혀 돌봐주지 않았다. 다른 사람들을 위해 일을 해야 하고 그들이 병들면 시중을 들어야 하는 약한 사람들은 일에 지쳐 정작 가족이 아플 때는 돌봐주지도 못하고 그냥 내버려둬야 했다. 힘 있는 사람들은 아픈 사람들이 눈에 띄면 좋던 기분도 사라진다며 집을 지어 병자들만 따로 지내게 했다. 이곳에서 병자들은 다른 이들의 동정조차 받지 못했고, 연민을 보이기는커녕 역겨워하며 병자를 돌보는 고용인들에게 맡겨진 채 괴로워하다 죽어갔다. 그리고 대부분의 병이 전염된다고 생각한 사람들은 혹시라도 병이 옮을까 봐 병자를 피했고 그것도 모자라 병자를 돌보는 사람들 곁에도 가지 않았다. 이 모습을 보고 신이 생각했다.

'이 방법을 써도 행복이 어디에 있는지 인간들이 이해하지 못한다면 고통을 통해 배우게 하는 수밖에 없겠구나.'

그래서 신은 사람들이 알아서 깨닫게 했다. 그렇게 내버려진 인간들은 그들 모두 행복해져야 하고 행복해질 수 있다는 걸 그로부터 한참이 지나서야 배웠다. 노동이 어떤 사람에게는 허수아비가 되고 또 다른 사람에게는 강제 노역이 되어서는 안 되며 모든 사람이 하나가 되어 함께하는 행복한 일이 되어야 한다는 걸 불과 얼마 전에야 몇 사람이 깨달았다. 그리고 죽음이 늘 사람들을 두렵게 하는 때에, 모든 인간이 해야 하는 단 한 가지 이성적 행동은 자신에게 할당된 1년, 한 달, 한 시간, 1분을 서로 뭉치고 사랑하며 보내는 것이라는 사실도 깨달았다. 또한 병이 인간을 분열하는 원인이 되어서는 안 되며 오히려 서로 뭉치고 사랑하게 만드는 기회가 되어야 한다는 것도 알게 되었다.

불을 놓아두면 끄지 못한다

"그 때에 베드로가 예수께 다가와서 말하였다. '주님, 내 형제가 나에게 자꾸 죄를 지으면, 내가 몇 번이나 용서하여 주어야 합니까? 일곱 번까지 하여야 합니까?' 예수께서 대답하셨다. '일곱 번만이 아니라, 일흔 번을 일곱 번이라도 하여야 한다. 그러므로, 하늘 나라는 마치 자기 종들과 셈을 가리려고 하는 어떤 왕과 같다.' 왕이 셈을 가리기 시작하니, 만 달란트 빚진 종 하나가 왕 앞에 끌려왔다. 그런데 그는 빚을 갚을 돈이 없으므로, 주인은 그 종에게, 자신과 그 아내와 자녀들과 그 밖에 그가 가진 것을 모두 팔아서 갚으라고 명령하였다. 그랬더니 종이 그 앞에 무릎을 꿇고, '참아 주십시오. 다 갚겠습니다' 하고 애원하였다. 주인은 그 종을 가엾게 여겨서, 그를 놓아주고, 빚을 없애 주었다. 그러나 그 종은 나가서, 자기에게 백 데나리온 빚진 동료 하나를 만나자, 붙들어서 멱살을 잡고 말하기를 '내게 빚진 것을 갚아라' 하였다. 그 동료는 엎드려 간청하였다. '참아 주게. 내가 갚겠네.' 그러나 그는 들어주려 하지 않고, 가서 그

동료를 감옥에 집어넣고, 빚진 돈을 갚을 때까지 갇혀 있게 하였다. 다른 종들이 이 광경을 보고, 매우 딱하게 여겨서, 가서 주인에게 그 일을 다 일렀다. 그러자 주인이 그 종을 불러다 놓고 말하였다. '이 악한 종아, 네가 애원하기에, 나는 너에게 그 빚을 다 없애 주었다. 내가 너를 불쌍히 여긴 것처럼, 너도 네 동료를 불쌍히 여겼어야 할 것이 아니냐?' 주인이 노하여, 그를 형무소 관리에게 넘겨주고, 빚진 것을 다 갚을 때까지 가두어 두게 하였다. 너희가 각각 진심으로 자기 형제자매를 용서해 주지 않으면, 나의 하늘 아버지께서도 너희에게 그와 같이 하실 것이다."

— 〈마태복음〉 18장 21~35절

어느 마을에 이반 쉬체르바코프라는 농부가 살았다. 몸이 건강한데다 마을에서 제일가는 일꾼이어서 살림살이가 넉넉했고 아들 셋도 모두 제 몫을 할 만큼 자랐다. 큰아들은 결혼했고, 둘째 아들은 결혼할 나이가 되었으며, 셋째 아들은 아직 결혼할 나이는 안 되었지만 말을 돌보고 밭일도 시작했다. 이반의 아내는 지혜롭고 알뜰했으며 며느리도 얌전하고 부지런했다. 이반과 그의 가족은 아쉬운 것 하나 없이 살았다. 집안에 일을 하지 않는 사람이라고는 이반의 늙고 병든 아버지뿐이었는데, 그는 천식으로 7년째 벽돌 난로 위에 누워 있었다. 이반은 모든 걸 갖고 있었다. 말이 세 필 있었고 망아지와 어미 소와 송아지도 있었으며 양도 열다섯 마리나 되었다. 여자들은 남자들의 신발을 만들고 옷도 꿰매고 밭일도 거들었으며 남자들은 농사를 지었다. 늘 풍작이어서 다음 해 추수 때까지 곡식이 남아돌았고 세금과 다른 온갖 비용은 귀리를 판 돈으로 충분히 해결되었다. 그러니 이웃에 사는 고르제이 이바노프의 아들 가브릴로 흐라모이와 싸우는 일만 없었다면 이반은 가족과 함께 아무 근심 걱정 없이 살았을 것이다.

예전, 고르제이 노인이 살아 있고 이반의 아버지가 집안일을 맡아했을 때만 해도 두 집은 사이좋은 이웃이었다. 어느 한 집에서 체나 물통, 포대가 필요하거나 수레바퀴가 망가졌는데 당장 고칠 수가 없어 애를 먹으면 다른 집에서 달려가 도와주곤 했다. 간혹 옆집 송아지가 타작마당에 뛰어들어도 송아지를 몰아내며 그냥 이렇게만 말했다.

"여기 못 들어오게 좀 해줘. 아직 곡식을 걷지 못했거든."

타작마당이나 헛간에 송아지를 감춰놓거나 서로 욕을 하는 일 같은 건 생각지도 못했다.

아버지들 시절에는 이렇게 사이가 좋았지만 아들들이 집안을 맡으면서 모든 게 달라졌다.

언제나 사소한 일에서 다툼이 시작되었다.

이반의 며느리가 키우는 암탉이 비교적 일찍 알을 낳던 때였다. 이반의 며느리는 부활절에 쓸 달걀을 모으고 있었다. 매일 헛간에 있는 닭 우리에 가서 알을 꺼내왔다. 그런데 어느 날 암탉이 아이들 때문에 놀랐는지 담장을 훌쩍 넘어 이웃집 마당으로 가더니 거기에서 알을 낳았다. 이반의 며느리는 닭 우는 소리를 들었지만 그냥 이렇게 생각했다.

'지금은 알을 가지러 갈 시간이 없어. 부활절이 가까웠으니 우선 집 안 청소부터 하고 알은 나중에 가져오자.'

그리고 저녁에 닭 우리에 갔더니 어쩐 일인지 달걀이 보이지 않았다. 며느리는 시어머니와 시동생에게 가서 혹시 달걀을 가져왔는지 물었다. 두 사람 다 아니라고 대답했다. 그때 막내 시동생 타라스카가 말했다.

"닭이 옆집 마당에 알을 낳았어요. 거기에다 알을 낳고 다시 담장을 넘어왔어요."

며느리가 가서 암탉을 보니 암탉은 수탉과 나란히 홰에 올라 앉아 꾸벅꾸벅 졸고 있었다. 며느리는 암탉에게 어디에서 알을 낳았는지 물어보고 싶은 심정이었지만 소용없는 일이기에 옆집으로 가보았다. 옆집에 들어서니 그 집 할머니가 나왔다.

"무슨 일인가?"

"저, 우리 집 암탉이 여기로 날아와서 이 부근 어디에 알을 낳은 것 같아서요."

"난 그런 거 못 봤는데. 우리 집 닭들도 벌써부터 알을 낳아서 그걸로 충분하거든. 남의 달걀 같은 건 필요 없단 말이지! 그리고 우리는 달걀 하나 주우려고 남의 집 마당을 어슬렁거리지도 않고 말이야."

며느리는 화가 나서 하지 말아야 할 말까지 내뱉고 말았다. 그러자 할머니도 더 심한 말로 대꾸했고, 결국 두 사람은 서로에게 욕설을 퍼부었다. 마침 그때 물을 길러 갔다 오던 이반의 아내도 싸움에 끼어들었다. 가브릴로의 아내도 집에서 뛰어나와 있는 일 없는 일 다 들춰내며 덤벼들었다. 그렇게 해서 한바탕 소동이 일었고, 두 집 여자들은 서로 질세라 아무 말이나 쉴 새 없이 퍼부었다.

"너는 이런 인간이야!" "너는 어떻고!" "도둑질까지 하다니!" "헤프게 노는 건 어떻고!" "늙은 시아버지를 못살게 굴다니!" "아무짝에도 쓸모없는 인간아!" 등등 온갖 험한 말들이 쏟아져 나왔다.

"이 거지 같은 인간이 남의 체에 구멍을 내놓지 않나! 지금 그 멜대도 우리 거야, 당장 내놔!"

이렇게 말하고 멜대를 잡아채는 바람에 물이 쏟아지고 머리 수건이 찢어지면서 싸움이 시작되었다. 그때 밭에서 돌아오던 가브릴로가 싸움에 끼어들어 자기 아내 편을 들었다. 이반과 아들도 뛰어나와서 그야말로 한바탕 난리가 벌어졌다. 이반은 건장한 남자였다. 그는 사람들을 모두 밀어제치고 가브릴로에게 가더니 턱수염을 한 움큼 뽑아버렸다. 결국 동네 사람들이 몰려와 말리고 나서야 싸움은 겨우 끝이 났다.

이 일이 모든 사건의 시작이었다.

가브릴로는 뜯긴 턱수염을 진정서에 싼 다음 마을 재판소에 가져가 이반을 고소했다.

"곰보딱지 이반이 뜯으라고 내가 턱수염을 기른 게 아닙니다!"

가브릴로의 아내는 이반이 유죄판결을 받고 시베리아로 유형을 가게 될 거라며 동네 사람들에게 떠벌리고 다녔다. 그러다 보니 두 집 사이는 점점 더 나빠졌다.

이반의 아버지는 벽돌 난로 위에서 자식들을 타일렀지만 젊은 사람들은 노인 말을 듣지 않았다. 노인이 말했다.

"그처럼 하찮은 일로 싸우다니 참 어리석구나. 한번 생각해보거라! 모든 일이 달걀 하나에서 시작되지 않았더냐. 옆집 아이가 달걀 하나를 주웠다, 그게 뭐 대수로운 일이냐? 달걀 하나 값이 얼마나 하느냐? 하느님이 모든 이에게 넉넉히 주시지 않더냐! 그리고 저들이 욕을 하거든 앞으로는 고운 말을 쓰게 고쳐주고 가르치면 될 일이다. 서로 싸웠다 해도 죄 많은 인간들이니 그런 것 아니냐. 어서 가서 용서를 빌어라. 그리고 그걸로 끝내야 한다. 화를 품으면 나 자신이 점점 더 망가질 뿐이다."

하지만 젊은 사람들은 노인의 말을 들으려 하지 않았다. 그저 뭘 모르는 노인의 쓸데없는 잔소리라고 무시해버렸다.

이반은 이웃 사람에게 굽힐 생각이 조금도 없었다.

"난 녀석의 턱수염을 뽑은 적 없어. 놈이 자기 손으로 뽑은 거지. 그런데 그 집 아들은 내 머리카락을 쥐어뜯고 셔츠도 다 찢어놓았어. 이것 좀 보라니까!"

그래서 이반도 가브릴로를 고소했다. 두 사람은 중재재판소와 마을 재판소에서 재판을 받았다. 재판이 벌어지는 동안 가브릴로네 수레바퀴 연결 막대가 없어졌다. 가브릴로네 여자들은 이반의 아들이 훔쳐간 거라고 주장했다.

"그날 밤에 그놈이 우리 집 창문을 지나 수레 쪽으로 가는 걸 다 봤어요. 옆집 할머니도 그놈이 훔친 쇠막대를 주막에 가져가서 주인에게 사달라고 조르는 걸 봤대요."

그래서 또 소송이 벌어졌다. 말싸움이든 몸싸움이든 아무 일 없이 조용히 넘어가는 날이 하루도 없었다. 아이들도 어른들이 하는 대로 서로 욕을 하며 싸웠다. 여자들은 빨래하러 개울에 갔다가 마주치기라도 하면 팔보다 혀를 더 부지런히 놀리는 지경까지 이르렀다. 하나같이 험한 말들만 해댔다.

처음에는 남자들이 서로 시비를 거는 정도였지만 시간이 지나면서 점점 험악해져 서로의 물건을 훔치기까지 했다. 여자들도 아이들에게 그렇게 하라고 시켰다. 하루하루 지날수록 양쪽 모두 사는 게 힘들어졌다. 이반과 가브릴로는 마을 모임에서도 마을 재판소에서도 중재재판소에서도 쉴 새 없이 소송을 벌였기 때문에 나중에는 판사들도 두 사람이라면 지긋지긋해할 정도였다. 가브릴로가 이반에게 벌금을 물리거나 유치장에 들어가게 하면 다음에 이반도 가브릴로에게 그대로 했다. 서로 으르렁거릴수록 분노는 더 커졌다. 달려들어 싸울수록 점점 더 사나워지는 두 마리 개와 같았다. 누가 개를 뒤에서 툭 치면, 개는 다른 개가 자신을 물었다고 생각하고는 더 사나워지는 것이다. 이 두 사람도 똑같았다. 소송을 걸고, 둘 가운데 한 사람이 벌금을 내거나 유치장에 갇히고, 그러고 나면 복수심에 불탔다.

'잠깐만 기다려. 너도 맛을 보게 해줄 테니까.'

이런 일이 6년 동안 계속되었다. 노인만이 벽돌 난로 위에서 같은 말을 되풀이했다. 훈계는 늘 이렇게 시작되었다.

"너희들은 도대체 무슨 짓을 하는 것이냐? 이런 싸움은 당장 그만두어라. 그리고 각자 일을 하거라. 원한을 품지 말거라. 그게 너희 모두에게 좋다. 원한을 품을수록 모든 걸 망치게 된다."

하지만 아무도 노인의 말을 들으려 하지 않았다.

7년째 되던 해, 어느 혼인 잔치에서 이반의 며느리가 가브릴로에게 말을 훔치다 들키지 않았느냐고 소리를 질러 사람들 앞에서 망신을 주었다. 술에 취한 가브릴로는 화를 참지 못하고 이반의 며느리에게 주먹을 날렸고, 이반의 며느리는 이 일로 일주일이나 자리에서 일어나지 못했다. 더구나 그때 이반의 며느리는 임신 중이었다. 이반은 이때다 싶어 고소장을 들고 예심판사에게 달려갔다.

'이번에야말로 다시는 덤비지 못하게 해주겠어! 감옥에서 썩든 시베리아로 유형을 가든 할 테지.'

하지만 이번에도 이반의 뜻대로는 되지 않았다. 예심판사는 이반의 소송을 받아들이지 않았다. 여자의 상태를 보니 자리에서 일어나 돌아다니고 몸에 상처도 없었다는 게 그 이유였다. 이반은 치안판사를 찾아갔지만, 그는 이 사건을 마을 재판소로 보냈다. 이반은 포기하지 않고 부지런히 다니며 서기와 배심원장에게 술을 대접해 마침내 가브릴로가 채찍으로 등을 맞는 태형 선고를 받도록 했다. 재판소에서 서기가 판결문을 낭독했다.

"본 재판소는 다음과 같이 선고한다. 농부 가브릴로 고르제예프를 태형 스무 대에 처한다."

이반은 판결을 들으면서 가브릴로의 표정을 살폈다. 가브릴로는 판결을 듣고 나서 얼굴이 백지장처럼 하얘지더니 휙 돌아서서 밖으로 나가버렸다. 이반도 뒤따라 나가 말이 있는 곳으로 가려는데 가브릴로의 목소리가 들렸다.

"그래 좋아! 내 등을 때려 불이 나게 하겠다 이거지. 네놈 것에 더 큰불이 나지 않게 조심하는 게 좋을 거다."

이 말을 듣고 이반은 곧바로 판사에게 다시 갔다.

"공평무사하신 판사님! 가브릴로라는 자가 우리 집에 불을 지르겠다고 협박합니다. 정말입니다. 증인도 있습니다!"

판사가 가브릴로를 불러 물었다.

"그런 말을 한 것이 사실인가?"

"저는 그런 말을 한 적이 없습니다. 저를 때리십시오. 판사님에게 권한이 있다면 어서 저를 때리십시오. 저는 이렇게 고통을 당하는데, 이반은 자기 하고 싶은 대로 다 해도 괜찮은 줄 아는가 봅니다."

가브릴로는 무슨 말인가를 더 하려다가 입술과 뺨이 떨려 벽 쪽으로 돌아섰다. 판사들도 그의 모습을 보고 섬뜩한 기분을 느꼈다. 이웃에게든 자신에게든 정말로 나쁜 짓을 저지를지도 모른다는 생각이 들었다.

나이 든 판사가 말했다.

"자, 두 사람이 그만 화해를 하는 게 좋지 않겠나. 이보게 가브릴로, 임신한 여자를 때리다니 그게 될 일인가? 하느님이 돌보셔서 아무 일 없었으니 망정이지 큰 죄를 지을 뻔하지 않았나! 그게 잘한 일인가? 잘못을 인정하고 용서를 빌게. 이반도 자네를 용서할 거야. 그러면 우리도 선고를 다시 하겠네."

이 말을 듣고 서기가 끼어들었다.

"그건 절대 안 됩니다. 형법 117조에 따라 쌍방 합의가 이루어지지 않은 상태에서 선고가 이루어졌으므로 그대로 집행되어야 합니다."

하지만 판사는 서기의 말을 무시했다.

"쓸데없는 소리 말게. 제1조는 하느님을 기억하는 거야. 그리고 하느님은 언제나 화목하라고 말씀하셨네."

판사는 계속 이반과 가브릴로를 설득했다. 하지만 소용이 없었다. 가브릴로는 판사의 말을 들으려 하지 않았다.

"내년이면 제 나이 쉰입니다. 장가간 아들도 있습니다. 평생 매를 맞아본 적이 한 번도 없는데 곰보딱지 이반 놈 때문에 태형을 선고받았습니다. 그런데 저더러 용서를 구하라고요? 절대 그럴 수 없습니다. 이반, 네 이놈, 어디 두고 보자!"

가브릴로의 목소리가 다시 떨렸다. 그는 더 말을 못 하고 돌아서서 나가버렸다.

재판소에서 집까지는 10베르스타나 되었으므로 이반은 꽤 늦게야 집에 돌아왔다. 이반은 말을 마차에서 풀어놓고 뒤처리를 한 뒤 집으로 들어갔다. 집 안에는 아무도 없었다. 아들들은 아직 들에서 돌아오지 않았고 여자들은 가축을 데리러 나갔다. 이반은 의자에 앉아 생각에 잠겼다. 가브릴로가 선고를 듣더니 얼굴이 창백해져 벽 쪽으로 돌아서던 모습이 떠올랐다. 이반은 마음이 아팠다. 자신이 그런 선고를 받으면 기분이 어떨까 생각하다 보니 가브릴로가 가여워졌다. 그때 벽돌 난로 위에서 노인이 기침을 하더니 힘겹게 몸을 일으켜 아래로 내려왔다. 노인은 느릿느릿 발을 끌다시피 의자로 가서 앉았다. 의자까지 가는 것만으로도 기지맥진해서 한참 동안 기침을 했다. 간신히 기침이 가라앉자 탁자에 몸을 기대고 말했다.

"그래, 판결이 났느냐?"

이반이 대답했다.

"네, 태형 스무 대가 선고되었습니다."

노인이 고개를 절레절레 흔들었다.

"이반, 너는 옳지 않은 일을 하는구나! 아아! 그건 아주 나쁜 짓이야! 가브릴로가 아니라 바로 너에게 말이다! 그래, 등이 터지도록 가브릴로를 때리면 네게 뭐 좋은 거라도 있다는 거냐?"

"그자가 다시는 나쁜 짓을 안 하겠죠."

"대체 뭘 다시는 안 한단 말이냐? 그가 뭘 그렇게 잘못했다는 거냐?"

"제게 무슨 짓을 했는지 생각해보세요! 하마터면 며늘애를 죽일 뻔해놓고 이제는 불을 지르겠다고 협박을 하더군요. 그런 놈에게 고맙다고 절이라도 할까요?"

노인이 한숨을 푹 내쉬었다.

"이반, 내가 벽돌 난로 위에 누워 있는 그 세월 동안 너는 넓은 세상을 돌아다니니 내가 보지 못하는 온갖 것을 본다고 생각하겠지. 아, 그런데 얘야! 너는 아무것도 보지 못하는구나. 원한 때문에 앞을 보지 못하는 거야. 다른 사람 잘못은 눈앞에 놓고 자기 잘못은 등 뒤에 놓고 있어. 넌 그자가 잘못을 했다고 하는데, 대체 그게 무슨 말이냐! 그 사람 혼자서 잘못을 했다면 어떻게 싸움이 일어날 수 있겠니? 한 사람만으로 싸움이 일어날 수 있는 거냐? 싸움은 반드시 두 사람 사이에서 일어나는 것이다. 상대 잘못은 보면서 네 자신의 잘못은 보지 못하고 있어. 그 사람이 잘못했고 네가 잘했다면 싸움 같은 건 일어나지 않았을 거다. 그 사람 턱수염을 뽑은 게 누구냐? 그의 건초 더미를 망가뜨린 게 누구냐? 그를 이 재판소 저 재판소로 끌고 다닌 건 누구냐? 그런데도 너는 모든 잘못을 그 사람에게 돌리는구나! 네가 올바르지 못하게 살아서 이 모든 일이 벌어진 것이다! 얘야, 나는 그렇게 살지 않았다. 그리고 너희들에게 그렇게 가르치지도 않았어. 나나 가브릴로의 아버지가 그런 식으로 살았겠느냐? 우리가 어떻게 살았는지 아느냐? 우리는 사이좋은 이웃으로 지냈단다. 그 집에 밀가루가 떨어지면 그 집 여자가 와서 '프롤 아저씨, 밀가루 좀 주세요'라고 말했지. 그러면 나는 '광에 가서 필요한 만큼 가져가요'라고 대답했고 말이다. 옆집에 말을 몰고 나갈 사람이 없으면 '바냐트카, 가서 옆집 말 좀 몰아주고 와'라고 말했지. 그리고 내게 뭔가 필요할 때 나도 옆집으로 가서 '고르제이, 이러이러한 게 없는데'라고 하면 '얼마든지 가져가게, 프롤'이라는 대답이 돌아왔다. 우리는 그렇게 살았고 부족한 게 별로 없었어. 그런데 지금은 어떠냐? 얼마 전에 어떤 군인이 플레브나 전투* 얘기를 하더구나. 그런데 말이다, 지금 너희가 하는 싸움이 그 전투보다 더 험악하단 말이다! 이게 사는 거냐? 이건 큰 죄악이야! 너는 남자고 한 집안의 주인이다. 그러니 책임을 져야 한다. 너는 아내와 자식들에게 무엇을 가르치느냐? 서로 으르렁거리며 싸우는 걸 가르치느냐? 얼마 전에 타라스카 그 코흘리개 녀석이 옆집 아리나 아줌마에게 욕을 하면서 버릇없이 구는데도 아이 엄마는 그냥 쳐다보면서 웃기만 하더구나. 그래도 되는 것이냐? 네가 책임을 져야 한다! 영혼을 생각해야 한다. 이 모든 일이 마땅한 것이냐? 상대가 한 마디를 하면 나는 두 마디를 내뱉는다. 상대가 한 대를 때리면 나는 두 대를 때린다. 아니, 그래서는 안 된다! 그리스도가 이 세상을 다니면서 어리석은 우리들에게 가르치신 것은 그런 것이 아니다. 상대가 뭐라고 해도 잠자코 있으면 그가 양심의 가책을 받는다

---

* 1877년 발칸전쟁에서 터키와 벌인 전투

고 가르치셨다. 한쪽 뺨을 맞으면 다른 쪽 뺨을 대면서 '내가 맞아야 할 이유가 있다면 이쪽 뺨도 때리시오!'라고 말해야 한다고 가르치셨다. 그러면 그는 양심의 가책을 느끼고 마음이 누그러져 네 말에 귀 기울일 것이다. 그리스도가 가르치신 것은 바로 이런 것이지 너만 옳다고 고집하는 것이 아니다! 왜 아무 말도 하지 않느냐? 내 말이 틀렸느냐?"

이반은 잠자코 노인의 말을 듣기만 했다.

노인은 한참 동안 기침을 하다가 겨우 진정이 되자 다시 말을 이었다.

"너는 그리스도가 우리에게 잘못된 것을 가르치셨다고 생각하느냐? 아니, 그리스도의 가르침은 모두 우리에게 유익한 것이다. 지금 네 삶을 생각해보아라. 이 전쟁이 시작되고 나서 더 나아졌느냐 아니면 더 힘들어졌느냐? 소송에 쓴 돈을 모두 계산해보아라. 재판소를 오가면서 마차 삯, 음식 값으로 얼마나 많은 돈을 허비했느냐? 네 아이들이 자라서 일을 하게 됐으니 살림이 더 나아져야 마땅한데 오히려 재산이 줄어들지 않느냐. 이유가 무엇이냐? 다 이 어리석은 싸움 때문이다. 그리고 너의 오만함 때문이다. 너는 자식들과 함께 밭을 갈고 씨를 뿌려야 할 때에 악마에게 홀려 판사에게로 말단 관리에게로 이리저리 돌아다니기만 하는구나. 제때 밭을 갈지 않고 제때 씨를 뿌리지 않으면 땅에서 아무것도 얻을 수가 없다. 올해 귀리 농사를 왜 망쳤느냐? 씨를 언제 뿌렸느냐? 재판소에서 돌아온 뒤였다! 그래,

재판에 이겨서 무슨 이득을 보았느냐? 공연히 마음만 무거워지지 않았느냐. 아, 얘야, 네가 해야 할 일을 잊지 말아라! 밭에서 집에서 아이들과 함께 열심히 일하고, 누가 네 마음을 상하게 하거든 하느님이 말씀하신 대로 용서해주거라. 그러면 삶이 수월해질 것이며 네 마음도 늘 편안할 것이다.”

이반은 여전히 아무 말도 하지 않았다.

“이반, 내 아들아. 늙은 아비 말을 들어다오! 지금 당장 마차를 타고 재판소에 가서 소송을 다 취하하고 오너라. 그리고 내일 아침 가브릴로에게 가서 주님의 가르침대로 화해하고 집으로 데리고 오너라. 마침 내일은 성모 탄생 축일 전날이어서 축제일이기도 하니 차를 대접하고 보드카도 마시면서 이제까지 안 좋았던 일들을 모두 털어버리는 거다. 앞으로는 그런 일이 다시 없도록 하고 여자들과 아이들에게도 그렇게 일러라.”

이반이 한숨을 내쉬며 생각했다.

‘아버님 말씀이 옳아.’

그러자 마음속 응어리가 눈 녹듯 사라졌다. 하지만 어떻게 화해를 해야 할지 알 수가 없었다.

그때 노인이 이반의 생각을 다 알기라도 하듯 말했다.

“이반, 미루지 말고 당장 가거라! 불은 번지기 전에 꺼야 한다. 안 그러면 손을 쓸 수 없게 돼.”

노인은 할 말이 더 있었지만 여자들이 들어와 까치 떼처럼 떠들어대는 바람에 입을 다물었다. 여자들은 가브릴로가 태형을 받은 것도, 불을 지르겠다며 으름장을 놓은 것도 다 들어서 알고 있었다. 거기에 자기들 생각까지 보태 벌써 목장에서 옆집 여자들과 한바탕 입씨름을 벌이고 오는 길이라고 했다. 그러면서 가브릴로의 며느리가 예심 판사는 가브릴로 편이기 때문에 이제 상황이 뒤바뀔 거라며 겁을 주더라는 얘기도 했다. 또 학교 선생님이 이반의 일로 황제에게 탄원서를 썼는데, 거기에 바퀴 연결 막대며 채마밭 일까지 다 들어 있어서 이반의 토지 절반이 가브릴로에게 넘어갈 거라고도 했다는 것이다. 그 얘기를 듣고 나서 이반은 다시 마음이 냉랭해졌고 가브릴로와 화해하고 싶다는 생각도 싹 사라졌다.

농가의 주인은 할 일이 늘 넘쳐났다. 이반은 여자들과 어울려 얘기할 기분이 아니어서 밖으로 나와 탈곡장을 지나 헛간으로 갔다. 그곳을 정리하고 마당으로 나오니 벌써 해가 뉘엿뉘엿 지고 있었다. 봄갈이를 하러 나갔던 젊은이들이 밭에서 돌아왔다. 이반은 그들을 맞으면서 들일에 대해 이것저것 물어보고는 뒷정리하는 걸 거들었다. 망가진 멍에는 다음에 고칠 생각으로 한쪽으로 치워놓았다. 통나무는 헛간 아래에 가져다 놓으려고 했지만 이미 날이 캄캄해져 일단 그냥 두었다가 다음 날 아침에 치우기로 했다. 이반은 가축에게 먹이를 주고 나서, 타라스카가 야간 방목을 하러 가도록 마구간 문을 열어 말을 끌어낸 다음 다시 문을 닫고 문틈을 막았다.

'이제 저녁을 먹고 자야겠다.'

이반은 이렇게 생각하면서 망가진 멍에를 들고 집으로 갔다. 그러는 동안 가브릴로 일도, 아버지가 하신 말씀도 모두 잊어버렸다. 그런데 문고리를 당겨 집 안으로 들어서려는 순간, 옆집 가브릴로가 잔뜩 쉰 목소리로 누군가에게 욕을 퍼붓는 소리가 담장 너머에서 들려왔다.

"빌어먹을 놈, 죽어 마땅한 놈!"

이 말을 듣자 이반의 마음에서 잠자던 가브릴로를 향한 분노가 다시 타올랐다. 이반은 그 자리에 서서 가브릴로가 내지르는 욕설을 듣다가 잠잠해지고 나서야 집 안으로 들어갔다. 집에는 등불이 환히 켜져 있었다. 며느리는 한쪽 구석에 앉아 실을 잣고, 아내는 저녁 준비를 하고, 첫째 아들은 나무껍질로 만든 신발 가장자리를 꿰매고, 둘째 아들은 탁자 앞에 앉아 책을 읽고, 막내아들 타라스카는 야간 방목 나갈 채비를 하고 있었다.

그 괘씸한 가브릴로만 아니라면 온 집안이 더할 나위 없이 편안하고 행복했을 텐데!

이반은 화가 나서 뚱해진 얼굴로 들어가 의자에 앉아 있던 고양이를 집어던지고 대야를 제자리에 두지 않았다며 여자들에게 잔소리를 퍼부었다. 그러고 나니 모든 것이 심드렁해져 자리에 앉아 얼굴을 찡그리며 멍에를 손질했다. 하지만 그러는 동안에도 가브릴로 말이 계속 귓전에 맴돌았다. 법정에서 협박을 했던 일이며 방금 전 쉰 목소리로 누군가를 향해 "죽어 마땅한 놈!"이라고 소리치던 일이 머릿속에서 떠나질 않았다.

이반의 아내가 타라스카에게 저녁을 차려주었다. 타라스카는 식사를 끝내고 낡은 모피 옷 위에 외투를 걸친 뒤 허리띠를 동여맨 다음 빵을 갖고 말이 있는 길로 나섰다. 큰아들이 타라스카를 배웅하려 했지만 이반이 직접 일어나 문밖으로 갔다. 밖은 이미 캄캄해졌고 하늘에 구름이 잔뜩 끼더니 바람까지 불기 시작했다. 이반은 계단을 내려가 타라스카를 말에 태우고 망아지를 몰아 뒤를 쫓아가게 한 다음 그 자리에 한동안 서서 주위를 둘러보았다. 마을로 내려가던 타라스카가 다른 젊은이들을 만나 얘기를 나누는 소리가 들렸다. 잠시 뒤 그 소리도 사라졌다. 대문가에 서 있는 동안에도 가브릴로 말이 머릿속을 떠나지 않았다.

"네놈 것에 더 큰불이 나지 않게 조심하는 게 좋을 거다!"

이반은 생각했다.

'그놈은 지금 눈에 보이는 게 없어. 바짝 가물었고 게다가 바람까지 부니, 뒷마당으로 몰래 들어와 불을 지르고 달아나버릴 수도 있어. 그러면 남의 집을 다 태우고도 아무 벌도 안 받겠지. 절대 빠져나가지 못하게 현장에서 잡아야 해!'

이런 생각이 들자 이반은 계단으로 되돌아가지 않고 곧장 길가 쪽으로 가서 대문 뒤 모퉁이를 돌았다.

'마당을 한 바퀴 돌아봐야겠다. 놈이 무슨 짓을 할지 모르니까 말이야.'

이반은 발소리를 죽이며 문을 따라 걸었다.

모퉁이에 이르러 울타리 쪽을 살피는데 저쪽 모퉁이에서 뭔가가 휙 움직이는 것 같았다. 누군가가 집에 들어섰다가 다시 모퉁이 뒤로 숨은 듯했다. 이반은 걸음을 멈추고 가만히 서서 귀를 기울이며 그쪽을 바라보았다. 사방이 고요했다. 바람에 버드나무 이파리가 펄럭이고 밀짚이 바스락거릴 뿐이었다. 처음에는 바로 앞의 것도 보이지 않을 만큼 사방이 깜깜했지만, 차츰 눈이 어둠에 익숙해지자 저쪽 모퉁이와 거기에 놓아둔 쟁기, 처마까지 보였다. 한참을 서서 봤지만 아무도 없었다.

'잘못 본 모양이야. 그래도 한번 둘러봐야겠어.'

이반은 발소리를 죽이며 헛간을 지났다. 어찌나 조심스럽게 걸었는지 자기 발소리도 들리지 않을 정도였다. 모퉁이에 이르렀을 때, 쟁기 근처에서 뭔가가 번쩍하는가 싶더니 금세 사라졌다. 이반은 가슴이 철렁 내려앉는 것 같아 걸음을 멈췄다. 그 순간 같은 자리에서 조금 전보다 더 밝은 불빛이 또 한 번 번쩍 일었다. 모자를 쓴 남자가 이반 쪽으로 등을 돌린 채 웅크리고 앉아 손에 짚단을 들고 불을 붙이는 모습이 똑똑히 보였다. 이반의 가슴이 새처럼 팔딱팔딱 뛰었다. 온 신경을 곤두세우고 성큼성큼 걸어갔지만 자신의 발소리조차 들리지 않았다.

'흠, 절대 빠져나가지 못하게 현장에서 붙잡고 말 테다!'

하지만 이반이 두 개의 처마가 맞닿은 곳까지 채 가기도 전에 갑자기 그 부근이 번쩍하고 밝아지더니 제법 큰 불길이 일었다. 처마 밑 밀짚에 붙은 불이 지붕으로 번졌고 그 아래에 가브릴로 모습이 그대로 드러났다.

매가 종달새를 덮치듯 이반이 절름발이 가브릴로에게 달려들었다.

'이번에는 안 놓칠 거다. 절대 못 빠져나가!'

하지만 절름발이 가브릴로가 이반의 발소리를 들었는지 휙 돌아보더니 어디서 그런 힘이 솟는지 토끼처럼 껑충껑충 뛰어 헛간을 지나 도망쳤다.

"거기 서지 못해!"

이반이 가브릴로를 뒤쫓아가며 소리쳤다.

이반이 가브릴로를 잡으려는 찰나 가블리로가 재빨리 몸을 피했다. 이반이 가까스로 가브릴로의 외투 자락을 잡았지만 옷이 찢어지는 바람에 그만 넘어지고 말았다. 그는 벌떡 일어나서 다시 쫓아가며 소리쳤다.

"도둑이야! 저놈 잡아라!"

하지만 그 사이에 가브릴로는 자기 집 마당으로 들어갔다. 이반이 거기까지 쫓아가 가브릴로에게 손을 뻗으려는데, 뭔가가 머리를 세게 내리쳤다. 이반은 관자놀이를 돌로 얻어맞은 듯 눈앞이 아득해졌다. 가브릴로가 마당에 있던 떡갈나무 막대기를 주워들고는 달려오는 이반의 머리를 힘껏 내리친 것이다.

이반은 정신을 잃었다. 눈앞에서 불꽃이 번쩍 이는가 싶더니 다음 순간 깜깜해졌고 다리가 휘청거렸다. 다시 정신을 차렸을 때 이미 가브릴로는 사라지고 없었다. 주위가 대낮같이 환했고, 그의 집 쪽에서 기계가 돌아가는 것처럼 윙윙하는 소리와 뭔가 탁탁 터지는 소리가 났다. 놀라서 돌아보니 뒷마당의 헛간이 온통 불길에 휩싸였고 그 옆 헛간에도 불길이 옮겨붙는 중이었다. 불꽃과 연기, 불붙은 지푸라기들이 한데 뒤섞여 안채 쪽으로 번져갔다.

"아니, 대체 이게 무슨 일이란 말인가!"

이반은 두 손으로 넓적다리를 내리치며 울부짖었다.

"처마 밑에서 짚단을 꺼내 밟기만 했어도 이렇게 되지 않았을 텐데! 대체 이게 무슨 일이란 말인가!"

이반은 이 말만 되풀이했다. 소리를 지르고 싶었지만 숨이 턱턱 막혀 목소리가 나오지 않았다. 달려가려고 해도 다리가 말을 듣질 않고 제멋대로 휘청거렸다. 천천히 움직여봤지만 다시 비틀거리면서 또 숨이 막혔다. 잠깐 멈춰 서서 숨을 고르고 다시 걸음을 옮겼다. 처음 불이 난 뒷마당 헛간까지 채 가기도 전에 옆 헛간도 완전히 불길에 휩싸였고, 안채 한쪽과 대문까지도 불이 옮겨붙었다. 불길이 안채에서 솟아오르는 통에 마당으로 들어갈 수조차 없었다. 많은 사람이 몰려왔지만 전혀 손을 쓸 수가 없었다. 이웃 사람들은 자기네 살림살이를 들고 나오고 가축들을 우리에서 몰아냈다. 이반의 집을 태운 불길은 가브릴로의 집으로 옮겨붙었다. 이제 바람까지 불어 불길이 길 건너까지 번지면서 마을 절반을 태워버렸다.

이반의 가족은 노인을 간신히 구해내고 다들 입은 옷 그대로 몸만 빠져나왔을 뿐 살림살이는 하나도 건지지 못했다. 야간 방목을 나간 말을 빼놓고는 가축들도 모두 불에 타 죽었다. 닭도 홰에 앉은 채 타 죽었고, 수레와 쟁기와 써레도, 여자들 옷궤도, 곳간 곡식도 모두 타 버렸다.

가브릴로의 집에서는 그나마 가축을 끌어내고 살림살이도 몇 가지 건질 수 있었다.

불은 밤새도록 타올랐다. 이반은 마당에 서서 불타는 집을 바라보며 계속 이 말만 중얼거렸다.

"대체 이게 무슨 일이란 말인가! 짚단을 꺼내 밟기만 했어도 이렇게 되지 않았을 텐데!"

안채 천장이 내려앉자 이반이 불길로 뛰어들어 새까맣게 탄 기둥을 끌어내려 했다. 여자들이 놀라서 그를 말렸지만, 이반은 하나를 끌어내고 나서 또 하나를 끌어내려고 다시 불길로 들어갔다. 그러다 몸을 제대로 가누지 못하고 불더미에 쓰러졌다. 이반의 아들이 뛰어들어가 아버지를 구해냈다. 턱수염과 머리카락이 불에 그슬리고 옷도 불에 타고 손에는 화상을 입었지만 이반은 아무 감각이 없었다. 사람들이 그 모습을 보고 수군거렸다.

"큰일을 당하더니 아예 정신이 나가버렸어."

불길이 잦아들기 시작했지만 이반은 그때까지도 멍하니 서서 이 말만 계속 중얼거렸다.

"대체 이게 무슨 일이란 말인가! 짚단을 꺼내기만 했어도 이렇게 되지 않았을 텐데!"

아침이 되자 이장의 아들이 이반을 데리러 왔다.

"이반 아저씨, 아저씨네 아버지가 돌아가시려고 해요! 아저씨를 빨리 데려오라고 하세요. 마지막 인사를 하시겠대요."

이반은 아버지 일은 까맣게 잊고 있던 터라 처음에는 무슨 말인지 알아듣지 못했다.

"아버지라니? 누굴 부른다는 말이냐?"

"아저씨를 데려오라고 하신다니까요. 마지막 인사를 하시겠다고요. 할아버지는 지금 저희 집에 계신데 금방 돌아가실 것 같아요! 아저씨, 어서 가요."

이장의 아들이 이반의 팔을 잡아끌었다. 이반은 아이를 따라갔다.

이반의 아버지는 집에서 업혀 나올 때 불붙은 짚이 몸에 떨어져 화상을 입었고, 마을 끝자락에 있어 불길이 닿지 않은 이장 집으로 옮겨졌다.

이반이 아버지에게 갔을 때 집 안에는 늙은 이장의 아내와 벽돌 난로 위의 어린아이들뿐이었다. 다들 불이 난 곳에 가고 없었다. 노인은 오른손에 촛불을 들고 의자에 누워 자꾸만 문 쪽으로 눈길을 돌렸다. 그러다 아들이 들어오자 몸을 조금 움직거렸다. 이장의 아내가 노인에게 가서 아들이 왔다고 말해주었다. 노인은 가까이 불러달라고 했다. 이반이 곁으로 가자 노인이 말했다.

"이반, 내가 뭐라고 했느냐? 누가 마을을 태웠느냐?"

"그놈이에요, 아버지! 제가 봤어요. 불붙은 짚을 지붕 밑에 넣는 걸 제가 똑똑히 봤어요. 그 짚단을 꺼내서 밟았더라면 아무 일도 없었을 거예요."

"이반, 나는 이제 곧 죽을 것이고 너도 언젠가는 죽는다. 이게 누구의 죄냐?"

이반은 잠자코 아버지를 쳐다보기만 할 뿐 아무 대답도 하지 못했다.

"하느님 앞에서 말해보거라. 누구의 죄냐? 내가 뭐라고 했느냐?"

그제야 이반은 정신이 들면서 무슨 말인지 알아들었다. 그는 훌쩍이며 말했다.

"제 죄입니다, 아버지!"

그러고는 아버지 앞에 무릎을 꿇고 흐느껴 울었다.

"용서해주세요. 아버지와 하느님 앞에 죄를 지었어요."

노인은 두 손을 움직여 촛불을 왼손에 옮겨 쥐었다. 그리고 오른손을 들어 이마에 성호를 그으려고 했지만 손이 말을 듣지 않아 그만두었다.

"주님께 영광 있으라! 주님께 영광 있으라!"

노인은 이렇게 말하고 다시 아들을 바라보았다.

"이반! 이반!"

"네, 아버지."

"이제 너는 어떻게 해야 하느냐?"

이반은 울음을 멈추지 않았다.

"모르겠어요, 아버지. 이제 어떻게 살아가야 하는 건가요?"

노인이 눈을 감고 남은 힘을 다 모으려는 듯 입술을 달싹이더니 다시 눈을 떴다.

"너는 제대로 살아갈 수 있을 것이다. 하느님과 같이 산다면 꼭 그렇게 될 것이다!"

노인은 잠시 입을 다물었다가 빙그레 미소를 지으며 말을 이었다.

"잘 들어라, 이반. 누가 불을 질렀는지 말해서는 안 된다! 다른 사람의 죄 하나를 덮으면 하느님께서는 너의 죄 둘을 용서하실 거다!"

노인은 촛불을 두 손으로 감싸들어 가슴 위에 놓더니 크게 숨을 한 번 내쉬었다. 다음 순간 온몸의 힘이 풀렸고 노인은 숨을 거뒀다.

이반은 가브릴로의 소행을 절대 입 밖에 내지 않았으므로, 어떻게 불이 났는지 아무도 몰랐다.

가브릴로에 대한 미움도 어느새 사라졌다. 가브릴로는 이반이 왜 아무 말도 하지 않는지 의아했다. 처음에는 겁이 나기도 했지만 시간이 지나면서 차츰 편안해졌다. 양쪽 집 주인들이 싸움을 하지 않으니 다른 식구들도 싸우지 않았다. 집을 새로 짓는 동안 두 가족은 한 집에서 살았다. 그리고 마을 집들이 다 새로 지어져 전보다 널찍하게 자리 잡았을 때, 이반과 가브릴로는 예전 자리로 돌아가 다시 이웃이 되었다.

이반과 가브릴로는 아버지 때처럼 사이좋게 지냈다. 이반 쉬체르바코프는 아버지의 가르침이기도 하고 하느님의 규율이기도 한 '불은 처음에 꺼야 한다'라는 말을 늘 기억했다.

누가 그에게 나쁜 짓을 한다 해도 복수를 하기보다 좋은 방향으로 해결하려고 노력했다. 또 누가 욕을 하면 더 심한 욕을 하며 맞서기보다 상대가 악한 말을 하지 않도록 가르치려고 애썼다. 집안의 여자들과 아이들에게도 그렇게 하도록 가르쳤다. 이제 이반 쉬체르바코프는 올바른 사람이 되어 전보다 더 풍요롭게 살았다.

두 노인

"여자가 말하였다. '선생님, 내가 보니, 선생님은 예언자이십니다. 우리 조상은 이 산에서 예배를 드렸는데, 선생님네 사람들은 예배드려야 할 곳이 예루살렘에 있다고 합니다.' 예수께서 말씀하셨다. '여자여, 내 말을 믿어라. 너희가 아버지께, 이 산에서 예배를 드려야 한다거나, 예루살렘에서 예배를 드려야 한다거나, 하지 않을 때가 올 것이다.' (…) 참되게 예배를 드리는 사람들이 영과 진리로 아버지께 예배를 드릴 때가 온다. 지금이 바로 그 때이다. 아버지께서는 이렇게 예배를 드리는 사람들을 찾으신다."

— 〈요한복음〉 4장 19~21절, 23절

1

두 노인이 예루살렘으로 순례를 떠나기로 했다. 한 노인은 예핌 타라스이치 쉐볘료프라는 부자 농부였고, 또 다른 노인은 예리세이 보드료프였는데 그리 부자는 아니었다.

예픰은 착실한 사람이었다. 술도 마시지 않았고 담배도 피지 않았으며 코담배조차 가까이 하지 않았다. 평생 한 번도 욕을 해본 적이 없으며 매사에 엄격하고 정확했다. 두 번이나 마을 이장을 지내면서 자리에서 물러나는 날까지 한 치 오점도 없이 깨끗하게 일을 처리했다. 그는 아들 둘에 장가든 손자까지 대가족을 거느리고 살았다. 몸이 꼿꼿하고 아주 건강했으며 턱수염을 텁수룩하게 길렀다. 나이가 일흔인데 이제야 수염이 희끗희끗해지기 시작했다.

예리세이는 부자도 가난뱅이도 아니었다. 젊을 때는 집을 떠나 목수 일을 했지만 나이가 들어서는 집에서 꿀벌을 치며 살았다. 아들 하나는 일자리를 찾아 떠났고 또 다른 아들은 집에 남아 일을 도왔다. 예리세이는 마음씨가 착하고 명랑한 노인이었다. 술도 마시고 담배도 피우고 노래도 즐겨 불렀지만, 성품이 온화해서 가족이나 이웃들과 사이좋게 지냈다. 그는 키가 작달막하고 얼굴이 거무튀튀했으며 턱수염이 곱슬곱슬했다. 그리고 이름이 같은 선지자 예리세이*처럼 머리가 벗겨졌다.

오래전 이 두 노인은 예루살렘으로 함께 순례를 떠나자고 약속했다. 하지만 예픰이 도통 시간을 내지 못했다. 늘 할 일이 너무 많았다.

---

* 엘리사를 일컬음

한 가지 일이 끝나는가 싶으면 곧 다른 일이 생겼다. 손자 결혼식을 치르니 막내아들이 군대에서 돌아올 날짜가 되었고, 막내가 돌아오니 이번에는 새집을 지어야 했다.

어느 축제일에 길에서 우연히 만난 두 노인은 통나무에 나란히 걸터앉아 얘기를 나눴다. 예리세이가 물었다.

"성지순례는 언제나 갈 수 있는 건가?"

예핌이 얼굴을 찡그리며 대답했다.

"좀 더 기다려야겠어. 올해는 여러 가지로 보통 골치 아픈 게 아니야. 집을 처음 지을 때만 해도 100루블 정도면 될 줄 알았는데 벌써 300루블이나 들였는데도 아직 끝이 나질 않았으니. 아무래도 여름은 돼야 끝나겠어. 주님 뜻이라면 여름에는 꼭 떠날 수 있을 거야."

"내가 볼 땐 그렇게 자꾸 미룰 게 아니라 당장 떠나야 할 것 같은데. 지금 봄이니까 가장 좋을 때 아닌가."

"때야 좋지만, 집 짓는 건 어쩌고 간단 말인가? 그냥 내팽개치고 가란 말인가?"

"일을 맡길 사람이 있지 않은가! 자네 아들이 어련히 알아서 할 텐데 뭐가 걱정인가?"

"알아서 하긴 뭘 해! 큰아들 놈은 당최 믿을 수가 없어. 보나마나 일을 다 망쳐놓을 거야."

"여보게, 우리는 언젠가 죽을 것이고 그때가 되면 아이들은 우리가 없어도 잘 살아갈 거야. 이제부터 아들한테 하나씩 가르쳐야지."

"그건 그렇지만, 집이 다 지어지는 모습을 내 눈으로 보고 싶어서 말이지."

"아, 이 사람아! 이 일 저 일 다 끝장을 보려고 하면 한이 없어. 얼마 전에 우리 집 여자들이 조금 있으면 축제일이라며 빨래를 한다 청소를 한다 법석을 피웠단 말이지. 그런데 이것도 해야 한다 저것도 해야 한다 하면서 분주하게 왔다 갔다 하는데 일이 도무지 끝나질 않는 거야. 그때 우리 똑똑한 큰며느리가 이렇게 말하더군. '축제일이 우리가 일을 다 끝낼 때까지 기다리지 않고 오니까 다행이에요. 안 그러면 아무리 죽어라 일해도 끝내지 못할 테니까요.'"

예핌이 뭔가를 골똘히 생각하더니 대답했다.

"집 짓는 데 돈을 너무 많이 썼어. 빈손으로 길을 떠날 수도 없고 말이야. 한 사람이 100루블씩은 있어야 할 텐데. 적은 돈이 아니지 않나."

예리세이가 웃음을 터뜨렸다.

"이보게, 벌받을 소리하지 말게. 자네는 나보다 재산이 열 배는 많으면서 돈 걱정을 하는 건가. 언제 떠날 건지나 정하게. 내가 지금은 한 푼도 없지만 그때까지는 어떻게 되겠지."

예핌도 따라 웃었다.

"세상에, 자네가 그렇게 부자인 줄은 몰랐네! 어떻게 돈을 마련할 건가?"

"일단 집에 있는 돈을 다 모아보고 그래도 모자라면 밖에 있는 벌통 열 개를 옆집에 팔 생각이야. 전부터 사고 싶어 했거든."

"팔고 난 뒤에 그 벌통에서 꿀이 많이 나오면 마음이 아플 텐데."

"마음이 아플 거라고? 그런 말은 하지도 말게! 살면서 마음이 아플 일은 죄짓는 것밖에 없다네. 영혼보다 귀중한 것은 없는 법이지."

"그렇지. 그래도 집안일을 내버려두면 왠지 께름칙해서 말이야."

"우리 영혼을 내버려두는 건 어떤가? 그건 더 나쁜 거야. 약속대로 떠나세! 자, 정말로 꼭 가자고!"

2

예리세이는 드디어 친구를 설득했다. 예핌은 밤새 고민하고 나서 다음 날 아침 예리세이를 찾아와 말했다.

"자네 말이 맞아. 떠나세. 사는 것도 죽는 것도 모두 하느님의 뜻이지. 아직 살아서 기운이 남아 있을 때 떠나세."

그로부터 일주일 뒤 두 노인은 떠날 채비를 마쳤다.

예핌은 돈이 많았으므로 100루블을 여비로 챙기고 200루블은 아내에게 맡겼다.

예리세이도 떠날 준비를 마쳤다. 밖에 늘어놓은 벌통 가운데 열 개를 이웃 사람에게 팔고 거기에서 생기는 애벌도 같이 넘기기로 했다. 그렇게 해서 70루블을 마련했다. 나머지 30루블은 다른 식구들이 가진 돈을 다 긁어모아 마련했다. 그의 아내는 죽을 때 쓰려고 모아둔 돈을 모두 털어놓았고 며느리도 가진 돈을 다 내놓았다.

예핌은 맏아들에게 집안일을 하나에서 열까지 빠짐없이 지시했다. 풀은 언제 어떻게 베어야 하며 거름은 어디로 운반해야 하는지, 집 공사는 어떻게 마무리해야 하고 지붕은 어떤 모양으로 올리는지 시시콜콜 일러줬다. 모든 것을 머릿속에서 정리해 그대로 지시했다. 하지만 예리세이는 팔아넘긴 벌통에서 깐 애벌을 꼭 따로 모았다가 옆집 사람에게 확실히 전해주라고 아내에게 일렀을 뿐 다른 집안일에 대해서는 한마디도 하지 않았다. 직접 부딪치다보면 무엇을 어떻게 해야 하는지 다 알게 될 것이며, 그들도 주인이니 무엇을 어떻게 해야 가장 좋을지 절로 알게 될 거라고 생각했다.

그렇게 해서 두 노인은 길 떠날 채비를 끝냈다. 식구들은 과자를 굽고 자루를 만들고 각반도 새로 만들어주었다. 두 노인은 새 가죽 신발을 신고 갈아 신을 짚신까지 챙기고는 길을 나섰다. 식구들이 마을 어귀까지 나와 길 떠나는 노인들을 배웅했다.

예리세이는 들뜬 마음으로 길을 나섰고, 마을을 벗어나자마자 집안일은 까맣게 잊었다. 그저 친구를 기분 좋게 해주자, 누구에게도 무례한 말은 하지 말자, 서로를 위하면서 평화롭게 목적지에 도착하고 집에 돌아오자는 생각만 할 뿐이었다. 예리세이는 길을 걸어가는 동안 입속으로 기도문을 외기도 하고 자신이 아는 성자의 일생을 되새겨보기도 했다. 도중에 누군가를 만나거나 여인숙에 들 때도 최대한 예의 바르게 행동하며 하느님이 보시기에 좋은 말만 하기로 했다. 그렇게 예리세이는 기쁜 마음으로 여행을 했다. 그런데 딱 한 가지 마음대로 안 되는 것이 있었으니 바로 코담배였다. 코담배를 끊으려고 담배 상자를 집에 두고 왔는데 그 생각이 간절했다. 마침 길에서 만난 어떤 남자에게서 코담배를 조금 얻고는 혹시라도 친구까지 유혹에 빠뜨릴까 봐 슬쩍 뒤처져서 코담배 냄새를 맡곤 했다.

예핌도 아주 기운차게 걸었다. 예핌 역시 나쁜 짓도 하지 않고 쓸데없는 말도 하지 않았지만 마음이 그리 개운하지는 않았다. 집안 걱정이 한시도 머리를 떠나지 않았기 때문이다. 다들 잘하고 있을까, 온통 그 생각뿐이었다. 깜빡 잊고 아들에게 일러두지 않은 건 없는지, 아들이 지시대로 잘하는지 궁금했다. 길을 가다가 감자를 심거나 거름을 운반하는 사람을 볼 때면 아들이 일러준 대로 잘하는지 걱정되었다. 다 그만두고 집으로 돌아가서 모든 일을 자기 손으로 직접 해보이고 싶다는 생각이 불쑥불쑥 들었다.

3

두 노인은 다섯 주일을 계속 걸었다. 이제 집에서 가져온 짚신도 다 떨어졌으므로 소러시아에 이르러서는 새 신발을 사야 했다. 집을 떠난 뒤로는 자는 것도 먹는 것도 전부 돈을 내야 했는데, 어쩐 일인지 소러시아에서는 사람들이 앞다투어 두 노인을 자기 집에 데려가려고 했다. 그들은 먹여주고 재워주면서도 돈을 받지 않았다. 그뿐만 아니라 가는 길에 먹으라며 빵과 과자를 자루에 넣어주기도 했다. 덕분에 두 노인은 별 어려움 없이 700베르스타를 걸어 또 다른 마을을 지났고 이번에는 흉년이 든 마을에 도착했다. 이 마을 사람들은 잠은 그냥 재워주었지만 먹을 것은 주지 않았다. 어디를 가도 빵을 주는 사람이 없었으며, 심지어 돈을 줘도 빵을 구할 수가 없었다. 사람들 말로는 지난해에 심한 흉년이 들었다고 했다. 부자들은 먹을 것이 없어 가진 물건들을 팔아야 했고, 그럭저럭 살던 사람들은 빈털터리가 됐으며, 가난한 사람들은 다른 마을로 떠나거나 구걸을 하거나 아니면 고향 마을에서 근근이 살아간다고 했다. 겨울에는 벼 찌꺼기와 명아주라는 풀로 끼니를 이었다는 것이다.

어느 날 두 노인은 작은 마을에 들러 빵을 15푼뜨* 가량 사고 하룻밤을 묵은 뒤 더워지기 전에 조금이라도 더 가려는 마음에 동이 트기 전 길을 나섰다. 10베르스타쯤 걸으니 개울에 이르렀다. 두 노인은 그곳에 앉아 컵에 물을 떠서 빵을 적셔가며 배불리 먹은 뒤 짚신을 갈아 신었다. 그리고 앉아서 한참을 쉬는데 예리세이가 담배 상자를 꺼냈다. 예핌이 그것을 보고 고개를 절레절레 흔들며 말했다.

"어째서 그 나쁜 버릇을 버리지 못하는 건가?"

---

* 1푼뜨는 0.41킬로그램

예리세이가 한 손을 저으며 대답했다.

"죄악에 빠진 것이지. 나도 어쩔 수가 없네."

두 노인은 다시 일어나 걸었다. 거기서 또 10베르스타쯤 가자 큰 마을에 이르렀다. 마을을 벗어날 즈음에는 날이 찌는 듯 더워졌다. 예리세이는 몹시 지쳐 잠깐 쉬면서 물이라도 마시고 싶었지만 예핌은 걸음을 멈추지 않았다. 예핌은 좀처럼 지치지 않았고 예리세이는 그를 따라가기가 힘에 부쳤다. 예리세이가 말했다.

"물 좀 마셨으면 좋겠는데……."

"그렇게 하게나. 나는 괜찮으니까."

예리세이가 걸음을 멈췄다.

"그럼 자네 먼저 가게. 나는 저 농가에 들러 물 좀 얻어 마시고 금방 뒤따라가겠네."

"그렇게 하지."

예핌은 혼자 길을 걸어가고 예리세이는 발걸음을 돌려 농가로 갔다. 농가는 자그마한 흙벽 집이었다. 아래쪽은 시커멓고 윗부분만 희었는데, 오랫동안 손을 보지 않았는지 여기저기 벗겨진 자국이 있었으며 지붕도 한쪽이 떨어져나가고 없었다. 마당을 가로질러 집 입구가 있었다. 예리세이가 마당으로 들어가니 흙 담장 밑에 드러누워 있는 남자가 보였다. 비쩍 마른 몸에 턱수염도 없는 남자는 소러시아식으로 셔츠 자락을 바지에 넣고 있었다. 분명 그늘을 찾아 누웠던 것 같은데 지금은 햇빛이 바로 위에서 그에게 쏟아졌다. 남자는 잠을 자

는 것도 아니면서 꼼짝도 않고 누워 있었다. 예리세이가 물 좀 얻어
마실 수 없느냐고 물었지만 남자는 아무 대답도 하지 않았다.

'어디가 아프거나 무뚝뚝한 사람인가 보네.'

예리세이는 이렇게 생각하며 문가로 갔다. 그때 집 안에서 아이 울
음소리가 났다. 예리세이는 문고리를 흔들며 말했다.

"계세요?"

아무 대답도 들리지 않았다. 이번에는 지팡이로 문을 두드려보았다.

"실례 좀 하겠습니다!"

아무 기척도 없었다.

"아무도 없어요?"

역시 대답은 들리지 않았다. 예리세이가 그만 돌아서려는데 문 뒤
쪽에서 신음 소리가 들리는 것 같았다.

'무슨 안 좋은 일이 생긴 게 아닐까? 아무래도 들여다봐야겠어!'

예리세이는 집 안으로 들어갔다.

4

예리세이가 문고리를 돌려보니 문이 스르륵 열렸다. 문을 열고 좁
은 통로로 들어서자 방문이 열린 게 보였다. 방 왼쪽에 난로가 있고
정면으로 보이는 구석에 성상과 탁자가 있었다. 탁자 앞에는 의자가

놓여 있었다. 그 의자에 셔츠만 입은 할머니가 수건도 쓰지 않은 머리를 탁자에 기대고 앉아 있었고, 그 옆에는 비쩍 마른 몸에 배만 불룩 튀어나오고 얼굴은 밀랍처럼 창백한 남자아이가 할머니의 소매를 잡아당기며 악을 쓰고 울면서 뭔가를 조르고 있었다. 예리세이는 안으로 들어갔다. 방 안에서 고약한 냄새가 진동했다. 주위를 둘러보니 난로 뒤쪽 바닥에 한 여자가 쓰러져 있는 모습이 눈에 들어왔다. 여자는 예리세이 쪽은 보려고도 하지 않고 엎드린 채 가래 끓는 소리를 냈다. 한쪽 다리를 오므렸다 펴기도 하고 몸을 이쪽저쪽으로 뒤척이기도 했다. 그녀 몸에서 지독한 악취가 났다. 혼자서는 대소변을 가리지 못하는데 시중을 들어줄 사람이 아무도 없는 것 같았다. 그때 할머니가 고개를 들더니 낯선 사람을 보고 물었다.

"누구요? 여긴 뭘 얻으러 온 거요? 보다시피 우린 가진 게 아무것도 없어요."

예리세이가 할머니의 말을 알아듣고 가까이 다가가서 말했다.

"할머니, 물 좀 얻어 마시려고 왔습니다."

"아무것도 없다니까. 물을 떠올 사람도 없어요. 가서 직접 떠 마시든가 해요."

예리세이가 물었다.

"그러니까, 이 집에는 건강한 사람이 하나도 없는 건가요? 저 아주머니를 돌봐줄 사람이 없어요?"

"아무도 없다니까 그러네. 한 사람은 마당에서 죽어가고 우리는 여기서 이렇게……."

어린아이는 낯선 사람을 보고 울음을 그치는가 싶더니 할머니가
얘기를 하자 다시 할머니의 소매를 붙잡고 울기 시작했다.

"할머니, 빵! 빵 줘!"

예리세이가 할머니에게 뭔가를 또 물어보려는데, 밖에 쓰러져 있
던 남자가 비틀거리며 집으로 들어왔다. 그는 벽을 짚으며 위태롭게
걸어오더니 의자까지 미처 오지 못하고 문간 한구석에 쓰러지고 말
았다. 그러더니 다시 일어나려고도 하지 않고 힘겹게 말을 꺼냈다.
한 마디 하고 나서 숨을 몰아쉬고 또 한 마디 하고, 이런 식으로 말을
이어갔다.

"전염병이 덮친 데다…… 흉년까지 들었어요. 저 아이도 먹지를 못
해 다 죽게 됐어요."

농부는 고갯짓으로 아이를 가리키더니 흐느껴 울었다.

예리세이가 등에 진 자루를 툭 올려 어깨끈을 팔에서 빼냈다. 그리
고 자루를 바닥에 내려놓았다가 다시 의자 위에 올려놓고는 입구를
열어 빵과 칼을 꺼낸 다음 한 조각 잘라 농부에게 주었다. 농부는 빵
을 받으려 하지 않고 남자아이와 난로 뒤에 웅크린 여자아이를 가리
켰다. 아이들에게 주라는 뜻인 것 같았다. 예리세이는 남자아이에게
빵을 주었다. 아이는 빵 냄새를 맡더니 두 팔을 뻗어 작은 두 손으로
빵을 움켜쥐고는 코를 박다시피하고 정신없이 먹었다. 그러자 난로
뒤에서 여자아이가 나와 빵을 뚫어져라 쳐다보았다. 예리세이는 여

자아이에게도 한 조각을 주었다. 그리고 또 한 조각을 잘라 할머니에게 주었다. 할머니도 허겁지겁 빵을 먹었다. 그러더니 말했다.

"물을 좀 떠다주면 좋겠는데. 다들 입이 바짝 말라버렸어요. 어제였나, 오늘이었나, 잘 기억은 안 나는데, 물을 길어오다가 그만 도중에 쓰러져버렸지 뭐요. 누가 가져가지 않았다면 물통이 아직 거기 있을 텐데."

예리세이가 우물이 어디 있는지 물었다. 할머니가 일러준 곳으로 가니 정말 물통이 있었다. 예리세이는 물을 길어와서 모두에게 먹였다. 아이들과 할머니는 물을 마셔가며 빵을 좀 더 먹었지만 농부는 한사코 먹으려 하지 않았다.

"별로 생각이 없어요."

농부는 이렇게 말했다.

그러는 동안도 여자는 기운을 차리지 못하고 침대에 엎드려 몸부림만 칠 뿐이었다. 예리세이는 마을 가게로 가서 옥수수와 소금, 밀가루, 버터를 사왔다. 그리고 도끼를 찾아 장작을 패서 난로에 불을 지폈다. 여자아이도 옆에서 거들었다. 예리세이는 수프와 죽을 끓여 온 식구에게 먹였다.

5

농부도 죽을 조금 먹었고 할머니도 먹었다. 아이들은 그릇 바닥까지 깨끗이 핥아먹고는 서로 부둥켜안고 잠이 들었다.

농부와 할머니는 그간 사정을 예리세이에게 모두 털어놓았다.

"예전에도 별로 넉넉한 살림이 아니었는데 흉년까지 들었어요. 가을부터는 남은 식량으로 근근이 버텼는데 나중에는 그것도 다 떨어졌어요. 그래서 이웃 사람들에게 먹을 걸 얻고 인심 좋은 사람들을 찾아가 신세를 지곤 했지요. 다들 처음에는 흔쾌히 먹을 걸 나눠주더니 나중에는 거절하더군요. 도와주고는 싶은데 가진 게 아무것도 없다고 하는 사람들도 있었어요. 우리도 여기저기서 돈을 꾸고 번번이 밀가루와 빵을 얻으러 다니자니 창피하기도 했어요."

주인 남자가 계속해서 말했다.

"그래서 일자리를 찾아 나섰는데 도무지 찾을 수가 없었어요. 어디를 가든 입에 풀칠이라도 하려고 일자리를 찾는 사람들로 넘쳐났으니까요. 어쩌다 하루 일하면 또 이틀은 일자리를 찾아 헤매야 했어요. 그래서 어머니와 딸아이가 멀리까지 동냥을 다녔지만 먹을 게 워낙 귀한 때라 빈손일 때가 많았죠. 그래도 근근이 먹고는 살았고, 어떻게든 햇곡식이 날 때까지만 견디면 될 거라고 생각했어요. 그런데 봄이 되자 아무도 동냥을 안 주는 겁니다. 게다가 전염병까지 덮쳤고요. 형편은 점점 더 나빠졌어요. 하루 먹으면 이틀을 굶어야 했죠. 나중에는 풀까지 뜯어다 먹었는데, 그 풀이 문제였는지 어쨌는지 아내가 덜컥 병에 걸려버렸어요. 아내는 저렇게 누워만 있고 나도 이제 아무 힘이 없으니 살아갈 길이 막막할 뿐이에요."

이번에는 할머니가 말을 이었다.

"나도 혼자서 기를 쓰고 여기저기 다녀보기도 했지만 뭘 먹질 못했더니 기운이 다 빠져버렸어요. 손녀딸도 몸이 약해진 데다 이제 겁까지 잔뜩 집어먹어서 옆집에 심부름을 시켜도 가려고 하질 않아요. 구석에 박혀 꼼짝도 안 한다니까요. 엊그제 옆집 아주머니가 찾아왔는데, 식구들 모두 병들고 굶주린 모양을 보고는 그냥 나가버리는 게 아니겠어요? 그 집 남편이 도망쳐버리고 어린아이들에게 먹일 것도 없는 형편이니 그럴 만도 하지요. 그래서 이렇게 누워 죽을 날만 기다리고 있어요."

예리세이는 이야기를 다 듣고 나서 그날 안으로 친구를 따라가기로 했던 마음을 접고 그 집에서 하룻밤을 묵었다. 아침이 되어 자리에서 일어나자 마치 집주인이라도 되는 양 집안일을 해나갔다. 할머니와 함께 빵 반죽을 하고 난로에 불도 지폈다. 그러고는 필요한 물건들을 구하러 여자아이와 함께 근처를 돌아다녔다. 물건이란 물건은 모두 먹을 것과 바꾼 탓에 연장 하나, 옷가지 하나가 없었다. 예리세이는 당장 필요한 물건들을 마련하기로 했다. 어떤 것은 직접 만들고 어떤 것은 가게에 가서 사 왔다. 그러다 보니 하루를 더 묵었고 또 하루를 더 묵어 사흘을 그 집에서 지내게 되었다. 그러는 동안 남자

아이는 기운을 회복했고 예리세이가 의자에 앉아 있으면 살갑게 다가와 기대곤 했다. 여자아이도 한결 명랑해졌다. 아이는 무슨 일이든 거들려 했고 "할아버지, 할아버지!" 하며 예리세이 뒤를 졸졸 따라다녔다. 할머니도 이웃집에 다닐 수 있을 정도로 기운을 차렸다. 주인 남자도 벽을 짚고 걸어 다닐 수 있게 되었다. 일어나지 못하는 사람은 그의 아내뿐이었지만, 그녀도 사흘째 되는 날에는 정신이 드는지 먹을 것을 찾았다. 그제야 예리세이는 이런 생각이 들었다.

'이렇게 오래 있게 될 줄은 몰랐는걸. 이제 그만 떠나야겠다.'

6

나흘째 되는 날은 축제 전날이었다. 예리세이는 생각했다.

'이 집 식구들과 축제 전야를 지내고 선물도 좀 사준 뒤에 저녁나절에 떠나야지.'

예리세이는 마을에 다시 가서 우유와 밀가루와 기름을 사다 할머니와 함께 음식 장만을 했다. 다음 날 아침에는 교회에 가서 예배를 드리고 집에 돌아와 식구들과 음식을 먹었다. 이날은 여자도 자리에서 일어나 잠깐씩 걸어다니기도 했다. 주인 남자는 수염을 깎고 할머니가 깨끗이 빨아준 옷으로 갈아입었다. 그리고 마을의 어느 부자 농부를 찾아갔다. 부자에게 밭과 풀밭을 저당 잡혔기 때문에 햇곡식이

228

날 때까지만 땅을 쓰게 해달라고 부탁하기 위해서였다. 저녁 무렵 농부는 어깨가 축 처져서 돌아오더니 눈물을 흘렸다. 부자 농부가 인정사정 봐주지 않고 돈을 가져오라고만 말했다는 것이다.

예리세이는 또 생각에 잠겼다.

'이 사람들은 이제 어떻게 살아가야 하나? 다른 사람들이 풀을 베러 갈 때 이 사람들은 풀밭을 저당 잡혔으니 그냥 손 놓고 있어야 할 것 아닌가. 남들은 호밀이 익으면 추수를 하겠지만 이 사람들은 농사가 아무리 잘된다 한들 기대할 게 하나도 없겠구나. 1데샤티나의 밭을 부자 농부에게 팔아버렸으니 말이야. 내가 떠나버리면 이 사람들은 또 예전처럼 힘들게 살 텐데.'

예리세이는 한참을 갈팡질팡하다가 결국 그날 하루를 더 묵고 다음 날 아침에 떠나기로 했다. 마당에 나가 기도를 드린 뒤 자려고 누웠지만 잠이 오지 않았다. 한편으로 생각하면 돈과 시간을 너무 많이 썼기 때문에 이제 가야 했다. 그런데 또 한편으로 생각하면 남은 사람들이 너무 딱해 그냥 두고 갈 수가 없었다.

'이러다가는 끝이 없겠어. 처음에는 물 좀 길어다주고 빵이나 한 조각씩 주고 떠날 생각이었는데 어쩌다 여기까지 오게 됐을까. 이제 풀밭과 밭까지 찾아줘야 하게 됐어. 그렇게 하고 나면 아이들을 위해 젖소를 사줘야 할 테고, 남자가 수레에 곡식 단을 싣고 다니게 말도 사줘야 할 거야. 이봐, 예리세이, 이게 다 스스로 자초한 일이야! 앞뒤 생각도 없이 일을 벌려놓은 거야!'

예리세이는 자리에서 일어나 베개로 쓰던 외투를 펼쳐 담배 상자를 꺼냈다. 그리고 생각을 정리하고 싶은 마음에 담배를 한 줌 쥐고 냄새를 맡았다. 하지만 아무 소용이 없었다! 생각하고 또 생각해도 이렇다 할 방법이 떠오르지 않았다. 가야 했지만, 불쌍한 사람들을 생각하면 그럴 수가 없었다. 어찌해야 좋을지 도무지 알 수가 없었다. 다시 외투를 둘둘 말아 머리에 베고 누웠다. 그렇게 한참을 누워 있다가 닭 울음소리를 듣고 나서야 잠이 들었다. 그때 갑자기 누군가 예리세이를 부르는 것 같았다. 어쩐 일인지 예리세이는 떠날 채비를 다 하고 있었다. 자루를 등에 지고 손에는 지팡이를 들고 대문으로 갔다. 대문이 열려 있어 그대로 나가기만 하면 되었다. 그가 문을 막 나서려는데 울타리 이쪽에 자루가 걸렸다. 자루를 빼내려는데 이번에는 저쪽 울타리에 각반이 걸려 풀어졌다. 그런데 자루를 당기면서 보니 울타리에 걸린 게 아니라 여자아이가 잡아당기는 거였다. 여자아이는 자루를 꽉 쥐고 애원했다.

"할아버지, 빵 좀 주세요! 빵 좀 주세요!"

발을 내려다보니 남자아이가 각반을 붙잡고 있었고, 주인 남자와 할머니는 창문으로 예리세이를 내다보고 있었다. 예리세이는 잠에서 깨 혼잣말처럼 중얼거렸다.

"내일 밭과 풀밭을 되찾아주고 말도 한 필 사주자. 햇곡식이 날 때까지 먹을 밀가루도 사주고 아이들이 우유를 먹을 수 있게 젖소도 사주자. 그렇게 하지 않으면 바다 건너 그리스도를 찾아간다고 해도 내 안에 있는 그리스도를 잃게 될 거야. 이 사람들을 도와야 해!"

이렇게 마음을 먹고 나서야 예리세이는 아침까지 단잠을 잘 수 있었다. 그는 아침 일찍 일어나 부자 농부를 찾아가서 돈을 치르고 밭과 풀밭을 되찾았다. 그러고는 낫을 하나 사들고 집에 와서 주인 남자에게 주면서 풀밭에 가서 풀을 베라고 하고 자신은 마을 농가를 돌아다녔다. 그러다 어느 주막 주인이 수레 딸린 말을 판다는 얘길 듣고는 주인과 값을 흥정해 샀다. 그리고 밀가루를 반 포대 사서 수레에 실은 다음 젖소를 사러 나섰다. 길에서 두 명의 소러시아 여자 뒤를 따라가게 되었는데, 여자들은 걸어가면서도 쉬지 않고 이야기를 했다. 소러시아 말로 이야기했지만 예리세이는 알아들을 수 있었다. 그들은 예리세이 얘기를 하고 있었다.

"처음에는 그 사람이 누구인지 전혀 몰랐나 봐요. 그냥 지나가는 사람이라고 생각했대요. 물을 얻어 마시러 왔다가 눌러살게 됐다는 거예요. 그런데 그 집 식구들에게 별별 걸 다 사줬지 뭐예요! 오늘만 해도 주막에서 수레하고 말을 샀잖아요! 세상에 그런 사람은 별로 없을 거예요. 그러니 가서 구경 좀 합시다."

예리세이는 여자들이 자기를 칭찬하는 소리를 듣고는 젖소 사는 걸 포기하고 주막으로 다시 가서 말 값을 치렀다. 그리고 말을 수레에 매고 밀가루를 싣고 집으로 가 문 앞에서 내렸다. 식구들은 말을 보고 깜짝 놀랐다. 자기들에게 주려고 산 말일지도 모른다고 생각했지만 입 밖으로 내어 묻지는 못했다. 주인 남자가 문을 열어주며 물었다.

"할아버지, 이 말은 어디에서 난 겁니까?"

"샀지. 마침 싸게 나왔더군. 오늘 밤에 여물을 먹을 수 있게 풀을 베어서 구유에 넣어주게. 그리고 이 자루 좀 내려주겠나."

주인 남자가 수레에서 말을 풀고 밀가루 포대를 창고로 옮겼다. 그런 다음 풀을 한 아름 베어 구유에 넣었다. 모두들 잠자리에 들었다. 예리세이는 집 밖에서 자기로 했다. 저녁 전에 자루를 밖에 내놓았던 것이다. 모두 잠이 들자 예리세이는 자리에서 일어나 자루를 짊어지고 신을 신고 외투를 입었다. 그리고 예핌 뒤를 따라나섰다.

7

5베르스타쯤 걸어가니 날이 밝아왔다. 예리세이는 나무 밑에 앉아 자루를 열고 남은 돈을 세어보았다. 남은 돈은 17루블 20코페이카가 전부였다.

'흠, 이 돈으로 바다 건너 여행을 하는 건 어림도 없겠어. 그렇다고 주님 이름을 팔아 구걸을 하다가 더 큰 죄를 짓기라도 하면 정말 큰일이지. 예핌이 혼자서라도 예루살렘에 가면 내 촛불까지 밝혀줄 거야. 이제 죽기 전에는 성지순례를 못 하겠지. 그래도 자비로우신 주님께서 용서해주실 거야.'

예리세이는 자리에서 일어나 자루를 짊어지고 오던 길을 되돌아 갔다. 마을에 들어서서는 혹시라도 사람들 눈에 띌세라 멀리 빙 돌아 집을 향해 빠른 걸음으로 갔다. 예루살렘으로 갈 때는 기운이 나지 않아 예핌을 따라잡기가 힘들 것 같더니, 돌아오는 길은 하느님이 도우시는지 아무리 걸어도 피곤한 줄 몰랐다. 그는 나들이를 가듯 지팡이를 휘두르면서 하루 만에 70베르스타나 걸었다.

예리세이가 집에 도착하니 때마침 식구들이 들일을 마치고 돌아왔다. 모두들 예리세이가 돌아온 걸 기뻐하며 어떻게 된 일인지 물었다. 여행은 어땠는지, 예핌과는 왜 헤어지게 되었는지, 어째서 예루살렘에 가지 않고 되돌아왔는지 물었다. 하지만 예리세이는 자세한 대답은 하지 않고 그냥 이렇게만 말했다.

"아무래도 내가 예루살렘에 가는 건 주님 뜻이 아니었던 모양이야. 가는 길에 돈을 잃어버리고 친구도 놓쳤거든. 그래서 갈 수가 없었어. 다 내 잘못이지!"

예리세이는 남은 돈을 아내에게 주었다. 그리고 집안일을 이것저것 물어보았다. 다 순조롭게 되어가고 있었다. 무엇 하나 빠진 것 없이 처리되었고, 식구들도 편안하고 화목하게 지내고 있었다.

그날 예핌의 식구들이 예리세이가 돌아왔다는 말을 듣고 예핌 소식을 물으려고 찾아왔다. 예리세이는 그들에게 이렇게 말해주었다.

"그 친구는 무사히 잘 갔네. 우리는 베드로 축제 사흘 전에 헤어졌지. 뒤쫓아가보려고 했는데 그만 일이 생겨버렸지 뭔가. 돈을 잃어버리는 바람에 더 갈 수가 없게 된 거야. 그래서 그냥 돌아왔지."

예리세이처럼 똑똑한 사람이 그렇게 바보짓을 했다는 얘길 듣고 사람들은 깜짝 놀랐다. 성지순례를 떠났다가 목적지에는 가지도 못하고 돈만 다 버리고 왔다는 게 믿기지 않았다. 사람들은 한동안 의아해했지만 그것도 잠시, 이내 그 일은 잊어버렸다. 예리세이도 그 일은 다 잊고 다시 일을 시작했다. 아들과 함께 겨울에 쓸 땔나무를 마련하고, 마을 아낙네들과 곡식을 빻고, 헛간 지붕을 새로 얹고, 벌통을 정리해 겨울 날 준비를 하고, 벌통 열 개를 새로 깐 애벌과 함께 옆집에 보냈다. 아내가 이 벌통에서 깐 애벌 수를 속이려고 했지만 예리세이는 어떤 통이 비었고 어떤 통에서 새끼를 깠는지 훤히 알았다. 그래서 열통이 아니라 열일곱 통을 옆집에 주었다. 겨울날 채비를 다 끝내고 나서 예리세이는 아들은 일하러 보내고 자신은 겨우내 집에서 짚신을 만들고 꿀통으로 쓸 통마루 속을 팠다.

8

예리세이가 아픈 사람이 있는 농가에 들렀던 날, 예핌은 온종일 친구를 기다렸다. 조금 걷다 길가에 앉아 깜빡 졸다 깨다 하며 하염없이 기다려도 친구는 끝내 오지 않았다. 혹시라도 친구가 올까 눈이 빠지게 주변을 둘러봤지만 해가 저물도록 예리세이는 나타나지 않았다.

'내가 잠든 새 그냥 지나친 것 아닐까? 어쩌면 남의 짐수레를 얻어 타고 가느라 나를 못 봤을지도 몰라. 아니지, 못 봤을 리가 없지. 여기는 허허벌판이라 멀리까지도 다 보이는걸. 다시 돌아가볼까? 그랬다가 예리세이가 나를 지나쳐 간 거면 완전히 어긋나버리는 건데. 그냥 가는 게 낫겠다. 밤에 여인숙에서는 만날 수 있겠지.'

예핌은 마을에 이르자 이장에게 이러이러하게 생긴 노인을 보면 자신이 묵는 여인숙으로 보내달라고 부탁했다. 하지만 예리세이는 여인숙에도 나타나지 않았다. 다음 날 길을 나선 예핌은 만나는 사람마다 붙잡고 이러이러하게 생긴 대머리 노인을 보지 못했느냐고 물었지만 보았다는 사람이 아무도 없었다. 예핌은 도무지 영문을 알 수 없어 하며 혼자서 계속 길을 갔다.

'뭐 오데사* 근처에서는 만날 수 있겠지. 어쩌면 배에서 만날지도 모르고.'

그러면서 이제 예리세이 걱정은 더 하지 않기로 했다.

가는 길에 예핌은 순례자 한 사람을 만났다. 그는 사제복을 입고 길게 기른 머리에 사제들이 쓰는 모자를 쓰고 있었다. 순례자는 아토스에 다녀온 적이 있으며 예루살렘에는 두 번째 가는 길이라고 했다. 두 사람은 여인숙에서 만나 이런저런 이야기를 나누었고 그 인연으

---

* 우크라이나 서남부에 있는 도시

로 함께 여행하기로 했다.

예핌과 순례자는 무사히 오데사에 도착했다. 이제 배를 타려면 사흘을 기다려야 했다. 그곳에는 세계 각지에서 온 수많은 순례자가 있었다. 예핌은 거기에서도 예리세이를 수소문했지만 역시 보았다는 사람은 없었다.

예핌은 5루블을 내고 외국인 통행증을 받았다. 그리고 왕복 뱃삯으로 40루블을 낸 뒤 배에서 먹을 빵과 청어를 샀다. 배의 선적이 끝나고 순례자들도 배에 올라탔다. 예핌도 순례자와 함께 탔다. 드디어 닻이 올라가고 배는 바다 물살을 가르며 출발했다. 항해는 내내 순조로웠지만 저녁때가 되자 갑자기 바람이 일고 비가 쏟아지기 시작했다. 배가 이리저리 흔들리고 파도가 솟구쳐 갑판까지 내리쳤다. 사람들이 공중으로 솟구쳤다. 여자들은 비명을 지르며 울부짖었고 남자들 가운데에도 겁이 많은 사람들은 허둥거리며 숨을 곳을 찾아다녔다. 예핌도 겁이 나긴 했지만 내색하지는 않았다. 처음 배에 탔을 때 자리 잡았던 곳에 꼼짝도 않고 앉아 있었다. 그의 옆에는 탐보프에서 온 늙수그레한 농부들이 있었다. 그들은 자기들 자루를 움켜쥐고 말 한마디 없이 앉아 그날 밤과 그다음 날을 보냈다. 사흘째 되자 바람이 잔잔해졌고, 닷새째 되는 날에는 콘스탄티노플에 도착했다. 순례자들 몇 명이 지금은 터키에 점령된 성 소피아 대성당을 구경하려고 배에서 내렸다. 하지만 예핌은 배에서 내리지 않고 흰 빵만 조금 샀다. 배는 꼬박 하루를 머문 뒤 다시 바다로 나갔다. 그리고 스미르나

항구와 알렉산드리아 항구에 정박했다가 드디어 야파에 무사히 도착했다. 순례자들 모두 그곳에서 내렸다. 예루살렘에 가려면 70베르스타를 더 걸어가야 했다. 배에서 내릴 때도 사람들은 두려움에 떨었다. 높은 갑판에서 아래에 있는 작은 배로 뛰어내려야 했는데, 이 배가 계속 흔들려서 자칫하다간 바다로 떨어질 수도 있었다. 두 사람이 물에 빠져서 흠딱 젖긴 했지만 그래도 모두들 무사히 내렸다. 걸어서 사흘째 되는 날 점심때쯤 모두들 예루살렘에 도착해 교외에 있는 러시아인 여인숙에 짐을 풀고 통행증에 도장도 받았다. 예핌은 식사를 하고 나서 순례자와 함께 성지순례를 갔다. 그리스도 무덤 참배는 허락되지 않아서 대신 대주교 수도원으로 갔다. 참배자들은 모두 그곳에 모인 뒤 남자와 여자 따로 나뉘어 신발을 벗고 둥글게 둘러앉아야 했다. 그러자 한 신부가 수건을 들고 와서 사람들 발을 씻겨주었다. 그는 한 사람씩 차례로 모두의 발을 씻기고 닦은 뒤 입을 맞추었다. 예핌 발도 다른 이들과 마찬가지로 씻고 입을 맞추었다. 사람들은 저녁 기도와 아침 기도를 드리고 촛불을 밝힌 다음, 기도 시간에 신부가 이름을 말해주길 바라면서 책자에 부모님 이름을 적었다. 그러고 나서 빵과 포도주가 나왔다. 다음 날 아침 순례자들은 이집트의 마리아가 구원받았다는 방으로 가서 촛불을 바치고 기도를 드렸다. 그리고 아브라함 수도원으로 가서 아브라함이 하느님께 제물로 바치려고 아들을 죽이려 했던 샤베크 동산을 보았다. 그다음에는 그리스도가 막달라 마리아 앞에 모습을 나타내신 성지와 그리스도의 형제 야

곱의 교회에 들렀다. 순례자는 예핌에게 이 모든 장소를 안내해주면서 한 군데 들를 때마다 돈을 얼마나 바쳐야 하는지 일일이 가르쳐주었다. 숙소에 돌아와 식사를 하고 모두들 잠자리에 들 준비를 하는데 순례자가 갑자기 소리를 지르며 자기 옷을 허겁지겁 뒤졌다.

"어쩌지, 지갑을 도둑맞았어. 23루블이 있었는데. 10루블짜리 두 장하고 잔돈 3루블이 있었는데."

순례자는 애를 태우며 탄식했지만 어쩔 도리 없는 일이었다. 다들 잠자리에 누웠다.

9

예핌도 잠자리에 누웠지만 자꾸만 이상한 생각이 들었다.

'저 순례자는 돈을 도둑맞은 게 아니야. 애초에 돈이 있었을 리가 없어. 어디에 가서든 돈을 바친 적이 한 번도 없잖아. 나더러만 내라고 하고 자기는 절대 내지 않았어. 게다가 내게 1루블을 빌리기까지 했잖아.'

그러다가 이런 생각을 하는 스스로를 책망했다.

'내가 무슨 권리로 다른 사람을 판단하는 거지? 그건 죄를 짓는 거야. 다시는 이런 생각하지 말자.'

하지만 이렇게 마음을 먹어도 순례자에 대한 생각은 쉬 떨쳐지질 않았다. 순례자가 돈에만 관심을 쏟던 모습이 자꾸 떠올랐고 지갑을 도둑맞았다는 얘기가 아무래도 믿기지 않았다.

'분명 돈이 없었어. 전부 꾸며낸 게 틀림없어.'

다음 날 아침 사람들은 오전 미사에 참석하려고 그리스도 무덤이 있는 부활 대성당으로 갔다. 순례자는 한시도 예핌 곁을 떠나지 않고 따라다녔다.

잠시 뒤 그들은 성당에 도착했다. 러시아 외에 그리스, 아르메니아, 터키, 시리아 등에서 온 수많은 순례자가 그곳에 모였다. 예핌은 다른 순례자들과 함께 성스러운 문으로 들어갔다. 한 신부가 그들을 안내해 터키 보초병들을 지나 그리스도를 십자가에서 내려 기름을 발랐다는 곳으로 갔다. 그곳에는 아홉 개의 커다란 촛대에서 촛불이 타고 있었다. 신부는 하나하나 보여주며 설명했다. 예핌은 그곳에서도 촛불을 바쳤다. 이어서 신부를 따라 오른쪽 계단을 올라가 십자가가 세워졌던 골고다로 갔고 거기에서 잠시 기도를 드렸다. 다음에 예핌이 안내된 곳은 땅이 지옥까지 갈라졌다는 자리와 그리스도의 손발이 십자가에 못 박혔던 장소였다. 그런 다음 그리스도의 피가 아담의 뼈에 뿌려졌다는 아담의 관을 봤고, 그리스도가 머리에 가시관을 쓸 때 앉았다는 돌과 채찍질당할 때 묶였던 기둥과 그리스도의 발에 채워졌던 구멍이 두 개 뚫린 돌도 보았다. 신부는 다른 것도 더 보여주려고 했지만, 사람들이 재촉하는 바람에 모두들 그리스도 무덤이 있는 동굴로 서둘러 갔다. 때마침 다른 교파 의식이 끝나고 러시아

정교 기도식이 막 시작되려는 참이었다. 예핌은 사람들과 함께 동굴로 들어갔다.

예핌은 어떻게든 순례자와 떨어지고 싶었다. 그를 향한 의심이 가시질 않아 자꾸 죄를 짓는 기분이 들었기 때문이다. 하지만 순례자는 예핌에게서 잠시도 떨어지려 하지 않았고 그리스도 무덤 앞에서 드리는 미사에도 따라왔다. 두 사람은 무덤에 조금이라도 가까이 가려 했지만 너무 늦어버렸다. 사람들이 꽉 들어차 있어 앞으로도 뒤로도 움직일 수가 없었다. 예핌은 가만히 서서 앞을 보며 기도를 하면서도 지갑이 제자리에 있는지 때때로 더듬어보았다. 마음이 자꾸만 오락가락했다. 어떤 때는 순례자가 거짓말을 한 것 같았다가, 또 어떤 때는 그가 정말로 지갑을 도둑맞은 거라면 혹시 자신도 그런 일을 당할지 모른다는 걱정이 들었다.

10

예핌은 기도를 드리면서 그리스도 무덤이 있는 작은 예배당 앞쪽을 바라보았다. 무덤 위에는 서른여섯 개 등불이 타고 있었다. 사람들 머리 너머로 그 모습을 바라보다가 뭔가를 발견하고는 깜짝 놀랐다. 타고 있는 등불 바로 아래 맨 앞자리에 허름한 외투를 입은 노인 하나가 앉아 있는데 머리가 벗겨져 반짝거리는 것이 예리세이 보드료프와 꼭 닮았던 것이다.

'예리세이와 닮긴 했는데. 하지만 예리세이일 리가 없지! 나보다 먼저 여기에 왔다는 게 말이 안 되지. 앞의 배가 일주일 전에 떠났다니까 그 배에 탔을 리는 없잖아. 내가 탄 배에도 없었고 말이야. 내가 배에 탄 사람들을 다 살펴봤거든.'

예픰이 이런 생각을 하는데 그 자그마한 노인이 기도를 시작했다. 그리고 정면의 그리스도를 향해 한 번, 다음에는 양옆 러시아 정교 사람들을 향해 각각 한 번, 이렇게 세 번 고개를 숙였다. 노인이 오른쪽으로 고개를 돌리는 순간, 예픰은 그를 알아보았다. 시커멓고 곱슬곱슬한 턱수염과 희끗희끗한 구레나룻, 눈썹, 두 눈과 코, 모든 모습이 예리세이가 분명했다. 틀림없이 예리세이였다!

예픰은 친구를 다시 만나게 되어 정말 기쁘면서도 어떻게 자기보다 먼저 올 수 있었는지 몹시 궁금했다.

'저 친구 좀 보게! 용케도 앞쪽으로 나갔군! 보나마나 여기서 알게 된 어떤 사람이 안내를 해주었겠지. 문에 서 있다가 저 영감을 붙잡아야지. 이제 순례자는 따돌리고 저 친구하고 다니는 거야. 그러면 저 친구 덕에 앞자리로 갈 수도 있겠지.'

예픰은 혹시라도 예리세이를 놓칠까 봐 그쪽에서 시선을 떼지 않았다. 하지만 미사가 끝나자 사람들이 자리에서 일어나 무덤에 입을 맞추려고 우르르 앞쪽으로 몰려가는 바람에 예픰은 옆으로 밀려났다. 그 순간 지갑을 도둑맞을 수도 있다는 생각이 또 들면서 겁이 덜컥 났다. 그는 지갑을 한 손으로 꽉 잡고 사람들을 헤치며 무리에서 빠져나오려고 애를 썼다. 간신히 한적한 곳으로 나온 예픰은 예리세이를 찾아 그 근처를 한참 돌아다녔다. 예배당 안 여러 방에는 각양각색 수많은 사람이 모여 음식을 먹고 술을 마셨으며 책을 읽거나 잠을 자기도 했다. 그런데 예리세이는 어디에서도 보이지 않았다. 결국 예픰은 친구를 찾지 못한 채 숙소로 갔다. 그날 밤 순례자는 숙소에 오지 않았다. 그는 1루블을 돌려주지 않고 떠나버렸고 예픰은 혼자 남았다.

다음 날 예픰은 배에서 만났던 탐보프에서 온 노인과 함께 그리스도 무덤에 다시 갔다. 이번에는 어떻게든 앞쪽으로 가려 했지만 역시나 뒤로 밀리고 말았다. 하는 수 없이 기둥 옆에 서서 기도를 드렸다. 그러다 고개를 들어 앞을 봤는데, 맨 앞자리, 그러니까 등불 바로 아래 그리스도 무덤 옆에 예리세이가 있었다. 그는 제단 앞의 신부처럼 두 팔을 벌리고 서 있었고 대머리에서는 반짝반짝 빛이 났다. 예픰이 생각했다.

'좋아, 이번에는 절대 놓치지 않겠어.'

예픰은 사람들을 헤치며 앞쪽으로 갔다. 그렇게 겨우 도착했는데 예리세이는 보이지 않았다. 그사이에 어디론가 가버린 게 분명했다. 셋째 날에도 예픰은 그리스도 무덤 옆에서 예리세이를 보았다. 그는 모두가 볼 수 있는 가장 성스러운 자리에 서서 두 팔을 벌리고 머리 위 뭔가를 보는 듯 시선을 위로 향하고 있었다. 그의 머리는 여전히 반짝거렸다.

'이번에는 절대 놓치지 않겠어! 문에 가서 지키고 서 있어야지. 그러면 어긋나지 않겠지!'

예픾은 밖으로 나가 반나절이 지나도록 지키고 서 있었다. 사람들이 다 빠져나갔지만 예리세이 모습은 보이지 않았다.

예픾은 여섯 주일 동안 예루살렘에 머물면서 베들레헴, 베다니, 요단강 등 모든 곳을 둘러보았다. 그리스도 무덤 옆에서는 수의로 입을 새 셔츠에 도장을 받았고 요단강의 물을 작은 병에 담기도 했다. 예루살렘의 흙을 담고 성화를 태운 초도 얻었다. 기도가 필요한 이들의 이름을 여덟 곳에 새겨넣었다. 그러느라 가진 돈을 다 쓰고 겨우 집에 돌아갈 여비만 남겼다. 예픾은 집을 향해 출발했다. 야파까지 걸어가 배를 타고 오데사로 간 다음 거기에서부터는 다시 걸어서 집까지 갔다.

11

예픾은 왔던 길을 그대로 따라 집으로 갔다. 집이 점점 가까워지자 집을 비운 동안 식구들이 어떻게 지냈을지 또 걱정이 되었다.

'1년이나 지났으니 많이 달라졌겠지. 집안을 일으키는 데는 평생이 걸리지만 망하게 하는 것은 순간이야. 내가 없는 동안 아들 녀석이 집안일을 어떻게 꾸렸을까? 봄에 농사는 제대로 시작했을까? 가축은 겨울을 무사히 났을까? 새집은 별 탈 없이 마무리됐을까?'

어느덧 예픔은 지난해 예리세이와 헤어졌던 마을에 도착했다. 마을 사람들은 몰라보게 달라져 있었다. 지난해만 해도 먹을 게 없어서 배를 곯던 사람들이 지금은 아주 넉넉히 살았다. 수확도 풍성했고, 모두들 지난 시절 어려움 같은 건 다 잊고 편안히 지냈다. 저녁 무렵 예픔은 예리세이가 물을 얻어 마시느라 머물렀던 마을에 이르렀다. 마을에 들어서자마자 어떤 집에서 흰옷을 입은 소녀가 뛰어나왔다.

"할아버지, 할아버지! 우리 집에 들렀다 가세요!"

예픔이 그냥 가려고 하니 소녀가 생글생글 웃으며 예픔의 옷자락을 붙들고 집 쪽으로 끌었다.

집 입구에는 젊은 여자가 남자아이를 데리고 서서 예픔에게 어서 오라고 손짓을 했다.

"할아버지, 들어오세요. 저희 집에서 저녁도 드시고 주무시고 가세요."

예픔은 하는 수 없이 집 안으로 들어갔다.

'기왕 왔으니 예리세이에 대해 물어나 봐야겠다. 그 친구가 물을 얻으러 들른 집이 여기인 것 같은데.'

여자는 예픔의 어깨에서 짐을 내려주고 세숫물까지 떠다 주었다. 그리고는 식탁 앞에 앉히더니 우유와 죽과 만두를 내놓았다. 예픔은 순례자에게 이처럼 친절을 베풀어주니 정말 감사하다고 인사했다.

그러자 여자가 고개를 저으며 대답했다.

"우리가 이렇게 하는 데는 그럴 만한 이유가 있답니다. 어느 순례자 덕분에 인생을 어떻게 살아야 하는지 배웠거든요. 그전까지 우리는 하느님을 잊고 살았어요. 그래서 벌을 받고 다 죽을 지경까지 이르렀죠. 지난해 여름에는 온 식구가 먹을 것 하나 없는 데다 병까지 걸렸답니다. 그렇게 누워서 죽을 날만 기다리는데, 하느님께서 손님과 꼭 닮은 어느 할아버지를 우리에게 보내주셨어요. 그 할아버지는 물을 얻어 마시려고 이 집에 들렀다가 우리의 딱한 모습을 보고는 차마 지나치지 못하고 그냥 머무셨죠. 그분은 우리에게 음식을 주시고 우리가 다시 일어설 수 있게 해주셨어요. 땅도 되찾아주시고 수레와 말도 사주셨어요. 그러고는 홀쩍 떠나버리셨어요."

그때 할머니가 집 안으로 들어와 여자의 말에 끼어들었다.

"그분이 사람이었는지 하늘에서 내려온 천사였는지 우리도 모르겠어요. 우리 식구 모두를 딱하게 여겨 사랑을 베풀어주고는 이름도 말해주지 않고 떠나버렸지요. 그러니 누굴 위해 기도를 드려야 할지도 모르겠어요. 지금도 그때 일이 눈에 선하답니다! 자리에 누워 죽을 날만 기다리는데 웬 평범한 모습의 대머리 할아버지가 오더니 물 좀 달라고 하더군요. 이 죄 많은 늙은이는 왜 저렇게 남의 집을 기웃거리나 생각했죠. 그런데 그분이 그 모든 일을 해준 거예요! 우리를 보자 등에 지고 있던 자루를 내려놓더니, 그래요 바로 이 자리에서 끈을 푸는 거예요."

이번에는 여자아이가 끼어들었다.

"아니에요, 할머니, 처음엔 자루를 여기 방 한가운데에 놓았다가 다시 의자에 올려놓았잖아요."

그러더니 세 사람은 그 노인이 무슨 말을 하고 무슨 일을 했는지 앞다투어 얘기했다. 그가 어디에 앉았고 어디에서 잤으며 무슨 일을 어떻게 했고 누구에게 무슨 말을 했는지 시시콜콜 다 얘기했다.

밤이 되자 주인 남자가 말을 타고 집에 왔다. 그 역시 예리세이가 그들과 어떻게 지냈는지 이야기했다.

"그분이 오시지 않았더라면 우리 모두는 죄인으로 죽고 말았을 겁니다. 우리는 절망에 빠져 하느님과 사람들을 원망하며 죽어갔죠. 하지만 그분 덕에 다시 일어설 수 있었습니다. 그리고 그분을 통해 하느님을 알게 됐고 인간의 선한 본성도 믿게 됐죠. 그분께 하느님의 축복이 있기를 빕니다! 짐승과 다름없이 살아가던 우리를 사람답게 만들어주신 분이니까요."

그들은 예픔에게 먹을 것과 마실 것을 주고 잠자리를 마련해주었다. 그리고 그들도 자러 갔다.

예픔은 자리에 누웠지만 잠을 이룰 수가 없었다. 예루살렘에서 가장 앞자리에 서 있는 예리세이를 세 번이나 본 일이 머릿속에서 떠나지 않았다.

'그렇게 해서 예리세이가 나를 앞질렀던 거구나! 하느님이 나의 고행을 받아들이셨는지는 모르겠지만 그 친구의 고행은 기쁘게 받으

246

신 거야!'

다음 날 아침 그 집 식구들은 예픾에게 작별 인사를 했다. 그리고 가는 길에 먹으라며 자루에 고기만두를 넣어주고 일터로 나갔다. 예픾도 집을 향해 길을 나섰다.

12

예픾은 집을 떠난 지 꼭 1년째 되는 봄날 다시 집으로 돌아왔다.

저녁 무렵 집에 도착하니 아들은 술집에 가고 없었다. 잔뜩 취해서 들어온 아들에게 예픾이 이것저것 물어보니 그가 집을 비운 동안 뭐 하나 제대로 해놓은 것이 없었다. 돈은 모두 엉뚱한 데 써버리고 일도 팽개쳤다. 예픾이 꾸짖자 아들은 도리어 큰소리를 쳤다.

"잘못한 사람이 누군데요! 집에 있는 돈을 다 갖고 순례를 떠나고는 이제 와서 제게 돈 얘기를 하면 어떡해요!"

예픾은 화를 참지 못하고 아들을 때렸다.

다음 날 아침 예픾이 아들 일을 의논하러 마을 이장에게 가는 길에 예리세이 집을 지나는데 그의 아내가 문 앞에 서서 인사를 했다.

"영감님, 안녕하세요, 예루살렘에는 잘 다녀오셨어요?"

예픾이 걸음을 멈추고 대답했다.

"덕분에 잘 다녀왔습니다. 가는 도중에 예리세이와 헤어졌는데, 들자니 집에 잘 왔다고 하더군요."

예리세이의 아내는 원래 한번 말을 시작하면 끝이 없는 사람이었다.

"그럼요, 그럼요, 잘 왔지요. 돌아온 지 한참 된걸요. 성모 승천제가 끝나고 바로 돌아왔을걸요? 하느님 은혜로 무사히 돌아와서 우리 모두 정말 기뻤답니다! 그이가 없으면 집안이 적적하거든요. 이제 한창 일할 나이가 지났으니 일을 많이 하진 못하지만, 그래도 집안의 가장이잖아요. 그리고 그이가 집에 있어야 다들 기운이 나고요. 아들 녀석도 얼마나 좋아하던지요! 아버지가 없으면 눈 속의 빛이 사라지는 것 같다나요. 그이가 없으면 정말 허전해요. 우리 식구들은 그이를 아주 좋아하고 소중하게 생각한답니다."

"지금 집에 있나요?"

"네, 그럼요. 양봉장에서 벌을 모으고 있어요. 올해 애벌이 모두 건강하대요. 하느님이 어찌나 강한 벌들을 주셨는지, 그이도 그렇게 힘이 좋은 벌들은 처음 봤다는군요. 죄를 짓지 않고 사니까 하느님이 돌봐주시나 봐요. 어서 들어오세요. 그이가 무척 반가워할 거예요."

예핌이 현관과 마당을 지나 양봉장으로 갔다. 거기에서 예리세이가 얼굴에 그물도 쓰지 않고 장갑도 끼지 않은 채 회색 외투를 입고 자작나무 아래 서서 두 팔을 벌리고 위를 쳐다보고 있었다. 그의 대머리가 예루살렘의 그리스도 무덤 옆에서처럼 빛났으며, 성지에서 타오르던 불길처럼 강렬한 햇빛이 자작나무 잎사귀 사이로 내리쬐었고, 황금색 벌들이 머리 주위를 왕관 모양으로 날았지만 쏘지는 않았다. 예핌은 그 자리에 멈춰 섰다.

예리세이의 아내가 남편을 불렀다.

"친구분이 오셨어요."

예리세이가 반가운 얼굴로 돌아보더니 턱수염에서 벌을 가만히 끄집어내며 예핌에게 다가왔다.

"어서 오게. 그래, 잘 다녀온 건가?"

"어쨌든 다녀오긴 했지. 자네에게 주려고 요단강 물을 가지고 왔네. 나중에 우리 집에 들러 가져가게나. 그건 그렇고 하느님이 내 고행을 받아주셨을지……."

"참 감사한 일이야! 자네에게 주님의 은혜가 있기를!"

예핌이 잠시 가만히 있다가 말했다.

"몸은 순례를 다녀왔네만 내 영혼도 다녀온 건지는 잘 모르겠어. 다른 사람 영혼이 다녀온 건지도 모르겠고……."

"모든 것이 하느님의 뜻이야. 하느님의 뜻이고말고."

"돌아오는 길에 자네가 머물렀던 집에 들렀는데……."

예리세이가 깜짝 놀라며 급히 대답했다.

"모든 것이 하느님의 뜻이라니까! 하느님의 뜻이고말고. 자, 안으로 들어가세. 내가 꿀을 좀 주지."

그러면서 예리세이는 집안일 얘기로 말머리를 돌렸다.

예핌은 한숨을 푹 내쉬었다. 그리고 농가에서 만났던 사람들 얘기도, 예루살렘에서 예리세이를 본 얘기도 하지 않았다. 각자가 세상을 살아가는 동안 다른 이들에게 사랑과 선행을 베푸는 것이야 말로 하느님의 뜻대로 행하는 길임을 예핌은 그제야 깨달았다.

대자(代子)

"'눈은 눈으로, 이는 이로 갚아라' 하고 말한 것을 너희는 들었다. 그러나 나는 너희에게 말한다. 악한 사람에게 맞서지 말아라. 누가 네 오른쪽 뺨을 치거든, 왼쪽 뺨마저 돌려 대어라."

　　　　　　　　　　　　　　　— 〈마태복음〉 5장 38~39절

"사랑하는 여러분, 여러분은 스스로 원수를 갚지 말고, 그 일은 하느님의 진노하심에 맡기십시오. 성경에도 기록하기를 '원수 갚는 것은 내가 할 일이니, 내가 갚겠다고 주님께서 말씀하신다' 하였습니다".

　　　　　　　　　　　　　　　— 〈로마서〉 12장 19절

1

어느 가난한 농부 집에 아들이 태어났다. 농부는 크게 기뻐하며 이웃집에 가서 아이의 대부가 되어달라고 부탁했다. 하지만 이웃은 가난한 집 아이의 대부가 되는 것은 싫다며 거절했다. 농부는 다른 이웃을 찾아가 부탁했지만 역시 거절당했다.

농부는 아이의 대부가 되어줄 사람을 찾아 온 마을을 돌아다녔다. 하지만 대부가 되어주겠다는 사람은 아무도 없었다. 농부는 하는 수 없이 다른 마을로 갔다. 가는 길에 맞은편에서 걸어오는 한 나그네와 마주쳤다. 나그네가 걸음을 멈추고 말했다.

"안녕하세요? 어딜 그렇게 가십니까?"

"하느님이 제게 아이를 주셨거든요. 아이란 젊어서는 즐거움이 되고 나이가 들어서는 의지가 되며 죽어서는 나를 기억하고 기도해주지요. 그런데 내가 가난하다 보니 우리 마을에서는 아이의 대부가 되어주겠다는 사람이 아무도 없군요. 그래서 대부가 되어줄 사람을 찾아 다른 마을에 가보는 중입니다."

나그네가 말했다.

"내가 대부가 되면 어떻겠습니까?"

농부는 뛸 듯이 기뻐하며 감사하다고 인사하고는 물었다.

"그럼 대모는 누구에게 부탁해야 할까요?"

"상인의 딸에게 부탁해보세요. 시내에 가면 광장에 가게가 몇 채 딸린 돌집이 있을 겁니다. 그 집에 가서 상인더러 딸을 대모로 삼게 해달라고 부탁해보세요."

농부가 자신 없는 목소리로 대답했다.

"나 같은 농부가 그런 부자 상인에게 어떻게 부탁을 하겠습니까? 나 같은 건 우습게 여기면서 절대 딸을 보내주지 않을 거예요."

"그런 걱정은 하지 말고 가서 부탁해보세요. 그리고 내일 가서 세례를 해줄 테니 아침까지 준비를 해놓으세요."

가난한 농부는 집에 들렀다가 말을 타고 시내로 상인을 만나러 갔다. 마당에 말을 세우는데 상인이 나오며 물었다.

"무슨 일이오?"

"저, 다름이 아니고, 하느님이 제게 젊어서는 즐거움이 되고 나이가 들어서는 의지가 되며 죽어서는 저를 기억하고 기도해줄 아이를 주셨습니다. 부탁드리는데, 댁의 따님이 제 아이의 대모가 되게 해주십시오."

"세례는 언제 받는 거요?"

"내일 아침입니다."

"좋소. 안심하고 돌아가세요. 내일 아침 미사가 시작되기 전에 딸을 보내지요."

다음 날 대모와 대부가 모두 모인 자리에서 아이는 세례를 받았다. 하지만 세례가 끝나자마자 대부는 어디론가 가버렸다. 그래서 그가 누군지 아무도 알지 못했으며, 그 뒤로 그를 본 사람도 없었다.

2

아이는 커가면서 부모에게 즐거움이 되었다. 튼튼하고 부지런하고 영리한 데다 성격도 온순했다. 부모는 아이가 열 살이 되자 학교에 보내 글을 배우게 했다. 아이는 다른 아이들이 5년 걸려 배우는 걸 1년 만에 모두 깨우쳐 더는 배울 것이 없었다.

부활절이 되었다. 아이는 대모에게 가서 부활절 인사를 드린 뒤 집에 돌아와 부모님에게 물었다.

"아버지, 어머니, 대부님은 어디에 계세요? 대부님에게도 부활절 인사를 드려야 하잖아요."

아버지가 대답했다.

"사랑하는 아들아, 네 대부님이 어디 계시는지는 우리도 모른단다. 그래서 늘 안타깝구나. 네가 세례를 받은 날 뒤로는 그분을 한 번도 보지 못했고 소식도 듣지 못했어. 어디에 사시는지도 모르고, 아직 살아계신지조차 모른단다."

그러자 아들이 부모님에게 절을 하고 말했다.

"아버지, 어머니, 제가 대부님을 찾아가게 해주세요. 꼭 대부님을 찾아 부활절 인사를 드리고 싶어요."

부모는 허락을 했고, 아들은 대부를 찾아 나섰다.

3

아이는 집을 나와 무작정 걸었다. 반나절쯤 걸었을 때 어떤 나그네를 만났다.

나그네가 걸음을 멈추고 말했다.

"얘야, 어딜 그렇게 가니?"

아이가 대답했다.

"오늘 대모님에게 가서 부활절 인사를 드렸어요. 그리고 집에 돌아와 부모님에게 대부님은 어디에 계시냐고 물었더니 모른다고 하셨어요. 제가 세례를 받자마자 떠나버리셨기 때문에 아무것도 모른다고 하셨어요. 대부님이 살아계신지조차도 모른대요. 전 꼭 대부님을 뵙고 싶어서 이렇게 찾아 나선 거예요."

나그네가 말했다.

"내가 네 대부란다."

아이는 기뻐하며 대부에게 부활절 인사를 드렸다.

"대부님, 지금 어디로 가시는 길인가요? 혹시 저희 마을 쪽으로 가시는 거라면 저희 집에 들러주세요. 그게 아니라 대부님 집으로 가시는 거라면 저도 같이 가겠어요."

"지금은 너희 집에 갈 시간이 없단다. 이 마을 저 마을 돌아다니면서 해야 할 일이 있어. 하지만 내일은 집에 돌아가려고 하니 그때 오너라."

"그런데 대부님을 어떻게 찾아가야 하나요?"

"우선 해가 떠오르는 쪽으로 곧장 가다 보면 숲이 나올 것이고 그숲 한가운데에 빈터가 있을 것이다. 그곳에 앉아 쉬면서 주변에서 일어나는 일을 잘 살펴보거라. 그런 다음 숲을 나서면 뜰이 있고 그 안에 황금빛 지붕의 궁궐이 있을 것이다. 그곳이 내 집이다. 집 앞으로 오면 내가 마중을 나가마."

대부는 이렇게 말하고 대자의 눈앞에서 사라졌다.

4

대자는 대부가 가르쳐준 대로 해가 뜨는 쪽을 향해 걸어갔다. 한참을 가다 보니 정말 숲이 나왔다. 숲 속 빈터까지 가보니 한가운데에 소나무가 한 그루 서 있었다. 소나무 가지에는 밧줄이 묶여 있고 그줄에 3푸드*쯤 되어 보이는 통나무가 매달려 있었다. 그리고 그 바로 밑에는 벌꿀이 든 통이 있었다. 이런 곳에 왜 나무를 매달아놓고 꿀

---

* 1푸드는 16.38킬로그램

을 두었는지 미처 궁금해 할 새도 없이 숲에서 부스럭거리는 소리가
나더니 곰 몇 마리가 꿀통이 있는 쪽으로 다가왔다. 어미 곰이 맨 앞
에 서고 그 뒤를 두 살짜리 곰이 따르고 맨 뒤에 새끼 곰 세 마리가 따
라왔다. 어미 곰은 코를 벌름거리며 꿀통을 향해 곧장 왔고 새끼 곰들
도 따라왔다. 어미 곰이 꿀통에 코를 처박고 새끼 곰들을 부르자 새끼
곰들도 달려와 통에 매달렸다. 그때 통나무가 조금 움직였다가 제자
리로 돌아오면서 새끼 곰들을 건드렸다. 이 모습을 본 어미 곰이 앞발
로 통나무를 밀쳤다. 통나무는 아까보다 더 멀리까지 밀렸다가 돌아
오면서 새끼 곰들을 후려쳤다. 그 바람에 어떤 놈은 등을 얻어맞고 어
떤 놈은 머리를 얻어맞았다. 새끼 곰들은 꽥꽥 소리를 지르며 도망쳤
다. 어미 곰은 크르릉거리며 앞발로 통나무를 잡고 머리 위로 올렸다
가 힘껏 내던졌다. 통나무가 높이 날아가자 두 살짜리 곰이 꿀통으로
냉큼 달려가 통에 코를 박고 요란한 소리를 내며 꿀을 핥아먹었다.
다른 새끼 곰들도 다가갔다. 하지만 미처 꿀통에 닿기도 전에 통나무
가 휙 날아와 두 살짜리 곰의 머리를 쳤다. 곰은 그 자리에서 죽어버
렸다. 어미 곰은 아까보다 더 큰 소리로 크르릉거리며 통나무를 잡더
니 머리 위로 올렸다가 온 힘을 다해 내던졌다. 통나무가 소나무 가
지보다 높이 올라가면서 줄 한 가운데가 휘청 흔들렸다. 어미 곰이 다
시 꿀통으로 다가가자 새끼 곰들도 따라왔다. 통나무는 하늘 높이 올
라갔다가 잠깐 멈추더니 다시 내려왔다. 내려올수록 속도가 빨라지
면서 순식간에 어미 곰의 머리를 내려쳤다. 어미 곰은 벌렁 나자빠져

버둥거리다가 죽고 말았다! 새끼 곰들은 숲 속으로 달아났다.

5

놀란 마음으로 이 광경을 지켜본 대자는 다시 걸음을 재촉했다. 숲을 벗어나자 커다란 뜰이 보였고 그 한가운데에 지붕이 황금빛인 궁궐이 있었다. 문 앞에서 대부가 웃으며 서 있었다. 대부는 대자를 안으로 맞아들이고 뜰을 구경시켜주었다. 그처럼 아름답고 빛나는 광경은 꿈에서도 보지 못하던 것이었다.

대부는 대자를 궁궐 안으로 데려갔다. 궁궐 안은 정원보다 훨씬 더 아름다웠다. 대부는 그곳에 있는 방들을 모두 구경시켜주었다. 방을 하나하나 볼 때마다 이전 방보다 더 아름답고 훌륭했다. 그리고 마지막 방에 이르렀다. 그 방 문은 닫혀 있었다. 대부가 말했다.

"이 문을 보아라. 이 문은 잠가놓은 것이 아니라 그냥 닫아만 놓은 것이다. 열려면 열 수 있지만 절대 열어서는 안 된다. 이 집에서 어디든 네 마음대로 가도 되고 뭘 하면서 놀아도 좋지만 단 한 가지 해서는 안 되는 일이 있다. 이 방엔 절대 들어가지 말거라! 만일 들어간다면 숲에서 본 일을 떠올리게 될 것이다."

대부는 이렇게 말하고 가버렸다. 그날부터 대자는 홀로 남아 그 궁궐에서 살았다. 그곳 생활이 너무도 즐겁고 행복해서 세 시간밖에 지나지 않은 것 같았는데 어느덧 30년이 흘렀다. 30년이 지난 어느 날 대자는 닫힌 문 앞을 지나다 문득 궁금해졌다.

'대부님은 왜 이 방에 들어가지 말라고 하신 걸까? 잠깐 들어가서 뭐가 있는지 보기만 하자.'

문을 잡아당기니 정말 스르르 열렸다. 대자는 안으로 들어가보았다. 방은 궁궐 안의 어떤 방보다 크고 근사했으며 한가운데에는 금으로 장식된 의자가 놓여 있었다. 대자는 한동안 방 안을 이리저리 돌아다니다가 층계를 밟고 올라가 의자에 앉아보았다. 그때 의자 옆에 놓인 홀이 눈에 띄었다. 그 홀을 잡는 순간 갑자기 사방 벽이 모두 열리면서 온 세상과 그 세상에서 사람들이 하는 온갖 일이 보였다. 앞을 보니 바다와 바다를 항해하는 배들이 있었다. 오른쪽에는 이교도들이 사는 곳이 있었고, 왼쪽에는 그리스도교도이긴 하지만 러시아인은 아닌 사람들이 살았다. 마지막으로 뒤쪽을 보았다. 거기에는 대자 같은 러시아 사람들이 있었다.

'우리 집에서는 다들 어떻게 지내는지, 곡식은 잘됐는지 살펴봐야겠다.'

대자가 자기 집 밭을 보니 곡식 단이 잔뜩 쌓여 있었다. 곡식 단이 얼마나 되는지 궁금해 세어보는데 한 농부가 수레를 타고 오는 모습이 보였다. 대자는 아버지가 밤중에 곡식 단을 가지러 온 것이라 생각했다. 그런데 자세히 보니 바실리 쿠드랴쇼프라는 도둑이었다. 도둑은 밭으로 와서 수레에 곡식을 싣기 시작했다. 대자는 화가 나서 소리쳤다.

"아버지, 도둑이 밭에서 곡식을 훔쳐가요!"

야간 방목장에 있던 아버지는 잠에서 깼다. '곡식 단을 도둑맞는 꿈을 꾸다니. 한번 가봐야겠다.' 그리고 말을 타고 밭으로 갔다.

밭에 가보니 정말로 바실리가 곡식을 훔치고 있었다. 대자의 아버지는 큰 소리로 마을 사람들을 불렀다. 결국 바실리는 붙잡혀 흠씬 두들겨 맞은 뒤 감옥에 갇혔다.

대자는 이번에는 대모가 사는 시내를 보았다. 대모는 어떤 상인의 아내가 되어 있었다. 대모의 남편은 아내가 잠든 틈에 살그머니 일어나 정부에게 갔다. 대자가 대모에게 소리쳤다.

"일어나요, 빨리요. 아저씨가 나쁜 짓을 하고 있어요."

대모가 벌떡 일어나 옷을 입고 남편이 있는 곳을 찾아내더니 정부를 망신주고 두들겨 패고 나서 남편을 쫓아내버렸다.

대자는 이제 어머니를 찾아보았다. 어머니는 집에서 자고 있었다. 그런데 도둑이 들어와 옷궤의 자물쇠를 부수려 했다. 어머니가 잠에서 깨 소리를 질렀다. 그러자 도둑이 도끼를 쳐들며 어머니를 죽이려고 했다.

다급해진 대자가 홀을 도둑에게 던졌다. 도둑은 관자놀이에 홀을 정통으로 맞고 그 자리에서 죽어버렸다.

6

대자가 도둑을 죽이자 네 벽이 다시 닫히면서 방은 이전과 같은 모습이 되었다.

그때 문이 열리고 대부가 들어오더니 대자에게 다가와 그의 손을 잡고 의자에서 내려오게 했다.

"내 말을 듣지 않았구나. 네가 저지른 첫 번째 잘못은 금지된 문을 연 것이고, 두 번째 잘못은 의자에 앉아 내 홀을 만진 것이다. 그리고 세 번째 잘못은 이 세상에 더 많은 악을 보탠 것이다. 네가 이곳에 한 시간만 더 앉아 있었더라면 세상 사람들 절반을 파멸시켰을 것이다.

그러더니 대부는 대자를 다시 의자로 데려가 홀을 잡았다. 그 순간 아까처럼 벽이 열리면서 모든 광경이 나타났다. 대부가 말했다.

"네가 아버지에게 한 짓을 보아라. 바실리는 1년 동안 옥살이를 하고 나왔는데, 감옥에서 온갖 못된 짓을 배워 이제 아주 몹쓸 인간이 되어버렸다. 보아라, 저 사람은 네 아버지에게서 말 두 필을 훔쳤다. 그리고 이번에는 집에 불까지 질렀다. 이게 다 네가 아버지에게 저지른 일이다."

대자 눈앞에 불길에 휩싸인 아버지 집이 보였다. 대부는 그 광경을 닫고는 다른 쪽을 보라고 했다.

"자, 네 대모는 1년 전에 남편이 자기를 버리고 다른 여자들과 놀아나자 괴로움에 못 이겨 술에 빠져 살고, 예전 그 정부도 밑바닥까지 타락하고 말았다. 이것이 네가 대모에게 저지른 짓이다."

대부는 이 광경도 닫아버리고 이번에는 대자의 집을 보여주었다. 대자의 어머니가 죄를 뉘우치며 울고 있었다.

"차라리 그날 밤에 내가 도둑 손에 죽었어야 했어. 그랬더라면 이렇게 많은 죄를 짓지 않았을 텐데……."

대부가 말했다.

"이것이 네가 네 어머니에게 저지른 잘못이다."

대부는 이 광경 역시 닫고 이번에는 아래쪽을 가리켰다. 도둑이 보였다. 감옥 앞에서 간수 두 명이 도둑의 시신을 지키고 있었다.

"저자는 사람을 아홉이나 죽였다. 그래서 자기 죄를 스스로 갚아야만 했다. 그런데 네가 그를 죽여버리면서 그의 죄를 대신 떠맡게 되었다. 이제는 네가 그의 모든 죄를 갚아야 한다. 네가 자초한 것이다. 숲 속에서 어미 곰이 처음 통나무를 살짝 밀었을 때는 새끼 곰들이 조금 놀란 걸로 끝났지만, 다시 밀었을 때는 두 살짜리 곰이 죽었고 세 번째로 밀었을 때는 자기가 죽고 말았다. 네가 한 짓도 이와 똑같다. 이제부터 네게 30년이라는 시간을 줄 테니 세상에 나가 도둑의 죄를 갚도록 해라. 만약 갚지 못하면 네가 도둑이 될 것이다."

"도둑의 죄를 갚으려면 어떻게 해야 합니까?"

"네가 세상에 더한 죄만큼 없애버리면 네 죄와 도둑의 죄 모두를 갚게 될 것이다."

"세상의 죄를 어떻게 없애야 하나요?"

"해가 떠오르는 쪽으로 곧장 걸어가거라. 그렇게 가다 보면 밭이 나오고 거기에 사람들이 있을 것이다. 그들이 하는 일을 잘 보다가 네가 아는 것을 가르쳐주어라. 그리고 다시 가면서 눈에 보이는 것을 잘 기억해두어라. 나흘째 되는 날 숲에 이를 것이다. 숲 속에는 작은 집이 있고 거기에 한 노인이 살고 있다. 노인에게 그동안 있었던 일을 모두 얘기해라. 그럼 그분이 네가 해야 할 일을 가르쳐줄 것이다. 노인이 일러준 대로 다 하고 나면 너는 너와 도둑의 죄를 갚게 되는 것이다."

얘기를 끝내고 대부는 대자를 집 밖으로 내보냈다.

7

대자는 길을 걸으며 생각했다.

'내가 무슨 수로 세상의 악을 없앤단 말인가? 악을 없애려면 죄인을 추방하거나 옥에 가두거나 사형에 처하거나 해야 하지 않는가. 그런데 다른 사람의 죄를 떠맡지 않으면서 악을 없애려면 도대체 어떻게 해야 하는 걸까?'

대자는 한참을 생각하고 또 생각했지만 도무지 답을 얻을 수가 없었다.

그렇게 걷다 보니 밭이 나왔다. 밭에는 튼실하게 무르익어 수확을 앞둔 곡식이 있었다. 그런데 이 밭으로 송아지 한 마리가 뛰어들자 근처에서 이를 본 농부 몇 명이 말을 타고 밭을 이리저리 달리며 송아지를 쫓았다. 송아지가 밭에서 나오려고 해도 그때마다 농부 하나가 달려드는 바람에 겁을 먹고 다시 곡식 사이로 들어갔다. 그러면 또 농부들은 곡식을 짓밟으며 밭을 이리저리 달렸다. 여자 하나가 길가에 서서 울부짖었다.

"사람들이 우리 송아지를 몰아쳐서 다 죽게 생겼어요."

그 모습을 본 대자가 농부들에게 말했다.

"지금 뭘 하는 건가요? 다들 밭에서 나오고 저 여자더러 송아지를 불러내라고 하세요."

남자들이 대자 말대로 밭에서 나오고 여자는 밭 가장자리로 가서 송아지를 불렀다.

"자, 착하지, 누렁아, 이리 와, 착하지."

송아지가 두 귀를 쫑긋 세우고 그 목소리를 가만히 듣더니 여자 쪽으로 달려왔다. 그러고는 여자 치마에 머리를 들이미는 바람에 여자가 하마터면 뒤로 넘어질 뻔했다. 농부들은 그제야 마음을 놓았고 여자도 좋아했으며 송아지도 신이 나 보였다.

대자는 다시 걸음을 옮기며 생각했다.

'악이 악을 낳는다는 걸 이제 알겠다. 악을 몰아치면 몰아칠수록 악은 더 퍼져가는 거야. 악을 악으로 없앨 수 없다는 건 알겠는데, 그렇다면 무엇으로 없앨 수 있는 건지는 모르겠어. 송아지가 주인 말을

들었으니 망정이지 만약 그러지 않았다면 무슨 수로 밭에서 몰아냈
겠어?'

대자는 아무리 생각하고 생각해도 답을 알 수 없었다. 그저 계속
걸어갈 뿐이었다.

8

이번에는 어느 마을에 닿았다. 대자는 마을 맨 끝 집으로 가서 하
룻밤만 재워달라고 했다. 집 안에는 주인아주머니 혼자 있었다. 아주
머니는 청소를 하다가 대자를 보고는 안으로 들어오게 했다.

대자는 방 안으로 들어가 벽난로 위에 앉아 아주머니가 일하는 모
습을 지켜보았다. 아주머니는 방을 다 치우고 나서 탁자를 물로 씻었
다. 그런 다음 방을 닦고 난 더러운 걸레로 탁자를 이쪽에서 저쪽으
로 닦았다. 하지만 탁자는 깨끗해지지 않았다. 더러운 걸레로 문지른
탓에 걸레가 지나는 곳을 따라 얼룩이 남았다. 이번에는 반대쪽으로
걸레질을 했다. 그러자 먼젓번 얼룩이 없어지는 대신 다른 얼룩이 새
로 생겼다. 여자는 다시 방향을 바꿔 닦았지만 역시 마찬가지였다. 더
러운 걸레로 아무리 닦아봐야 탁자는 깨끗해지지 않았다. 처음 얼룩
이 없어지면 또 다른 얼룩이 생겼다. 대자가 한참을 바라보다 물었다.

"아주머니, 지금 뭘 하시는 거예요?"

"축제일 준비 때문에 청소하는 거 안 보여요? 이 탁자는 아무리 닦아도 깨끗해지지 않으니 힘이 들어 죽겠어요."

"걸레를 깨끗이 빤 다음에 탁자를 닦아보세요."

여자가 그대로 하니 탁자가 금세 깨끗해졌다.

"가르쳐줘서 고마워요."

다음 날 아침 대자는 주인아주머니와 작별 인사를 하고 또 길을 떠났다. 한참을 걷다 보니 숲이 나왔다. 그곳에서 농부 몇 명이 바퀴테를 만들 나무를 구부리고 있었다. 가까이 가서 보니 농부들이 계속 도는데도 나무는 구부러지지 않았다.

자세히 들여다보니 받침틀이 제대로 고정되지 않은 탓에 농부들이 아무리 돌려도 계속 헛돌기만 했다. 대자가 물었다.

"지금 뭘 하고 계신 건가요?"

"보다시피 바퀴 테를 만드는 중이라오. 두 번씩이나 돌렸는데도 나무가 휘질 않아서 말이오. 이젠 기운이 다 빠져버렸소."

"받침틀을 나무에 단단히 고정하세요. 안 그러면 나무와 같이 돌아가니까요."

농부들이 대자 말대로 받침대를 고정하니 그제야 일이 제대로 되었다.

대자는 농부 집에서 하룻밤 묵고 다시 길을 떠났다. 하루 낮과 밤을 꼬박 걸어 동이 틀 즈음 목동들이 모여 밤을 지내는 곳을 발견하고는 그들 곁에 누웠다. 목동들은 소를 매어놓고 모닥불을 피우고 있었다. 마른 나뭇가지를 모아 불을 붙이면서 불이 활활 타오르기도 전에 젖은 나뭇가지를 올려놓았다. 그 탓에 불길이 쉭쉭거리며 잦아들다가 결국 꺼져버렸다. 그러면 목동들은 또 마른 나뭇가지를 가져다가 불을 붙이고 다시 젖은 나뭇가지를 올려 불을 꺼뜨렸다. 그런 식으로 한참 애를 썼지만 불은 타오르지 않았다.

대자가 이 모습을 보고 말했다.

"그렇게 급하게 젖은 나무를 올려놓으면 안 돼요. 마른 나뭇가지에 불이 충분히 붙어서 활활 타오르면 그때 올려놓으세요."

목동들이 대자 말대로 불이 충분히 붙은 다음 젖은 나뭇가지를 올려놓으니 불길이 꺼지지 않고 활활 타올랐다. 대자는 잠시 그들과 있다가 다시 길을 떠났다. 지금까지 본 세 가지 일이 무슨 뜻인지 곰곰이 생각해보았지만 도무지 알 수가 없었다.

9

하루 종일 걸어 저녁 무렵 어느 숲에 이르렀다. 그 숲에 작은 집이 있는 것을 보고는 가서 문을 두드렸다. 집 안에서 소리가 들렸다.

"거기 누구냐?"

"큰 죄를 지은 사람입니다. 다른 이들의 죄를 갚으려고 왔습니다."

이 말을 듣고 노인이 나와 물었다.

"다른 사람의 어떤 죄를 짊어진 것이냐?"

대자는 그동안의 일을 모두 이야기했다. 대부 이야기, 어미 곰과 새끼 곰들 이야기, 닫힌 방에 있던 의자 이야기, 대부가 그에게 내린 명령 이야기, 그리고 밭을 짓밟던 농부들과 주인이 부르자 뛰어나온 송아지 이야기까지 빠짐없이 했다.

"악으로는 악을 없앨 수 없다는 걸 알았습니다. 하지만 어떻게 해야 악을 없앨 수 있는지는 모르겠습니다. 그 방법을 가르쳐주십시오."

노인이 말했다.

"오는 길에 또 무엇을 보았는지 말해보거라."

대자는 탁자를 닦던 여자와 바퀴 테를 만들던 남자들, 불을 지피던 목동들 얘기를 했다.

노인이 얘기를 다 듣고 나서 집 안으로 들어가더니 이 빠진 손도끼를 들고 나와 말했다.

"자, 가자."

노인은 얼마쯤 가다가 나무 한 그루를 가리켰다.

"이 나무를 베어라."

대자가 도끼로 나무를 찍어 쓰러뜨렸다.

"이번에는 나무를 세 토막으로 잘라라."

대자가 나무를 세 토막으로 잘랐다. 그러자 노인이 다시 집으로 가더니 불을 가져왔다.

"이 나무 세 토막을 태워라."

대자가 나무 세 토막에 불을 붙이니 나무가 다 타고 나서 숯 세 덩이가 남았다.

"그것을 땅에 반쯤 파묻어라. 이렇게 말이다."

대자가 그 말을 따랐다.

"저 산 아래 개울이 보일 것이다. 가서 입에 물을 머금고 와 이 숯덩이에 주어라. 첫 번째 숯에는 네가 주인 여자에게 가르쳐준 대로 물을 주고, 두 번째 숯에는 바퀴 테 만드는 농부들에게 가르쳐준 대로 주고, 세 번째 숯에는 목동들에게 가르쳐준 대로 주어라. 이 세 숯덩이 모두 싹을 틔우고 사과나무로 자라면, 그때 너는 사람들에게서 악을 없애는 방법을 알게 될 것이며 네 죄도 모두 갚게 될 것이다."

이렇게 말하고 노인은 집으로 돌아갔다. 대자는 한참을 생각하고 또 생각해도 도무지 말뜻을 알 수가 없었다. 그렇게 모르는 채 노인이 일러준 대로 일을 시작했다.

10

대자는 개울에 가서 입 안 가득 물을 머금고 와 숯덩이 하나에 주었다. 이렇게 개울에 가서 물을 머금고 오기를 몇 번이고 반복하고 나서야 겨우 숯덩이 하나의 주변 흙을 촉촉이 적실 수 있었다. 이런 식으로 다른 두 숯덩이에도 물을 주었다. 한참을 그렇게 오가다 보니 배도 고프고 지치기도 해서 먹을 것을 좀 얻으려고 노인의 집으로 갔다. 그런데 문을 열어보니 노인이 긴 의자 위에 숨진 채 누워 있었다. 대자는 집을 뒤져 마른 빵을 찾아 먹었다. 그러고 나서 삽을 찾아내 노인의 무덤 자리를 팠다. 그때부터 밤에는 입으로 물을 길어 숯덩이에 주고 낮에는 무덤 자리를 팠다. 무덤을 다 파고 노인을 막 묻으려는데 마을 사람들이 노인에게 줄 음식을 가지고 왔다.

사람들은 노인이 죽으면서 대자를 축복하고 그에게 자신의 자리를 물려주었다는 걸 알아차렸다. 그들은 함께 노인을 묻은 뒤, 가져온 빵을 대자에게 주고 나중에 또 오겠다는 약속을 남기고 떠났다.

그날부터 대자는 노인의 집에서 지냈다. 사람들이 가져다주는 음식을 먹으면서 노인이 시킨 대로 입으로 물을 길어다 숯덩이에 주는 일을 계속했다.

그렇게 1년이 지나는 동안 많은 사람이 대자를 찾아왔다. 성인이 영혼을 구원받으려고 숲 속에 살면서 산 아래 개울물을 입으로 길어다 숯덩이에 준다는 소문이 멀리까지 퍼진 것이다. 사람들이 그를 보려고 몰려들었다. 돈 많은 상인들이 선물을 들고 찾아왔지만 대자는 꼭 필요한 것만 남기고 나머지는 가난한 사람들에게 나눠주었다.

대자는 하루 중 반나절은 입으로 물을 길어다 숯덩이에 주고 나머지 반나절은 쉬거나 사람들을 만나며 보냈다.

바로 이것이 자신이 살아가야 할 삶의 모습이며, 이렇게 살 때 악을 없애고 죄를 갚을 수 있다는 생각이 들었다.

그렇게 또 1년이 지났다. 대자는 그동안 하루도 거르지 않고 숯덩이에 물을 주었다. 하지만 어떤 숯덩이에서도 싹이 나지 않았다.

어느 날, 대자가 집에 앉아 있는데 누군가 노래를 부르며 말을 타고 지나가는 소리가 들렸다. 대자는 누구인지 보려고 집 밖으로 나갔다. 건장하고 옷도 잘 차려 입은 젊은이가 값비싼 안장이 얹힌 근사한 말을 타고 있었다.

대자가 그를 불러 세우고 어디 사는 누구이며 지금 어디 가는 길이냐고 물었다.

남자가 말을 세우고 대답했다.

"나는 강도다. 닥치는 대로 돌아다니면서 사람을 죽이지. 사람을 많이 죽일수록 내 노랫소리는 더 흥겨워지지."

대자는 소스라치게 놀랐다.

'이런 인간의 마음속 악은 어떻게 없애야 하는 걸까? 사람들은 제 발로 나를 찾아와 죄를 고백하는데 이 사람은 악행을 자랑처럼 떠드는구나.'

대자는 아무 말도 하지 않고 남자에게서 물러나며 생각했다.

'이제 어떻게 해야 하는 거지? 저 강도가 이 근방을 돌아다니면 사람들이 겁을 먹고 여기에 얼씬도 안 할 텐데. 사람들도 마음이 답답하겠지만 나 또한 어떻게 살아가야 하는 건가?'

그래서 대자는 다시 강도에게 가서 말했다.

"이곳으로 나를 찾아오는 사람들은 악을 자랑하지 않고 죄를 뉘우

치며 용서를 빌고 있소. 그러니 젊은이도 하느님이 두렵거든 죄를 뉘
우치시오. 혹여 죄를 뉘우칠 마음이 없다면 두 번 다시 이곳에 오지
마시오. 내 마음을 어지럽히지도 말고, 사람들이 겁을 먹고 이곳에
오지 못하게도 하지 마시오. 내 말을 듣지 않으면 하느님의 벌을 받
게 될 거요."

강도가 웃음을 터뜨렸다.

"나는 하느님이 전혀 두렵지 않으니 네 말을 들을 필요도 없겠지.
네가 내 주인도 아닌데 말이야. 너는 하느님에게 기도나 드리면서 먹
고살고 나는 강도질을 해서 먹고살고, 다 그렇게 자기 방식대로 사는
거지. 그러니 설교는 너를 찾아오는 부인네들한테나 하시지. 나까지
가르칠 생각은 집어치우고 말이야. 네가 내 앞에서 하느님을 들먹거
렸으니 내일은 두 사람을 더 죽여야겠는걸. 여기서 널 죽일 수도 있
지만 지금은 손을 더럽히고 싶지가 않아. 그러니 앞으로 내 눈앞에
얼씬도 하지 말도록 해라!"

강도는 이렇게 겁을 주고 가버리더니 다시는 나타나지 않았다. 대
자는 예전처럼 평온히 살았다. 그렇게 8년이 지났고 대자는 차츰 지
루해졌다.

11

어느 날 대자는 새벽녘에 나가 숯덩이에 물을 주고 집으로 돌아왔다. 방에 앉아 이제 사람들이 올 때가 되었다고 생각하며 오솔길을 하염없이 바라보았다. 그런데 하루가 다 가도록 찾아오는 사람이 없었다. 대자는 날이 저물 때까지 혼자 앉아 있었다. 적적한 마음에 지난 시절을 떠올려보았다. 하느님에게 기도나 드리면서 살라고 빈정거리던 강도가 생각났다. 대자는 지금까지 어떻게 살아왔는지 돌이켜보았다.

'나는 그 노인이 일러준 대로 살고 있지 않아. 노인은 내게 벌을 내렸는데 나는 그걸 이용해서 먹고살고 게다가 사람들의 칭송까지 받으려 했어. 그런 유혹에 사로잡혀 살다 보니 사람들이 찾아오지 않으면 우울해하고 사람들이 찾아오면 성인 대접을 받는다는 기분에 마냥 들뜨는 거야. 그렇게 살아서는 안 돼. 그동안 나는 사람들 칭송에 취해 있었어. 과거의 죄를 갚기는커녕 새로운 죄를 더하고 있었던 거야. 사람들이 찾아올 수 없는 깊은 숲 속으로 가자. 그곳으로 가 혼자 살면서 과거의 죄를 갚고 새로운 죄를 짓는 일이 없게 하자.'

이렇게 마음을 정하고 대자는 마른 빵이 든 자루와 삽을 들고 노인의 집을 떠나 인적이 없는 골짜기로 내려갔다. 그곳에 움막을 짓고 사람들의 눈앞에서 자취를 감출 생각이었다.

대자가 자루와 삽을 들고 걸어가는데 저쪽에서 강도가 말을 타고 달려오는 모습이 보였다. 대자는 겁에 질려 도망치려 했지만 강도에게 붙잡히고 말았다. 강도가 물었다.

"어딜 가는 거냐?"

대자는 사람들을 피해 아무도 찾아오지 않는 곳에서 살려 한다고 대답했다. 이 말을 듣고 강도가 놀라서 물었다.

"사람들이 찾아오지 않으면 뭘 먹고 살아갈 거냐?"

대자는 그런 생각을 한 번도 하지 않다가 강도 말을 듣고서야 먹을 것에 대해 생각해보았다.

"하느님이 주시는 것으로 살아가야겠지요."

강도는 아무 대꾸도 하지 않고 가버렸다. 대자가 생각했다.

'왜 나는 저자에게 어떻게 사는지 묻지 않았을까? 어쩌면 지금쯤 죄를 뉘우치고 있을지도 모르는데 말이야. 오늘은 태도도 부드러워지고 날 죽이겠다며 겁을 주지도 않았어.'

이런 생각이 들자 대자는 강도 뒤에 대고 소리쳤다.

"죄를 뉘우치지 않으면 안 되오. 하느님을 피할 수는 없어요."

강도가 말 머리를 돌리더니 허리춤에서 칼을 뽑아 대자를 내리치려고 했다. 대자는 깜짝 놀라 숲 속으로 도망쳤다.

강도는 뒤쫓아오지 않고 제자리에서 이렇게 말했다.

"두 번은 살려줬지만 또 한 번 내 눈에 띄면 그땐 살려두지 않겠다!"

그리고 강도는 가버렸다. 그날 저녁 대자가 숯덩이에 물을 주려고 가보니 한 토막에서 싹이 돋고 있었다! 그 숯덩이에서 사과나무가 움을 틔우고 있었던 것이다.

12

대자는 세상 사람들 눈에 띄지 않는 곳으로 들어가 홀로 살았다.
마침내 빵이 다 떨어지자 그는 생각했다.

'풀뿌리라도 캐다 먹어야겠다.'

그런데 풀뿌리를 캐러 조금 가다 보니 마른 빵이 든 자루가 나뭇
가지에 걸려 있었다. 대자는 그 빵을 가져다 먹었다.

빵을 다 먹고 나면 그 나뭇가지에 또 다른 빵 주머니가 걸려 있었
다. 그렇게 먹고사는 게 해결되었고, 이제 한 가지 걱정이라면 강도
가 나타날까 봐 두려운 것이었다. 그래서 강도가 오는 기척이라도 나
면 얼른 몸을 숨기면서 생각했다.

'죄를 다 갚지도 못하고 강도 손에 죽을지도 몰라.'

그렇게 또 10년이 흘렀다. 사과나무는 한 그루만 자라고 다른 숯
덩이 두 개는 여전히 처음 그대로였다.

어느 날 아침 대자는 일찌감치 일어나 일을 하러 갔다. 숯덩이 주
변 땅에 물을 충분히 주고는 힘이 들어 앉아서 쉬고 있었다. 그러면
서 이런 생각을 했다.

'나는 또 죄를 지었어. 죽음을 두려워하고 있으니 말이야. 어쩌면

죽음으로 죄를 갚는 것이 하느님의 뜻일지도 몰라.'

바로 그때, 강도가 말을 타고 욕을 하면서 오는 소리가 들렸다. 그 소리를 듣고 대자는 생각했다.

'내게 선이든 악이든 행할 수 있는 분은 오직 하느님뿐이야.'

대자는 강도가 오는 쪽으로 다가갔다. 그런데 강도는 혼자가 아니었다. 입에 재갈이 물리고 손발이 묶인 어떤 남자가 뒤에 앉아 있었다. 강도는 가만히 있는 남자에게 무섭게 욕을 퍼부었다. 대자가 말 앞을 막아섰다.

"이 사람을 어디로 데려가는 거요?"

"숲 속으로 가고 있다. 이자는 장사꾼의 아들인데 제 아비 돈을 어디에 숨겼는지 말을 하지 않는단 말이지. 입을 열 때까지 매질을 할 테다."

강도가 말을 몰고 가려 했지만 대자는 고삐를 잡고 놓아주지 않았다.

"이 사람을 놔주시오."

화가 난 강도가 금방이라도 대자에게 휘두를 것처럼 채찍을 쳐들었다.

"너도 이런 꼴을 당하고 싶은 거냐? 다시 한 번 눈에 띄면 죽이겠다고 분명히 말했겠다. 이거 놔라!"

하지만 대자는 두려워하지 않았다.

"절대 못 놓겠소. 나는 당신이 두렵지 않소. 오직 하느님만 두려워할 뿐이지. 그런데 하느님은 당신을 절대 놓아주지 말라고 명령하셨소. 그러니 이 사람을 놓아주시오!"

강도가 얼굴을 찌푸리며 칼을 뽑더니 새끼줄을 끊고 상인의 아들을 풀어주었다.

"두 놈 다 꺼져버려. 다시는 내 눈에 띄지 않도록 해라."

상인의 아들이 말에서 뛰어내려 뒤도 돌아보지 않고 도망갔다. 강도가 말을 타고 가려 하는데 대자가 또 그를 잡아 세우고는 죄를 지으며 사는 건 이제 그만두라고 말했다. 강도는 잠자코 대자의 말을 다 듣더니 아무 대답 없이 떠나버렸다.

다음 날 아침 대자가 숯덩이에 물을 주러 갔더니 또 한 덩이에서 싹이 돋아나고 있었다! 이번에도 사과나무가 움을 틔웠다.

13

그리고 또 10년이 흘렀다. 어느 날 대자는 움막에 앉아 있었다. 이제 더는 바랄 것도 두려운 것도 없었으며 오로지 기쁨만이 마음에 가득 찼다.

'하느님이 인간에게 주시는 축복이 너무도 크구나! 그런데도 사람들은 헛되이 스스로를 괴롭히고 있어. 얼마든지 행복하게 살아갈 수 있는데도 말이야.'

사람들이 스스로를 괴롭히며 죄악을 저지른다고 생각하니 그가 측은하다는 생각이 들었다.

'더는 이렇게 살아서는 안 돼. 세상에 나가서 사람들에게 내가 깨달은 것을 알려주자.'

이런 생각을 하고 있는데 강도가 다가오는 소리가 들렸다. 대자는 강도가 지나가기를 잠자코 기다리면서 생각했다.

'저런 자에게는 얘기해봤자 알아듣지도 못할 거야.'

하지만 이런 생각도 잠시, 이내 마음을 고쳐먹고 밖으로 나갔다. 강도는 어두운 표정으로 땅을 내려다보면서 말을 타고 왔다. 그 모습을 보는 순간 대자는 그가 가엾어졌다. 그래서 강도에게로 달려가 그의 무릎을 잡고 말했다.

"사랑하는 형제여, 부디 자신의 영혼을 불쌍히 여기시오. 당신 안에 하느님이 계시니 말이오. 당신은 스스로를 괴롭히고 다른 이들을 괴롭히며 앞으로도 더 많은 괴로움을 겪을 것이오. 하지만 하느님께서 당신을 사랑하셔서 큰 축복을 예비해놓으셨소. 그러니 자신을 망치는 짓은 그만두시오. 제발 새롭게 사시오!"

강도가 얼굴을 찌푸리며 고개를 돌렸다.

"저리 비켜!"

하지만 대자는 강도의 무릎을 더 꽉 쥐고 눈물을 흘렸다. 그러자 강도가 눈을 들어 대자를 바라보았다. 그렇게 한참을 바라보더니 말에서 내려와 대자의 발 앞에 무릎을 꿇었다.

"당신이 나를 이겼습니다. 나는 20년 동안이나 당신과 싸웠지만

완전히 패배했습니다. 이제 내 힘으로는 나를 어쩌지 못하니 당신 뜻
대로 하십시오. 당신이 처음 내게 설교하려 했을 때 나는 그저 화만
치밀었습니다. 당신이 사람들 눈에 띄지 않는 곳으로 들어갔을 때,
그제야 당신 말을 생각해보았습니다. 당신이 자신을 위해 사람들에
게 아무것도 요구하지 않는다는 걸 그때 알았기 때문이지요."

그때 대자는 걸레를 빨고 나서야 식탁을 깨끗이 닦을 수 있었던 아
주머니가 떠올랐다. 사람의 일도 마찬가지였다. 자신에 대한 염려를
그치고 마음을 맑게 할 때 비로소 타인의 마음도 맑게 할 수 있었다.

강도가 또 말했다.

"당신이 죽음을 두려워하지 않는 것을 보고 내 마음이 달라졌습
니다."

그 말을 들으니 받침틀을 고정하고 나서야 나무를 구부릴 수 있었
던 바퀴 테 만드는 농부들이 대자의 머릿속에 떠올랐다. 대자 역시
죽음에 대한 두려움을 버리고 자신의 삶을 하느님에게 단단히 고정
하고 나서야 강도의 순종하지 않는 마음을 길들일 수 있었다.

"하지만 내 마음이 완전히 녹아버린 건 당신이 나를 가엾게 여기
고 눈물을 흘렸을 때였습니다."

대자는 진심으로 기뻐하며 숯덩이가 있는 곳으로 강도를 데려갔
다. 두 사람이 그곳에 가보니 마지막 숯덩이에서도 사과나무 움이 트
고 있었다. 그 순간 대자는 불이 활활 타오르고 난 뒤 젖은 나무를 올
리고 나서야 불을 피울 수 있었던 목동들을 떠올렸다. 그처럼 자신의

마음이 따뜻하게 타오를 때에야 다른 이의 마음에도 불을 붙일 수 있었던 것이다.

이제야 모든 죄를 갚을 수 있게 된 대자는 몹시 기뻤다.

대자는 강도에게 이 모든 이야기를 들려주고 나서 숨을 거두었다. 강도는 대자를 땅에 묻었다. 그리고 그의 가르침대로 살아가면서 사람들에게도 그의 가르침을 전했다.

작품 해설

톨스토이는 19세기 러시아문학을 대표하는 세계적 문호이자 대
사상가다. 1828년 야스나야 폴랴나에서 부유한 귀족 니콜라이 톨스
토이 백작의 넷째 아들로 태어났지만 일찍이 부모를 잃고 친척 집에
서 자라야 했다. 1844년 카잔대학교에 입학해 어학과 법학을 공부하
다 대학 교육에 회의를 느끼고 2년 만에 자퇴했다. 다시 고향으로 돌
아온 뒤에는 지주로서 농장을 관리하며 농민들의 생활을 개선해보
려고 노력했지만 뜻대로 되지 않자 한동안 귀족들과 어울리며 방탕
한 생활을 하기도 했다. 스물세 살이던 1851년, 형의 권유로 캅카스
의 군대에 들어갔다. 군 복무 중이던 이듬해 첫 작품인 자전소설《유
년시대》를 발표해 문학성을 인정받으며 작가로서 첫발을 내디뎠다.
뒤이어 발표한《소년시대》,《세바스토폴 이야기》까지 문단의 호평을
받으면서 톨스토이는 작가로서의 위치를 굳혔다.

1856년에 군대를 제대하고 고향으로 돌아온 뒤에는 청년 작가로
서 모스크바와 페테르부르크의 여러 문인들과 교류하고 몇 년 동안

유럽 여러 나라를 여행했으며 이 시기에《청년시대》를 발표했다.

이후 농민 계몽을 위해 고향에서 농민 자녀들을 위한 학교를 설립하고 교육 잡지를 발행하기도 했지만 원하는 성과를 이루지는 못했다. 그러던 중 형을 결핵으로 잃었는데, 젊은 시절 혈육의 죽음을 겪으면서 삶과 죽음의 의미를 깊이 생각하기도 했다.

1862년 궁정 의사의 딸 소피야 안드레예브나와 결혼해 이듬해 첫 아이 세르게이를 낳았다. 결혼 후에는 고향에서 비교적 평온한 삶을 살며 창작에 매진해《전쟁과 평화》를 완성했다.《전쟁과 평화》는 역사적 사건과 인간의 다양한 감정을 절묘하게 배합한 유럽 근대문학의 최고 걸작으로 평가받는다. 이 작품으로 톨스토이는 세계적 작가의 반열에 오른다. 또한 톨스토이 문학의 집대성이라 할 수 있는《안나 카레니나》도 이 시기에 탄생했다.

이즈음 톨스토이는 정신적 갈등과 위기를 겪는다. 그 자신이 귀족 신분으로 풍족한 삶을 살면서도 러시아 귀족 사회에 염증을 느꼈고 민중들 속으로 들어가 청렴한 삶을 살기를 꿈꾸었다. 현실과 이상의 괴리로 괴로워하며 여기에 더해 삶과 죽음 그리고 종교 문제를 깊이 고민하면서 기독교 사상에 몰두했다. 그렇게 그는 사상의 전환기를 맞는다. 바로 이 시기에 후세 사람들이 '톨스토이 주의'라고 일컫는 톨스토이의 사상이 체계화되었는데, 기존의 기독교에 실망한 톨스토이가 강조한 것은 사랑과 자비와 비폭력을 강조하는 새로운 기독교였다.

1882년《고백록》을 발표한 이후에는 지식층을 위한 고급 문학을 거부하고 민중을 위한 예술 작품을 쓰고자 노력했다. 이를 위해 1884년 제자 블라디미르 체르트코프와 함께 포스레드니크 출판사를 설립하고 누구나 복음서의 진리를 쉽게 이해할 수 있도록 러시아 민화를 각색한 단편들을 출간했다. 그 결과 톨스토이의 대표적 단편〈사람은 무엇으로 사는가〉, 〈사랑이 있는 곳에 신도 있다〉, 〈사람에게는 얼마나 많은 땅이 필요한가〉, 〈촛불〉, 〈바보 이반〉, 〈불을 놓아두면 끄지 못한다〉, 〈두 노인〉 등이 탄생했다.

톨스토이는 노년의 대부분을 야스나야 폴랴나에서 보내면서 여전히 왕성하게 작품 활동을 했다. 69세 때인 1897년에《예술론》을 발표했고 1899년에는 대표작《부활》을 발표했다.《부활》은 당시 사법 제도와 사회 체계의 허점을 신랄하게 비판한 작품으로 평가받지만 이 작품에서 러시아정교를 비판한 것이 문제가 되어 신도의 자격을 박탈당하기도 했다.

말년에 이르러서는 지극히 현실주의자였던 아내와의 불화로 괴로워하다 결국 81세이던 1910년 자신의 모든 저작권을 막내딸 알렉산드라에게 상속한다는 유언장을 작성했다. 이 일로 아내와의 갈등이 극에 달하자 그해 10월에 가출을 결행했고 11월 7일 새벽 아스타포보라는 시골 기차역에서 숨을 거뒀다. 톨스토이의 유해는 이틀 후 야스나야 폴랴나의 숲에 묻혔다.

80년이 넘는 생애 동안 수많은 저서를 남긴 톨스토이는 인간에 대한 사랑과 믿음을 작품 속에서 표현하는 것에 그치지 않고 삶에서 그대로 실천한 작가였다. 늘 삶의 의미라는 문제를 치열하게 고민하면서 그 사상을 실현하기 위해 노력했으며 부당하고 불평등한 사회에 행동으로 대항했다. 특히 후기 작품에서는 문학을 통해 사회의 병폐를 치유하고 잘못된 세상을 바로잡고자 했다. 자신의 삶을 문학 활동에 국한하지 않고 모순된 종교와 부조리한 사회에 대해 비판을 서슴지 않았으며 교육과 난민 구제에도 힘썼다. 이런 이유로 톨스토이는 위대한 예술가이자 위대한 스승으로 기억되며 그의 작품은 시대를 초월해 모든 인류에게 기억되는 귀중한 유산으로 평가받는다.

톨스토이의 단편들을 관통하는 가장 보편적이고 위대한 진리는 바로 사랑이다. 소박한 민중의 삶을 소재로 기독교적 사상을 녹여낸 이 단편들에서 톨스토이는 인간이 행복해지기 위해 필요한 단 하나의 덕목은 바로 사랑이라고 강조한다. 특히 기독교적 사랑이야말로 세상의 고통을 구원할 수 있는 유일한 힘이라고 믿는다. 이러한 신념은 대표적 단편 〈사람은 무엇으로 사는가〉에 투영되어 있다. 하느님의 뜻을 거역한 죄로 인간 세상에 버려진 천사 미하일이 구두 수선공 세몬의 도움으로 깨달음을 얻는다는 이야기를 통해 톨스토이는 고통스러운 삶에서 인간을 구원하는 것은 바로 사랑이며 인간은 오직 사랑 속에서만 살아갈 수 있음을 이야기한다. 톨스토이가 이처럼 사랑을 강조했던 것은 그가 살았던 19세기 러시아의 사회 상황과 무관하지 않다. 당시 유럽은 엄청난 변화를 겪고 있었다. 특히 유럽의 다른 나라들에 비해 문명이 뒤떨어졌던 러시아에서는 소수 귀족들이 대부분의 땅을 차지하고 사치스럽게 살았던 반면 힘들게 일하고도 가난에서 벗어나지 못했던 대다수 농민들의 삶은 비참하기 이를 데 없었다. 이런 처참한 현실은 〈두 노인〉의 예리세이가 순례 길에서 만난 사람들에게서도 엿볼 수 있다. 톨스토이는 고통받는 사람들을 두 눈으로 목격하면서 그들의 고통을 없애는 길은 바로 사랑이며 삶이 고통스러울수록 신앙 안에서 사랑을 실천하는 것이 중요하다고 믿었다. 톨스토이는 이 믿음을 작품에서 표현하는 것에 그치지 않고 몸소 실천한 작가였다. 자신의 땅을 비롯한 모든 것을 가난한 사람들을 위해 내놓았고 1890년 말 대기근이 러시아를 덮쳤을 때는 여러 지역을 다니며 가난한 사람들을 돕기도 했다. 이런 생활은 톨스토이가 세상을 떠나는 순간까지 계속되었고 그의 단편들에는 참된 사랑을 몸소 실천한 위대한 문학가의 정신이 그대로 녹아 있다. 또한 설화를 바탕으로 한 소설 〈바보 이반〉에서는 권력과 부를 상징하는 탐욕스러운 두 형을 내세워 대다수 민중을 가난으로 몰아넣은 귀족계급을 비판한다. 그리고 바보 이반을 통해 거짓 없이 노동을 하며 평범하고 진실하게 살아가는 것이 얼마나 가치 있는 일인지 이야기한다. 〈촛불〉에서 관리인의 횡포에 힘으로 맞서지 않고 오직 주님의 가르침대로 행하는 미허예프는 평화를 지향하는 톨스토이의 가치관을 반영한다. 〈불을 놓아두면 끄지 못한다〉는 폭력은 더 큰 폭력을 낳을 뿐이라는 톨스토이의 비폭력주의를 가장 잘 드러내주는 작품이라 할

만하다. 귀족이 차지한 권력과 부를 혐오했던 톨스토이는 탐욕이 인간의 삶을 황폐하게 만든다고 여겼다. 〈사람에게는 얼마나 많은 땅이 필요한가〉에서 자신이 가진 땅에 만족하지 못하고 욕심을 부리다 결국 죽음을 맞는 농부 바흠의 이야기는 인간의 탐욕을 경계하고 욕심 없는 순수한 삶을 지향하는 톨스토이의 가치관을 표현한다.

톨스토이는 단순하고 간결하고 명확한 이야기 속에 그의 철학과 인생관을 담았다. 그리고 인간은 서로를 향한 사랑으로 살아야 하고 선은 악보다 정의로우며 탐욕으로 삶이 불행해질 수 있고 진실한 노동이 삶의 가치를 더해준다는 보편적인 진리를 보여준다. 톨스토이의 단편들이 시간이 흐르고 세대가 바뀌어도 여전한 감동을 주는 이유는 이처럼 분명하고 변치 않는 보편적 진리를 이야기하고 있기 때문이다.

옮긴이

레프 톨스토이 연보

1828년 9월 9일, 니콜라이 톨스토이 백작의 넷째 아들로 야스나야 폴랴
나에서 출생하다. 부친은 나폴레옹 전쟁에 참가한 퇴역 육군 중
령, 모친은 볼콘스키 공작의 딸이었다.

1830년 8월 7일, 어머니 마리야 니콜라예브나가 여동생 마리야를 낳고
사망하다.

1837년 1월, 모스크바로 이사하다. 6월 21일, 아버지 니콜라이 일리치
가 툴라에 갔다가 거리에서 졸도해 사망하다. 숙모 오스틴 사켄
부인이 고아가 된 다섯 형제자매의 후견인이 되다.

1841년 가을, 후견인 오스틴 사켄 부인이 사망하다. 형 셋과 함께 다른 숙
모인 펠라게야 일리치나 유시코프 부인의 카잔 집으로 옮기다.

1844년 카잔대학교 동양어학과(아랍·터키어 전공)에 입학하다.

1845년 진급 시험에 낙제, 법과로 전과하다.

1847년	4월, 카잔대학교를 중퇴하고 고향 야스나야 폴랴나로 돌아가 진보적인 지주로서 새로운 농업 경영, 소작인의 계몽 및 생활 개선 등에 힘썼으나 농노제 사회에서는 실현되지 못하다.
1848년	페테르부르크대학교 학사 시험에 합격하여 법학사 칭호를 얻다. 이 해부터 23세까지는 모스크바를 오가며 도박, 술, 여자에 빠져 부랑 생활을 하다.
1851년	3월, 〈지나간 이야기〉 집필하다. 5월, 큰형 니콜라이가 복무하는 캅카스 포병대에 입대하다.
1852년	6월, 〈유년시대〉 탈고, 네크라소프가 주재하는 잡지 〈동시대인〉에 익명으로 9월부터 게재하기 시작해 작가로서의 첫걸음을 내딛다.
1854년	1월, 장교로 승진, 고향에 돌아오다. 3월, 다뉴브 파견군에 종군하다. 7월, 크림 군으로 옮겨져, 세바스토폴에서 전쟁에 참가하다. 〈소년시대〉를 발표하다.
1855년	8월, 흑하(黑河) 전투에 참가했다가 11월 페테르부르크로 귀환해 투르게네프, 네크라소프 등 〈동시대인〉 동인들의 환영을 받다. 투르게네프와 불화하다.
1856년	11월, 군대에서 제대하다. 〈눈보라〉, 〈2인의 경기병〉, 〈진중의 해후〉, 〈지주의 아침〉 발표하다.
1857년	1월, 유럽 여행 후 7월에 귀국하다. 야스나야 폴랴나에 정착해 농사일을 하다. 〈청년시대〉 발표하다.

1859년	농민의 자녀들을 위해서 야스나야 폴랴나에 학교를 세우다. 〈세 죽음〉, 〈가정의 행복〉 발표하다.
1860년	교육 문제에 큰 관심을 갖고 〈국민 보통 교육 초안〉을 기초하다. 7월, 교육 제도 시찰을 목적으로 다시 외유하다. 9월, 큰형 니콜라이의 사망으로 큰 충격을 받다.
1861년	유럽 제국을 돌며 교육 시설을 시찰하고 4월에 귀국. 야스나야 폴랴나에 소학교를 설립하다. 잡지 〈야스나야 폴랴나〉를 발행하다. 투르게네프와 논쟁, 불화는 극에 이르다.
1862년	교육에 관한 논문 〈국민 교육에 관해서〉, 〈읽고 쓰기 방법에 대하여〉, 〈누가 누구에 대해서 쓸 것을 배우는가〉를 발표하다. 9월, 궁정의 베르스의 차녀로 당시 18세인 소피야 안드레예브나와 결혼하다.
1863년	장남 세르게이가 태어나다. 〈야스나야 폴랴나〉의 종간호를 내다. 〈진보와 교육의 정의〉, 〈카자흐〉, 〈폴리쿠슈카〉를 발표하다.
1864년	장녀 타티야나가 태어나다. 사냥을 갔다가 말에서 떨어져 왼손을 다치고 모스크바에서 수술을 받다. 《톨스토이 저작집》 1, 2권 발간하다.
1865년	《전쟁과 평화》 첫머리(1~38장)를 《러시아 통보》에 게재하다.
1866년	《전쟁과 평화》 2편 발표하다. 5월, 차남 일리야가 태어나다.
1867년	초판 《전쟁과 평화》 전 3권 출판되다.
1869년	3남 레프가 태어나다. 《전쟁과 평화》 완결, 간행되다.

1872년	〈초등 독본〉, 〈신은 진리를 놓치지 않으신다〉를 집필하다. 농민의 자녀 교육을 위해 집에 의숙을 열다.
1873년	사마라 지방에 온 가족을 데리고 가서 기근 구제 사업을 하다. 〈사마라 지방의 기근에 대해서〉를 〈모스크바 신문〉에 게재하다.《톨스토이 저작집》1~8권 간행하다.
1875년	《안나 카레니나》가《러시아 통보》에 연재되기 시작하다.
1877년	《안나 카레니나》완결되다.
1878년	투르게네프와 화해하다.
1879년	《고백록》의 첫 부분을 발표하다. 러시아 본국에서는 발매 금지를 당하나 집필을 계속하다.
1881년	《사람은 무엇으로 사는가》,《요약 복음서》간행하다.
1882년	모스크바의 민세(民勢) 조사에 참가하다.《고백록》을 완성해 〈러시아 사상〉에 발표하나 발행이 금지되다. 〈모스크바에서의 민세 조사에 대하여〉, 〈교회와 국가〉를 발표하다.
1885년	아내에 의해《톨스토이 저작집》12권 간행되다. 민화(民話) 〈바보 이반〉, 〈두 노인〉, 〈촛불〉, 〈사랑이 있는 곳에 신도 있다〉, 〈소년은 노인보다 현명하다〉, 〈두 형제와 황금〉 등을 집필하다.
1886년	마차에서 떨어져 허리를 다쳐 2개월을 병상에서 보내다.《이반 일리이치의 죽음》간행되다. 민화 〈소악마가 빵값을 한 이야기〉, 〈회개하는 사람〉, 〈사람에게는 얼마나 많은 땅이 필요한가〉, 〈3인의 은자〉 등을 집필하다.

1887년	3월, 육식을 끊다. 9월, 은혼식을 올리다.《인생론》을 간행하나 발행이 금지되다. 〈음주 반대 동맹〉을 일으키다.
1888년	소학교 교사로 봉직하기 위해 원서를 내나 당국이 거부하다.
1889년	〈크로이체르 소나타〉, 〈악마〉, 〈하느님을 섬길 것인가, 황금을 섬길 것인가〉, 〈손의 노동과 지적 노동〉 집필하다.
1891년	4월, 재산을 분배하다. 중앙 러시아, 동남 러시아 등 20개 주에 기근이 일어나 농민 구제에 맹활약하다. 〈기근 보고〉, 〈두려운 문제〉, 〈법원에 관해서〉, 〈어머니의 수기〉 집필하다. 전 저작권을 포기하다.
1894년	모스크바 심리학회 명예 회원으로 선출되다.
1895년	〈주인과 머슴〉 탈고하다. 두호보르 교도와 친교가 있었는데, 이 해 4,000명의 교도가 징병 기피 운동을 일으키고, 톨스토이가 그 지도자로 지목되어 박해를 받다.
1896년	병역 거부 운동을 찬성하는 논문을 국외에서 발표하다.
1897년	3월, 와병 중인 체호프를 모스크바로 방문하다.《예술론》을 간행하다.
1898년	툴라와 오룔 두 지방의 기근 구제에서 활약하다. 두호보르 교도를 원조할 자금을 만들기 위해《부활》을 완성하여 출판할 결심을 하다.
1899년	3월,《부활》을 발표하여 세인의 주목을 끌다.
1900년	1월, 아카데미 예술 회원에 선출되다.

1901년   그리스 정교회에서 파문되다. 9월, 크림에 가서 티푸스와 폐렴
    ·   이 발병, 중태에 빠지다.

1904년   전쟁 반대론 〈반성하라〉를 기고하다.

1906년   〈1일 1선〉, 〈셰익스피어론〉을 〈러시아의 소리〉에 게재하다. 〈유
         년시대의 추억〉, 〈표트르 헤리치스키〉, 〈파스칼〉을 발표하다.

1907년   야스나야 폴랴나에 학교를 재건하다.

1908년   탄생 80주년 축하회가 거행되다.

1909년   톨스토이 탄생 80년 기념 톨스토이 박람회가 페테르부르크에
         서 열리다.

1910년   10월 28일 미명, 아내에게 최후의 유언장을 남겨놓고 딸 알렉산
         드라와 주치의를 데리고 가출하다. 도중에 사형을 논한 〈유효한
         수단〉을 쓰다. 10월 31일, 여행 도중 발병, 간이역 아스타포보에
         서 하차하다. 11월 3일, 최후의 감상을 일기에 쓰다. 11월 20일
         오전 6시 5분, 역장 관사에서 운명하다.

옮긴이 **이순영**

고려대학교 노어노문학과와 성균관대학교 대학원 번역학과를 졸업했으며, 현재
전문번역가로 일하고 있다. 옮긴 책으로《도리스의 빨간 수첩》,《워런 13세와 속
삭이는 숲》,《남자다움이 만드는 이상한 거리감》,《이기는 공식》,《워런 13세와 모
든 것을 보는 눈》,《나는 더 이상 너의 배신에 눈감지 않기로 했다》,《사람은 무엇
으로 사는가》,《상실 그리고 치유》,《키친하우스》,《집으로 가는 먼 길》,《무엇을
더 알아야 하는가》,《고독의 위로》등이 있다.

톨스토이 단편선

사람은 무엇으로 사는가

1판 1쇄 발행 2015년 6월 30일
2판 1쇄 발행 2024년 2월 15일
2판 2쇄 발행 2025년 2월 10일

지은이 레프 톨스토이 │ **옮긴이** 이순영
펴낸곳 (주)문예출판사 │ **펴낸이** 전준배
출판등록 2004. 02. 11. 제 2013-000357호 (1966. 12. 2. 제 1-134호)
주소 04001 서울시 마포구 월드컵북로 21
전화 02-393-5681 │ **팩스** 02-393-5685
홈페이지 www.moonye.com │ **블로그** blog.naver.com/imoonye
페이스북 www.facebook.com/moonyepublishing │ **이메일** info@moonye.com

ISBN 978-89-310-2389-3 04800
ISBN 978-89-310-2365-7 (세트)

• 잘못 만든 책은 구입하신 서점에서 바꿔드립니다.

문예출판사® 상표등록 제 40-0833187호, 제 41-0200044호

(뒷면 계속)